Andrew Lane

AGENT IMPOSSIBLE

Einsatz in Tokio

Aus dem Englischen
von Tanja Ohlsen

cbj

Bei diesem Buch wurden die durch das verwendete Material und die Produktion entstandenen CO_2-Emissionen ausgeglichen, indem der cbj-Verlag ein Projekt zur Aufforstung in Brasilien unterstützt. Weitere Informationen zu dem Projekt unter:
www.ClimatePartner.com/14044-1912-1001

FSC
www.fsc.org
MIX
Papier aus verantwortungsvollen Quellen
FSC® C083411

Wir produzieren
Klimaneutral
ClimatePartner.com/14044-1912-1001
Druckprodukt

Verlagsgruppe Random House
FSC® N001967

1. Auflage 2020

Die Originalausgabe erschien unter dem Titel
»AWOL 4: Last Day on Earth« bei Piccadilly Press, London,
einem Imprint von Bonnier Zaffre Ltd., London,
in der Verlagsgruppe Bonnier.
Aus dem Englischen von Tanja Ohlsen
Lektorat: Luitgard Distel
Umschlaggestaltung: semper smile, München
Umschlagmotiv: © Shutterstock
(BestPix; Runrun2; Vadim Sadovski)
kk • Herstellung: AJ
Satz: KompetenzCenter, Mönchengladbach
Druck: CPI books GmbH
ISBN 978-3-570-16590-4
Printed in the Czech Republic

www.cbj-verlag.de
Dieses Buch ist auch als E-Book erhältlich.

Dem tollen Team von Bonnier Books gewidmet,
die aus meinen Worten etwas Erstaunliches geschaffen
haben, auf das ich ungeheuer stolz bin:
meiner Verlegerin Emma Matthewson,
meinen Redakteurinnen Talya Baker und
Anna Bowles; meiner Presseagentin Tina Mories;
Nick Stearn und Stuart Bache für das Cover und
Emily Cox und Roisin O'Shea vom Vertrieb.
Euch allen vielen Dank!

Kapitel 1

»Und? Hast du darüber nachgedacht, was du nach der Schule machen willst?«, fragte Ms Gestner.

Sie neigte sich vor, stützte die Ellbogen auf den Tisch und legte mit aufmunterndem Lächeln das Kinn auf die verschränkten Hände. Wahrscheinlich sollte das lässig wirken, doch für Kieron fühlte es sich an, als würde sie in seine Intimsphäre eindringen. Daher schob er seinen Stuhl ein wenig zurück und hoffte, dass sie es nicht merken würde oder dass es ihr nichts ausmachte.

»Nicht wirklich«, erwiderte er zurückhaltend. Im Prinzip versuchte er, so wenig wie möglich über seine Zukunft nachzudenken. Seine Mutter hatte ihm dieselbe Frage auch schon gestellt. Ihr oder Ms Gestner zu erzählen, dass seine bevorzugte Laufbahn im Moment so aussah, dass er dem MI6 beitreten und Betreuer und technischer Support für Undercoveragenten im Einsatz werden wollte, würde allzu fantastisch klingen. Nur schien das genau das zu sein, worin er am besten war, wenn man einbezog, was im letzten Jahr alles passiert war. Aber das konnte er schlecht in seinen Lebenslauf schreiben.

»Schließlich …« Ihr Blick fiel auf das Blatt zwischen ihnen auf dem Schreibtisch. »… ich meine, deine Noten sind nicht gerade hervorragend. Ich weiß, dass du eine Zeit lang nicht in der Schule warst, und auch, dass du im Augenblick von zu Hause aus arbeitest, weil … wegen …«

Wegen so etwas wie Mobbing, dachte er bitter. *Weil ich beschimpft werde, weil man mir tote Ratten ins Schließfach legt, denn: »Emos lieben totes Zeugs«.*

»… Aber ich muss schon sagen, dass sich deine Leistungen stark verbessert haben, seit du nicht mehr hierherkommst.«

Liegt wohl daran, dass ich ein Hightech-Gerät habe, mit dem ich blitzschnell die Antwort auf jede Frage finde, dachte er. Die AR-Ausrüstung, die er benutzte, um Bex und Bradley zu unterstützen, die britischen Geheimagenten, die er vor einem Jahr kennengelernt hatte, erwies sich besonders beim Schreiben von Aufsätzen und Mathematiktests als hilfreich. Vielleicht war das ja streng genommen Betrug, aber eigentlich war es nicht schlimmer, als Google oder Wikipedia zu Hilfe zu nehmen, und das machte schließlich jeder. Auch wenn er mit den AR-Geräten auf verschiedene geheime Datenbanken und Informationsquellen zugreifen konnte, die dem normalen Internet vorenthalten wurden.

»Wir müssen versuchen, deine Noten weiter zu verbessern, wenn du mit deinem Leben etwas – du weißt schon – Sinnvolles anfangen willst.« Ms Gestner schüttelte den Kopf, ohne ihn aus der stützenden Halterung zu heben. Das sah komisch aus, denn ihr Kopf wackelte hin und her wie bei einem dieser Wackeldackel, die manche Leute hinten im Auto hatten. Kieron musste sich auf die Lippe beißen, um nicht laut herauszulachen.

»Und mit ›sinnvoll‹ meinen Sie nicht, im Fast-Food-Service zu arbeiten oder die Nachtschichten an der Tankstelle zu übernehmen?«, hakte er nach.

»Du hast mehr drauf als das, Kieron. Ehrlich gesagt sehe ich hier einige Kids, bei denen ich befürchte, dass das alles ist, was sie tun werden, aber du bist anders. Du könntest viel erreichen, wenn du dich nur konzentrieren und dich zusammenreißen würdest. Und dich ordentlicher anziehen würdest. Dieser Gothic-Look ist nicht gerade hilfreich.«

»Emo, nicht Gothic«, murmelte Kieron.

Ms Gestner fuhr fort, als hätte sie ihn nicht gehört. Was wahrscheinlich auch zutraf. »Hast du den Link bekommen, den ich dir geschickt habe? Den mit dem Persönlichkeitstest, der die Jobs herausfindet, die am besten zu dir passen?«

»Ja.«

»Toll. Und was ist herausgekommen?«

»Dass ich Landschaftsgärtner werden sollte.«

Sie runzelte die Stirn. »Hm. Das sagt er häufig. Ich sollte mal eine Beschwerde einreichen.« Wieder sah sie auf ihre Papiere. »Normalerweise würde ich jemanden wie dich zu einer höheren Ausbildung drängen, aber ich weiß nicht, ob das in deinem Fall das Beste wäre. Ich weiß, dass du recht … sensibel bist«, fügte sie in einem Tonfall hinzu, den sie wohl für verständnisvoll und mitfühlend hielt. »Vielleicht würdest du dich allein in einem Studentenwohnheim nicht wohlfühlen. Allerdings gibt es auch hier in Newcastle Hochschulen. Du könntest zu Hause wohnen und trotzdem täglich Vorlesungen und Seminare besuchen.« Sie wartete auf eine Reaktion, doch Kieron wusste nicht, was er sagen sollte, daher fuhr sie fort: »Vielleicht Medienwissenschaften? Oder etwas Technisches? Spieledesign? Ich weiß doch, wie sehr ihr Kids eure Spiele liebt.«

Kieron zuckte mit den Achseln. »Ehrlich gesagt habe ich mit Sam gesprochen. Wir glauben, wir könnten eine Firma für Computerreparaturen aufbauen.«

In seinem Gehirn lief gleichzeitig ein Text ab wie der auf einem Banner in den Nachrichtensendern: *Ja, aber nur, wenn wir keinen Job beim MI6 kriegen – oder es wird unsere Tarnung, wenn es klappt.*

»Na siehst du!«, freute sich Ms Gestner, klatschte in die Hände und lehnte sich zurück. »Du weißt ja doch, was du willst! Vielleicht werde ich eure erste Kundin. Manchmal habe ich so Upgrade-Infos auf meinem Bildschirm und keine Ahnung, was die zu bedeuten haben.« Sie sah sich um. »Ich habe irgendwo noch ein paar Infos, wie man seine eigene Firma aufbaut. Du brauchst natürlich ein Bankkonto und eine Werkstatt – vielleicht ein kleines Büro in einem Industriegebiet. Ein Logo ist ganz wichtig, und du brauchst eine Website, damit dich die Leute auch finden. Du wirst außerdem Auto fahren lernen müssen, denn du wirst die PCs wahrscheinlich abholen und wieder ausliefern müssen und gelegentlich zu den Leuten nach Hause oder ins Büro fahren. Ich suche dir ein paar Sachen zusammen und lege sie dir später in dein Postfach.«

Kieron bekam Panik. Sein Herz raste, und in seiner Brust flatterte es, als ob dort irgendetwas mit Flügeln festsaß und versuchte zu entkommen. Er hasste es, wenn ihm etwas zu schnell ging.

»Danke«, sagte er, »ich sehe es mir an. Ähm … ist sonst noch etwas?«

»Nein. Danke, dass du hereingeschaut hast.« Ms Gestner lächelte unsicher. »Darf ich dich etwas fragen, Kieron? Seit wann trägst du eine Brille? Ich kann mich nicht daran erinnern, sie schon vorher an dir gesehen zu haben. Und ... ist das da etwa ein Hörgerät?«

Für einen Augenblick erstarrte Kieron. Im Prinzip brauchte er gar keine Brille und sein Hörvermögen war perfekt. Es war ihm nur in Fleisch und Blut übergegangen, die spezielle AR-Brille und den kabellosen Kopfhörer zu tragen. Er erwartete zwar nicht, jeden Augenblick angerufen zu werden, um Bex bei irgendeinem Undercover-Geheimagentenabenteuer zu helfen, er fühlte sich nur mit den Geräten stärker und selbstbewusster als ohne sie. Die Brille war eine Fassade, hinter der er sich verstecken konnte, und der Kopfhörer ließ ihn seiner Meinung nach technikversierter und wichtiger wirken. Als hätte er eine Karriere und jede Menge Geld und könnte jederzeit Anrufe erhalten. Es war, als trage er eine Maske. Er war erwachsen genug, um zu erkennen, dass das nur die letzten Ausläufer der Verkleidungsphase waren, die alle Kinder durchliefen, aber er wusste auch, dass es echt war. Die Brille und der Kopfhörer waren keine Attrappen. Sie verbanden ihn mit einer realen Welt voller Abenteuer und Aufregung – einer Welt, in der er etwas bewirken konnte.

»Das ... das ist so ein Soziologieprojekt«, stammelte er. »Ich versuche herauszufinden, ob die Leute einen anders behandeln, wenn sie sehen, dass man eine offensichtliche Beeinträchtigung wie zum Beispiel schlechtes Seh- oder Hörvermögen hat.«

»Oh«, meinte sie. »Nun gut. Sag mir dann, wie es gelaufen ist.«

»Mach ich«, versprach er und drehte sich um, bevor sie noch weitere schwierige Fragen stellen konnte.

Vor der Tür zu Ms Gestners Büro wartete Sam. Im Gang war es voll – während sich Kieron mit Ms Gestner unterhalten hatte, hatte die Glocke zum Schulschluss geläutet.

»Wie lief es denn?«, erkundigte er sich.

»Wie sagen die Politiker in den Nachrichten immer so schön? Es lief ›so gut, wie es unter den gegebenen Umständen zu erwarten war‹.«

Sam nickte. »Dann wirst du also Landschaftsgärtner?«

»Nein, ehrlich gesagt habe ich ihr von unserem Plan erzählt, eine Firma für IT-Reparaturen zu starten. Sie unterstützt das voll.«

»Morgen früh bin ich dran. Wahrscheinlich werde ich den gleichen Sermon zu hören bekommen. Aber wenn sie uns tatsächlich helfen kann, sollten wir sie nicht daran hindern.«

Als Kieron den Mund aufmachte, um zu antworten, rempelte ihn jemand von hinten an. Er stolperte und wäre fast gestürzt, hätte Sam ihn nicht aufgefangen. Als er sich umdrehte, bereit zuzuschlagen, lief der Junge mit dem kurzen blonden Haar, der ihn geschubst hatte, bereits weiter den Gang entlang.

»Nehmt euch doch ein Zimmer, ihr zwei!«, rief er ihnen noch über die Schulter hinweg zu.

»Dämliche Emos«, flüsterte ein Mädchen im Vorbeigehen ihrer Freundin zu. »Ich hasse sie.«

»Das ist schon in Ordnung!«, rief Sam ihr nach. »Wir beten trotzdem zu unserem finsteren satanischen Herrn, dass er sich um eure Seelen kümmert!«

Die Mädchen rümpften nur die Nasen und gingen weiter.

»Die Dinge haben sich nicht sehr geändert, was?«, meinte Kieron, als Sam ihn wieder aufgerichtet hatte.

»O nein, im Gegenteil. Es ist eigentlich noch schlimmer geworden. Und die Lehrer haben immer noch nicht kapiert, dass die Idioten uns immer hinter ihrem Rücken mobben. Wenn wir dann darauf reagieren, machen diese Kids ein Riesentheater und tun so, als wären sie verletzt, sodass es aussieht, als hätten wir damit angefangen.«

»Wie es immer schon gewesen ...«, zitierte Kieron.

Sam sah ihn verständnislos an. »Was?«

»Keine Ahnung. Hab ich irgendwo gelesen.« Seufzend fragte er: »Wo wollen wir hingehen?«

»Kaffee?«

»Du meinst wohl einen riesigen, auf Eis basierenden Drink mit einem doppelten Espresso irgendwo ganz unten, aufgefüllt mit Karamellsirup und jeder Menge Schlagsahne obendrauf?«

»Und Streuseln«, bestätigte Sam. »Willst du auch?«

»Klar.«

Sie nahmen den Bus in die Innenstadt zu dem Café, das ihr neuer Lieblingstreffpunkt geworden war. Das lag zum Teil an den Schuldgefühlen, weil sie indirekt dafür verantwortlich waren, dass vor ein paar Wochen in der Nähe eine Autobombe hochgegangen war. Zum Teil lag es aber auch daran, dass sich zwischen Kieron und Beth, einer der Baristas, die dort arbeiteten, eine Beziehung entwickelt hatte. Er war sich noch nicht sicher, welche Art von Beziehung es war, denn bislang waren sie nur zusammen in einer Buchhandlung gewesen und im Kino und hatten ein oder zwei Mal für ein paar Augenblicke Händchen gehalten – aber es war immerhin etwas.

Als sie das Café betraten, räumte Beth gerade die Tische ab, doch sie lächelte Kieron auf eine Art und Weise zu, dass er das Gefühl hatte, seine Eingeweide würden dahinschmelzen.

»Ich wünschte, mich würde auch jemand so anlächeln«, brummte Sam.

»Was ist mit dem Mädchen, mit dem du dich neulich getroffen hast?«

Sam sah zur Seite. »Es hat sich gezeigt, dass sie doch eher auf Rugbyspieler steht. Das letzte Mal, als ich versucht habe, Rugby zu spielen, bin ich mit der Fresse im Matsch gelandet und habe einen Stiefel ins Kreuz bekommen, damit ich unten bleibe. Ich wäre fast ersoffen.« Er runzelte die Stirn. »Oder erstickt. Ich weiß nicht, wie das bei Matsch ist. Könnte beides sein.«

»Vielleicht sogar beides auf einmal. Geh und besetz uns einen Tisch, ich bestelle.«

Kieron gab am Tresen die Bestellung auf, holte ihre Getränke ab und brachte sie an ihren Tisch. Sam nickte anerkennend. »Mit Streuseln. Gut.« Mit diesem langen Löffel, den es offenbar nur in Cafés gab, schaufelte er sich einen Klecks Sahne mit Streuseln in den Mund. »Das ist *echt* gut. Hast du Bex oder Bradley gesehen, seit wir aus Norwegen zurück sind?«

Kieron ließ sich die Worte ein paar Augenblicke durch den Kopf gehen. *Seit wir aus Norwegen zurück sind.* Davor war es Venedig gewesen. Und davor Amerika. Wer hätte vor einem Jahr gedacht, dass er in so kurzer Zeit so weit reisen und so viele Abenteuer bestehen würde? Und dass er dabei so oft sein Leben riskieren würde?

Plötzlich spürte er, wie Finger über seinen Nacken strichen, und drehte sich erschrocken um. Beth ging gerade von seinem Tisch fort, ein Tablett mit Geschirr waghalsig auf einer Hand balancierend und die andere Hand verdächtig frei. Wieder lächelte er ihr zu und sie lächelte zurück.

»Sie halten die Köpfe still«, erzählte er. »Das machen sie nach einer Mission immer so. Sie tauchen ab und erholen sich. Wahrscheinlich müssen sie auch Berichte schreiben und so.«

»Bradley ist ein paarmal mit Courtney ausgegangen«, schnaubte Sam. »Nach dem, was sie Mum erzählt hat, mag sie ihn sehr. Ich hoffe nur, dass er ihr nicht wehtut. Sie hat ein Gespür dafür, sich die falschen Kerle auszusuchen.«

»Bradley ist einer von den Guten«, entgegnete Kieron bestimmt. »Und so, wie ich das sehe, hat er sie wirklich gern. Ich bin sicher, dass er nett zu ihr sein wird.«

»Wäre auch besser für ihn.«

»Ich dachte, du verstehst dich mit deinen Schwestern nicht sonderlich gut.«

»Das ist egal. Sie gehören zur Familie. Und mit unserer Familie sollte man sich lieber nicht anlegen.«

Kieron wollte seinen Freund schon mit seinen altmodischen Ansichten aufziehen, als etwas im Café seine Aufmerksamkeit erregte. Nein, nicht etwas. Jemand. Jemand, den er kannte.

»O verdammt«, stieß er hervor.

»Was ist?«, wollte Sam wissen.

Kieron sah weg und antwortete gequält: »Da ist meine Mum. Und sie ist mit einem Mann hier!«

»Wow!«, entfuhr es Sam. »Wo denn?«

»Nicht hinsehen!«, zischte Kieron aufgeregt, senkte den Kopf und drehte sich weg. »Vielleicht ist es ja ihr neuer Boss«, überlegte er hoffnungsvoll. »Ja, so muss es sein. Es ist ihr Boss, und sie sind auf einen Kaffee hergekommen, damit sie ungestört ein Mitarbeitergespräch führen können oder so.«

»Glaube ich nicht. Sie haben die Köpfe ganz dicht zusammengesteckt«, berichtete Sam. Er schien sich zu amüsieren. »Das ist sicher ein gutes Zeichen. Für sie zumindest. Für dich wohl eher schlecht. Er wirkt sehr elegant – ein wenig angegraut an den Schläfen. Und auch clever. Keine Jeans, kein T-Shirt, keine offensichtlichen Tätowierungen. Stoffhose und ein dezentes Jackett. Und gute Schuhe. Keine Turnschuhe. Er hat Klasse. Da wirst du dich ganz schön anstrengen müssen, Kumpel.«

»Hör auf!«, verlangte Kieron, rutschte auf seinem Stuhl weiter herunter und wünschte sich, er wäre tot. Oder irgendwo anders. Oder beides.

»Sie lächelt ihn an«, fuhr Sam erbarmungslos fort. »Offensichtlich gibt sie sich Mühe. Make-up und lackierte Fingernägel, wie es aussieht. Vielleicht hat sie sogar eine neue Frisur. Oh!«

»Was ist?«, fragte Kieron mit geschlossenen Augen. Eigentlich wollte er es gar nicht wissen, aber er *musste*. Eine dunkle Faszination ging davon aus.

»Er hat gerade seine Hand auf ihre gelegt und sie hat sie nicht weggezogen. Oder ihm eine geklebt, was mir das letzte Mal passiert ist, als ich meine Hand auf die eines Mädchens gelegt habe. Um genau zu sein, war es nicht ihre Hand, sondern ihre Taille, aber Tatsache ist, dass sie mir eine geklebt hat. Oder besser gesagt, sie hat mir das Knie in die Eier gerammt. Aber ihre Botschaft war jedenfalls eindeutig.«

»Können wir nicht einfach gehen?«, flehte Kieron.

»Nö, das hier macht viel zu viel Spaß.«

»Hat sie dich gesehen? Oder mich?«

»Nein, sie ist zu sehr damit beschäftigt, ihm in die Augen zu sehen. Er sieht ihr auch in die Augen. Das ist wahrscheinlich gut. Wäre auch seltsam, wenn sie ihm tief in die Augen sieht und er jemand anders ansehen würde.«

»Du willst mich doch nur foltern!«

»Ganz genau«, kicherte Sam und stieß plötzlich einen überraschten Laut aus. »Na, das hätte ich nicht erwartet!«

Kieron ächzte. Konnte es denn noch schlimmer werden? »Was hat er getan? Du willst mir doch nicht erzählen, dass er ihr einen Antrag macht? Ist es das? Hat er einen Ring hervorgeholt und macht ihr einen Antrag?«

»Nein, schlimmer. Deine Freundin steht an ihrem Tisch und redet mit ihnen.« Er lachte. »Das ist köstlich. Deine Freundin und deine Mum unterhalten sich, und keine weiß, wer die andere ist. Und deine Mutter hat ihren neuen Freund dabei und weiß nicht, dass du hier bist. Das ist unbezahlbar!«

Kieron wünschte sich, dass ihn die Erde verschlingen möge. Alle Höllenfeuer konnten nicht schlimmer sein als die Qualen, die er gerade durchlitt.

»Okay, sie ist weitergegangen. Sie hat wohl nur gefragt, ob sie bei ihnen am Tisch schon etwas abräumen kann.«

»Puh!«, ächzte Kieron und spürte, wie er sich entspannte.

»Ooops!«, machte Sam.

»Was ist?«

»Deine Mum hat uns gerade entdeckt.«

Kieron versuchte ein Lächeln hinzubekommen, das wahrscheinlich so starr und unecht war wie das des Jokers in *Batman*, und drehte sich um.

Seine Mutter und ihr – Freund? – saßen in einer Nische an der Wand. Sie versuchte offensichtlich, erfreut auszusehen, doch der Eindruck wurde dadurch getrübt, dass sie beim Anblick von Kieron und Sam ganz blass geworden war. Sam winkte ihr zu. Kierons Mum winkte zurück, aber es war eine schwache Geste.

Ihre Lippen bewegten sich. Immer noch sah sie ihn überrascht – wenn nicht gar erschrocken – an, doch ihre Worte richteten sich an ihr Gegenüber. Kieron war sich nicht sicher, aber er glaubte sie sagen zu hören: »O mein Gott, da drüben sitzt mein Sohn!« Dann verschwand ihr erschrockener Gesichtsausdruck und wich einem breiten, unechten Lächeln. Sie winkte Kieron zu sich.

»Wünsch mir Glück«, murmelte Kieron Sam zu, als er aufstand.

»Wenn du in drei Wochen nicht zurück bist, schicke ich die Kavallerie«, entgegnete Sam.

Kieron schlängelte sich mit zögernden Schritten an diversen Tischen vorbei. Auf dieses Gespräch war er nicht gerade scharf. Nicht wenn der Mann das war, was er befürchtete. Kein Angestellter oder Kollege, sondern ihr neuer Freund. Oder zumindest ein Date.

Seine Mum stand auf, als er an ihren Tisch kam, und

gab ihm einen flüchtigen Kuss auf die Wange. »Kieron! Was machst du denn hier? Ich dachte, du bist in der Schule wegen dieses Berufsberatungsgespräches?«

»Damit bin ich schon fertig. Sam und ich wollten hier einen Kaffee trinken.«

»Kaffee«, seufzte sie. »Vor nicht allzu langer Zeit wolltet ihr nichts anderes als Milchshakes.«

Kieron warf einen Blick hinüber auf die beiden großen, mit Sahne und Streuseln verzierten und mit Sirup gesüßten Getränke vor Sam und meinte: »Das könnten genauso gut Milchshakes sein. Zumindest sind sie genauso süß. Aber was ist mit dir? Ich dachte, du bist bei der Arbeit. Ich meine, wenn das hier ein Arbeitstreffen ist, dann will ich nicht stören.«

Er war zwar ziemlich sicher, dass es das nicht war, aber er musste es zumindest versuchen.

»Nein, nein«, antwortete seine Mutter. »Da ich flexible Arbeitszeiten habe, habe ich mir den Nachmittag freigenommen.« Kieron sah, wie sie nervös schluckte. »Kieron, darf ich dir Tyler vorstellen?«

Kieron drehte sich zu dem Mann um, der aufstand und ihm die Hand entgegenstreckte.

»Hi«, sagte er. Seine Stimme war tief und sein Tonfall warm und freundlich. »Ich habe schon viel von dir gehört, Kieron.«

Er war größer als Kieron und hatte riesige Hände. Kieron versuchte, die Hand so fest wie möglich zu drücken, doch er hatte das Gefühl, als könnte Tyler ihm die Finger brechen, wenn er wollte.

»Was auch immer Sie gehört haben, es ist ganz sicher nicht wahr.«

Tyler lachte und setzte sich wieder. »Ehrlich gesagt ist

deine Mutter ziemlich stolz auf dich. Sie erzählt nur Gutes.«

»Und …«, begann Kieron und zwang sich weiterzusprechen, »… wie habt ihr euch kennengelernt?«

Tyler sah Kierons Mum an, die immer noch stand, und überließ es ihr zu antworten.

»Wir haben uns … äh … online getroffen«, erklärte sie.

»Online?« Kieron musste ein Lachen unterdrücken. »Mum, du kannst doch kaum deine E-Mails checken, ohne dass der Laptop abstürzt.«

»Also ehrlich«, erwiderte sie eingeschnappt, »ich bin am Computer besser, als du glaubst. Doch …« Sie schluckte erneut und fuhr dann ruhiger fort: »Ich war auf einer Datingseite. Tyler hat mein Profil gesehen und mich vor ein paar Wochen kontaktiert. Er hat mich auf einen Kaffee eingeladen und ich habe Ja gesagt.«

Kieron machte schon den Mund auf, um etwas zu sagen, obwohl er sich nicht sicher war, was. Doch bevor er das herausfinden konnte, war Tyler aufgestanden und kam ihm zuvor: »Ich gehe mal zur Toilette. Bin in ein paar Minuten zurück.« Damit ging er an Kieron vorbei zu der Tür neben dem Tresen.

»Das war sehr taktvoll«, stellte Kieron fest.

»Er ist taktvoll. Und sehr nett.« Seine Mutter sah ihn verlegen an. »Ich hätte es dir erzählen sollen. Ich hätte dich vorwarnen sollen. Es ist nur … Ich wusste nicht, wie du reagieren würdest. Ich meine, ich weiß, dass du deinen Vater nicht besonders liebst, aber er ist trotzdem dein Vater, und ich will ihn nicht ersetzen oder so … Es ist nur so, dass mir plötzlich auffiel, dass ich einsam bin und gern einen Mann in meinem Leben hätte. Einen anderen Mann, meine ich. Du bist ja auch schon fast ein Mann.« Sie schloss die Augen. »Ich plappere wirres Zeug, nicht wahr?«

»Alles wunderbar.« Kieron umarmte sie kurz. »Mum, es ist dein Leben, und du kannst damit machen, was du willst. Und Tyler scheint nett zu sein. Ich hoffe, er macht dich glücklich.«

Erleichtert lächelte sie ihn an. »Danke. Das bedeutet mir viel.«

»Aber versucht, leise zu sein, wenn er dich besucht.«

Kierons Mum boxte ihn sanft gegen die Schulter. »Werd bloß nicht frech!«

»Was arbeitet Tyler denn?«

»Er ist Koch. Er ist sogar Chefkoch in einer Hotelküche in der Innenstadt. Er hat mir erzählt, dass er bei Marco Pierre White gelernt und auf mehreren großen Kreuzfahrtschiffen gearbeitet hat.« Sie klang stolz. »Anscheinend gibt es auf Kreuzfahrtschiffen Kühlräume, so groß wie dieses Lokal – nur für die Grapefruits! Stell dir das mal vor!«

»Das ist toll.« Kieron wollte gerade sagen, dass er jetzt zu seinem eigenen Tisch zurückgehen würde, als er eine warme Hand in seiner spürte. Es war nicht die seiner Mutter. Als er sich umdrehte, sah er Beth lächelnd neben sich stehen.

»Hi!«, strahlte sie. »Sie müssen Kierons Mum sein.«

»Ja«, antwortete die verwundert.

»Ich bin Beth. Kieron hat es Ihnen wahrscheinlich nicht erzählt – Sie wissen ja, wie Männer so sind. Wir sind sozusagen zusammen. Ich wollte mich nur kurz vorstellen, denn ich weiß, dass er es wohl nicht getan hätte.« Damit wandte sie sich an Kieron und küsste ihn flüchtig auf die Wange. »Ruf mich an, Süßer.« Dann lächelte sie ihn an, lächelte seine Mutter an und ging.

»Möchtest du mir irgendetwas sagen?«, fragte Kierons Mum und sah Beth erstaunt nach.

»Nein, ganz bestimmt nicht«, erwiderte Kieron und sah sich zu seinem Tisch um, wo Sam beide Daumen hochhielt. »Ich schätze, wir beide werden heute Abend ein langes Gespräch führen, was?«

»O ja.« Sie fuhr ihm durchs Haar. »Und beide mit einem Glas Wein in der Hand.«

»Kann ich nicht lieber einen Amaretto bekommen? Der schmeckt nach Marzipan.«

»Nein. Nur Wein. Und nur *ein* Glas.«

»Na gut. Bis später!«, verabschiedete sich Kieron. »Amüsier dich und komm nicht zu spät nach Hause!« Bevor seine Mutter etwas erwidern konnte, ging er zu seinem Tisch zurück und sah gerade noch, wie Tyler vom Klo zurückkam.

»Das war ja oberpeinlich, und zwar aus ziemlich vielen Gründen«, fand Sam, als Kieron sich wieder zu ihm setzte.

»Wir beide brauchen so bald wie möglich eine eigene Wohnung«, erklärte Kieron. »Bei mir wird es allmählich zu eng.«

»Einverstanden. Na, mit deinem Gehalt als Landschaftsgärtner kannst du dir das ja dann auch leisten.«

Kieron bemerkte, dass seine Mutter und Tyler aufgestanden waren und ihre Mäntel anzogen. Es tat ihm leid, dass sie sich seinetwegen unwohl fühlten, aber er war auch erleichtert. Das hier war sein Café, sein Territorium. Na ja, seines und Sams. Und Beths.

Das wurde langsam echt kompliziert. War das Erwachsenenleben immer so? Wenn ja, gefiel es ihm nicht sonderlich.

Seine Mutter winkte ihm noch einmal zu und er winkte zurück. Tyler nickte freundlich herüber.

»Sollen wir hierbleiben und so viel Kaffee trinken, bis wir anfangen zu zappeln, oder sollen wir quer durch die Stadt laufen und mal sehen, was in der Wohnung läuft?«, fragte Sam.

»Ich hasse es, wenn ich zu viel Koffein intus habe. Lass uns Bex und Bradley besuchen.«

Die Wohnung war nicht sehr weit entfernt. Sie lag zwar noch im Stadtzentrum von Newcastle, aber in einer ruhigen Seitenstraße. Wie die letzte Wohnung, die die beiden Agenten gemietet hatten – und die durch eine an einer Drohne angebrachte Bombe zerstört worden war –, lag auch diese in einem umgebauten Lagerhaus aus bröckelnden Ziegeln, das vor ein paar Jahrhunderten errichtet worden war. Doch die Wohnungen im Inneren waren alle modern und geräumig, mit offenen Raumlösungen, wie man es aus amerikanischen Filmen kannte.

Gerade als sie ankamen, verließ eine Frau die Wohnung. Als sie auf dem Gang an ihnen vorbeikam, lächelte sie sie kurz an.

Bex und Bradley saßen im Wohnzimmer, Bex auf dem Sofa und Bradley auf einem Sessel, als die beiden Jungen hereinkamen. Bex sprang sofort auf, und Bradley wollte es ihr gleichtun, doch sie bedeutete ihm, sitzen zu bleiben, woraufhin er erleichtert in seinen Sessel zurücksank. Die Brille und der Bluetooth-Kopfhörer, die Bex' Teil des AR-Equipments ausmachten, lagen auf der Armlehne neben seinem Ellbogen.

Kieron nahm seine AR-Brille und den Kopfhörer ab und legte alles auf den niedrigen Tisch vor dem Sofa, dann setzte er sich mit Sam an den Esstisch.

»Na, Jungs? Wir haben euch ja eine ganze Weile nicht mehr gesehen. Wie geht's euch?«

»Ja, gut. Wer war das? Einer eurer Bosse vom MI6? Weiß sie über uns Bescheid?«, fragte Kieron besorgt.

»Das war meine Ärztin«, erklärte Bradley. »Ich weiß nicht, ob ihr euch daran erinnert, aber Bex hat dafür gesorgt, dass sie nach mir sieht. Das war, bevor wir alle nach Venedig geflogen sind. Die arme Frau versucht, mich wieder auf die Beine zu bringen, nachdem …« Er brach ab und wedelte vage mit der Hand, doch Bex ergänzte: »Nachdem er von diesen bescheuerten faschistischen Idioten von Blut und Boden zusammengeschlagen wurde.«

»Ich dachte, es würde dir wieder besser gehen.« Sam runzelte besorgt die Stirn.

»Ging es auch«, sagte Bex. »Aber nach Venedig bekam er einen Rückfall.«

»Na ja, von Männern mit Gewehren gejagt und klatschnass in einen klapprigen alten Lieferwagen geschubst zu werden und dann in einen Hubschrauber, der einen in die Arktis fliegt, kann so was schon auslösen.« Achselzuckend sah er Bex an. »Ich meine ja nur. Ich sollte der sein, der in einem klimatisierten Raum vor einem kalten Drink sitzt, während du dein Leben riskierst. So funktioniert das. Ich verlange eine Gefahrenzulage.«

»Ehrlich gesagt wäre mir jede Art von Geld im Moment ganz recht«, meinte Bex und sah Kieron und Sam an. »Die Wohnung hier ist nicht billig und für die

Mission in Venedig hatten wir keinen Auftraggeber. Da wollten wir ja nur herausfinden, wer uns umbringen will.«

Bradley nickte. »Was grundsätzlich eine gute Geschäftspraxis ist. Man sollte immer versuchen, nicht umgebracht zu werden, wenn es sich machen lässt. Dann hat man die Möglichkeit, die Jobs anzunehmen, die sich einem bieten.«

»Aber es bieten sich keine«, vermutete Kieron. »Das ist das Problem, nicht wahr?«

Bex setzte sich auf die breite, gepolsterte Lehne des Sofas.

»Wir wissen nicht genau, warum, aber der MI6 schickt uns keine Arbeit mehr. Wir glauben, es liegt daran, dass der Agent, den Blut und Boden in die Organisation eingeschleust hat, versucht, uns auszuschalten. Er will uns isolieren und angreifbar machen, damit sie Maßnahmen gegen uns ergreifen können.«

»Aber ihr wisst doch, wer es ist, oder?«, fragte Sam.

»Avalon Richardson.« Bex hielt inne und biss sich auf die Lippe. »Sie ist eine MI6-Analystin mittleren Rangs. Ich habe sie ein paarmal getroffen, als Bradley und ich als freiberufliche Auftragnehmer zum ersten Mal engagiert wurden. Eine Weile war sie unsere Betreuerin, bevor sie befördert wurde. Ich hätte sie nie für eine Doppelagentin oder Verräterin gehalten. Sie kam mir immer so … normal vor. Wie eine Bibliothekarin.«

»Oh, ich bin mit einigen Bibliothekarinnen ausgegangen«, warf Bradley ein. »Du solltest sie nicht unterschätzen. Stille Wasser und so …«

»Weiter im Text«, sagte Bex schnell. »Genügend Hinweise zu sammeln, um die Verräterin, die uns tot sehen will, zu finden, ist eine Sache. Genügend Beweise zu finden, um sie zu überführen, eine ganz andere.«

Kieron runzelte die Stirn. »Aber ich dachte, die norwegische Polizei hätte ihren Namen an den MI6 weitergegeben. Reicht das nicht, um sie zu suspendieren und eine Untersuchung in die Wege zu leiten, besonders wenn ihr beide eine Beschwerde gegen sie einreicht?«

»Wahrscheinlich gibt es eine Menge Avalon Richardsons auf der Welt«, erwiderte Bradley. »Was den MI6 betrifft, könnte jede von ihnen die norwegischen Mädchen beauftragt haben. Und außerdem hat jemand die Berichte der italienischen Polizei gehackt. Der Name Avalon Richardson ist daraus verschwunden und wurde durch Rebecca Wilson ersetzt.«

Erschrocken sahen Kieron und Sam Bex an.

»Sie hat ihren eigenen Namen gegen deinen ausgetauscht?«, stieß Sam hervor. »Das ist krass. Echt krass.«

»Ich habe ihn sofort entfernt«, fuhr Bradley fort, »aber es hatte keinen Sinn, ihren Namen wieder einzusetzen. Ich bin zwar gut, aber ich hätte Spuren hinterlassen. Dann hätte es ausgesehen, als versuche jemand, Avalon Richardson hereinzulegen, und das ist das Letzte, was wir wollen.«

»Wir kommen also nicht weiter«, erklärte Bex. »Wir haben gerade darüber gesprochen, was wir als Nächstes tun sollten, als die Ärztin kam.«

»Wenn wir schon davon sprechen«, meinte Kieron, stand auf und setzte sich auch aufs Sofa. »Wie geht es dir denn?«

Bradley zuckte mit den Schultern. »Müde und zerschlagen, aber es gibt keine offensichtlichen physischen

Schäden. Die Gehirnerschütterung ist abgeklungen. Das Problem ist nur …« Er sah verlegen zur Seite. »Um ehrlich zu sein, bleibt wahrscheinlich die Unfähigkeit zurück, das AR-Equipment für länger als ein paar Minuten am Stück zu benutzen. Die Ärztin ist sich nicht sicher, ob das ein neurologisches oder ein psychologisches Problem ist und ob es vorübergehend ist oder bleibend. Sie hat einen Gehirnscan vorgeschlagen, aber das müsste privat laufen, nicht über die Krankenkasse. Und das können wir uns im Moment nicht leisten.«

»Ihr habt ihr aber nicht gesagt, wozu die AR-Geräte da sind, oder?«, fragte Sam.

Bex schüttelte den Kopf. »Nein. Wir haben gesagt, dass es ein VR-Game-System ist, das wir entwickeln …«

»Ihr braucht also Arbeit, und der MI6 gibt euch keine, und selbst wenn, könntet ihr sie nicht machen«, fasste Kieron zusammen. »Da befindet ihr euch aber in einer unangenehmen Lage.«

»Wir sind für alle Vorschläge offen«, seufzte Bex. »Mit der Ausnahme, dass ihr Jungs Bradley ersetzt. Wie wir schon öfter gesagt haben, dürfen wir euer Leben nicht aufs Spiel setzen.«

Sam sah von einem zum anderen. »Uns bleibt ja immer noch die Landschaftsgärtnerei.«

Bradley machte den Mund auf, um ihm eine ironische Antwort zu geben, als ihn ein Benachrichtigungston aus seinem AR-Kopfhörer unterbrach. Er nahm sich die Brille. Sam trat vor, doch Bradley winkte ihn weg. »Für kurze Zeit geht es schon«, sagte er. »Die Kopfschmerzen kommen erst nach drei Minuten.« Er setzte die Brille auf und steckte den Kopfhörer ins Ohr. Kieron sah, wie sich seine Hände in der Luft bewegten und Menüs, Bildschirme und Knöpfe bedienten, die nur Bradley sehen konnte, weil die in der Brille versteckte Technologie sie vor seine Augen projizierte.

»Ah«, sagte er schließlich und ein paar Sekunden später: »Oh!«

»Was ist?«, wollte Bex wissen.

»Das ist eine gesicherte E-Mail vom MI6. Sie wollen, dass wir zu einem persönlichen Treffen kommen.« Er nahm die Brille ab und sah Bex mit ernstem Gesicht an. »Und die E-Mail ist von Avalon Richardson.«

Kapitel 2

Am nächsten Tag mieteten Bex und Bradley einen unauffälligen Wagen und machten sich auf den Weg zu ihrem Treffen mit Avalon Richardson. Es sollte an einem Ort zwischen Reading und London stattfinden, direkt an der Autobahn M4. Laut Google Maps war dort nur eine freie Fläche von mehreren Quadratkilometern ohne Straßen und Bebauung. *Merkwürdig,* dachte Bex. Sie hätte erwartet, dass das Treffen im Hauptquartier des MI6 in Vauxhall am Themseufer stattfinden würde, das durch die James-Bond-Filme, denen die MI6-Agenten mit einer Art Hassliebe gegenüberstanden, so berühmt geworden war.

»Was glaubst du, worum es bei diesem Treffen gehen wird?«, fragte Bradley während einer ihrer häufigen Pausen.

»Ich bin mir nicht sicher«, antwortete Bex achselzuckend. »Die E-Mail war ja nicht gerade ausführlich. Nach außen hin wird es wohl darum gehen, über die Arbeit zu berichten, die wir in letzter Zeit gemacht haben, und darüber zu sprechen, wie es in der nächsten

Zeit weitergeht. Aber ich nehme an, Avalon wird versuchen herauszufinden, wie viel wir über sie und ihre Verbindungen zu Blut und Boden wissen.«

Bradley runzelte die Stirn. »Besteht die Möglichkeit, dass sie etwas von Kieron und Sam weiß?«

Bex überlegte einen Moment. »Ich glaube nicht«, sagte sie schließlich. »Wenn der MI6 wüsste, dass wir zwei Teenager ohne Sicherheitsfreigabe für die Geheimarbeit eingesetzt haben, hätten sie uns mit sofortiger Wirkung gefeuert. Wenn sie uns nicht wegen Verrats von Staatsgeheimnissen angeklagt hätten oder uns einfach still und leise hätten verschwinden lassen. Nein, ich glaube, was das angeht, ist alles im grünen Bereich.« Sie seufzte. »Ich glaube wirklich, dass es sich hier nur um eine Aktion handelt, bei der Avalon sich Informationen verschaffen will.«

»Es könnte ein neuer Versuch sein, uns aus dem Weg zu räumen«, meinte Bradley. »Die Bombe in unserer Wohnung hat nicht funktioniert. Vielleicht lockt sie uns deshalb zu so einem abgelegenen Ort, damit sie uns heimlich, still und leise aus dem Weg räumen kann. Wenn man bedenkt, *wie* abgelegen dieser Ort ist, braucht es nicht einmal still und leise zu sein.«

»Aber das glaube ich einfach nicht. Der MI6 hat es geschluckt, als wir ihnen erzählt haben, die Polizei halte ein Gasleck für die Ursache der Explosion in der Wohnung. Ich meine, das stimmt ja auch. Wenn es allerdings noch weitere Anschläge auf unser Leben gibt, werden Avalons Chefs doch misstrauisch werden, und das ist sicher das Letzte, was sie will. Wenn sie glaubt, dass wir sie tatsächlich verdächtigen, wird sie auch denken, dass wir über Informationen verfügen – und dass wir irgendwen angewiesen haben, diese weiterzugeben, für den Fall, dass wir zu Tode kommen.«

»Haben wir das?«, fragte Bradley. »Ich kann mich nicht daran erinnern. Obwohl ich die Idee eigentlich ganz gut finde.«

»Na ja, in gewisser Weise. Kieron und Sam würden es nicht auf sich beruhen lassen, wenn wir nicht zurückkommen sollten. Sie werden heimlich Avalons Chefs kontaktieren und sie verraten. Nein, je mehr ich darüber nachdenke, desto sicherer bin ich, dass sie es nicht riskieren wird, etwas direkt zu unternehmen.«

Während der nächsten Pause, in der Nähe von Oxford, fragte Bradley: »Werden wir ihr von meinem ... du weißt schon, meinem Problem ... erzählen? Ich meine, wenn ich nicht arbeiten kann, werden sie uns keine Aufträge mehr geben. Aber wenn sie uns welche geben, kann ich sie nicht ausführen. Das ist, wie Kieron so schön sagte, ein Teufelskreis.«

Bex nippte an ihrem Kaffee. Sie bekam jedes Mal Panik, wenn sie darüber nachdachte, dass Bradley sich vielleicht nicht wieder vollständig erholen würde. Normalerweise wurde sie nicht schnell nervös, aber meistens, weil sie auch einen Ausweg aus schwierigen Situationen sah. Aber solange Bradley in diesem Zustand war, war alles so unsicher. Sie wollte keinen neuen Partner, doch vielleicht musste sie das in Betracht ziehen. Sie konnten nicht einfach die Plätze tauschen – sie war diejenige mit der Undercoverausbildung und der Erfahrung. Einstweilen musste sie Bradley einfach bei Laune halten. Um sich tatsächlich zu erholen, würde er all seine positive Energie brauchen. Also ...

So bestimmt, wie sie es fertigbrachte, erklärte sie:

»Wir werden ihnen dein Problem verschweigen. Du wirst dich hoffentlich bald erholen, und dann können wir wieder so arbeiten, wie wir es gewohnt sind. Und bis dahin …«

Als sie abbrach, vollendete er den Satz für sie: »Bis dahin setzen wir die nicht freigegebenen Teenager ein und hoffen, dass es erstens keiner merkt und dass ihnen zweitens nichts Schlimmes passiert.«

»Genau. Das ist unser Plan. Ich sage nicht, dass es ein guter Plan ist, aber es ist immerhin ein Plan.«

Bradley schwieg eine Weile, dann sagte er: »Glaubst du, das spielt sich nur in meinem Kopf ab? Dass ich die AR-Geräte nicht benutzen kann? Ich meine, die Ärztin findet kein physisches Problem. Vielleicht …« Er zögerte. »Vielleicht habe ich nur … na ja, Angst. Vielleicht lässt mich mein Kopf das AR-Gerät nicht benutzen, weil er glaubt, dass die Aufgabe zu gefährlich für mich ist. Vielleicht bin ich ausgebrannt. Das passiert bei Agenten. Gerade waren sie noch auf dem Einsatzplan des MI6, und im nächsten Moment sind sie weg, als hätte es sie nie gegeben.«

Bex schüttelte entschieden den Kopf, ein bisschen so, als wolle sie sich selbst überzeugen. »Das glaube ich nicht eine Sekunde, und wenn du nicht so besorgt wärst, würdest du das auch nicht tun. Es gibt irgendeine körperliche Ursache, und wir werden herausfinden, was es ist.«

»Und wenn es uns umbringt«, ergänzte er.

»Na, so weit müssen wir dafür hoffentlich nicht gehen.«

Das letzte Stück ihres Weges fuhren sie auf der M4. Kurz vor Reading wies sie das Navi auf Bradleys Handy an, eine Abfahrt zu nehmen, die gar nicht existierte.

Als sie sich der Stelle näherten, an der sie abbiegen sollten, fragte Bradley: »Und was machen wir jetzt? Hier ist doch gar kein Schild für irgendeine Abfahrt. Wir können doch nicht einfach querfeldein fahren, oder?«

Noch bevor Bex antworten konnte, sahen sie ein Schild, das auf eine kleine Straße deutete, die von der Autobahn abging. *Baustellenzufahrt,* stand in roten Buchstaben darauf.

»Das heißt nur, dass da eine Baustelle ist. Da wird wohl eine neue Straße gebaut oder so«, meinte sie.

»Ja ...« Bradley klang gespannt. »Aber das Schild ist staubig und schmutzig vom Regen. Das steht schon seit Jahren da.« Er deutete nach links, wo die Straße von der Autobahn wegführte. »Und sieh mal – da sind Straßenlaternen. Seit wann gibt es denn an einer Baustellenzufahrt Straßenlaternen? Normalerweise stehen da doch nur temporäre Anlagen auf Masten, die mit Generatoren betrieben werden.«

»Nun, wir werden es herausfinden.« Bex wurde langsamer und lenkte den Wagen auf die Baustellenzufahrt. Sie erwartete, dass es holperig werden würde, doch die Straße war ordentlich asphaltiert. Sie folgten der Straße über einen Erdwall, hinter dem sie von der Autobahn aus nicht mehr zu sehen waren.

Etwa eine Minute später gelangten sie an einen Checkpoint mit einer Schranke. Ein uniformierter Security-Mann bedeutete ihnen anzuhalten, während ein zweiter in der Nähe stand und sie im Auge behielt. Bex fielen die diagonalen Riemen über der Brust auf. Sie waren beide gut gebaut, muskulös, mit kurz geschorenen Haaren und blassen blauen Augen. Wahrscheinlich Angehörige der Special Forces, die den MI6 unterstützten.

»Ich wette, sie haben halb automatische Waffen auf dem Rücken«, murmelte sie, als sie langsamer wurde.

»Da wette ich nicht dagegen«, erwiderte Bradley.

Der erste Security kam näher, während sein Kollege stehen blieb, eine Hand hinter dem Rücken, um schnell die Waffe ziehen zu können, falls Bex oder Bradley auch nur die geringste verdächtige Bewegung machten.

»Haben Sie sich verfahren, Ma'am?«, fragte er Bex, nachdem sie das Fenster heruntergelassen hatte.

»Wir sind verabredet«, antwortete Bex und deutete auf die Schranke. »Irgendwo dort.«

Der Mann nickte. Er schien nicht überrascht. Offensichtlich passierte so etwas immer mal wieder. »Ihre Namen?«

»Rebecca Wilson und Bradley Marshall.«

Er musste die Liste mit den Besuchern, die erwartet wurden, auswendig gelernt haben, denn er sagte nur: »In Ordnung. Sind Sie damit einverstanden, dass wir einen Iris-Scan machen?«

»Kein Problem«, antwortete Bex.

Während der Mann ein kleines Gerät von seinem Gürtel nahm, murmelte Bradley: »Und was würde passieren, wenn wir nicht einverstanden wären?«

»Halt die Klappe!«, zischte Bex.

Der Mann hielt ein Gerät hoch, das ungefähr so groß war wie ein Smartphone, und sagte: »Bitte sehen Sie in die Linse!«

Bex tat es. Einen Moment nahm ihr ein greller Blitz die Sicht. Als er zu einem grünen Fleck und dann zu einem roten Punkt verblasste, hörte sie den Security-Mann sagen: »Identität bestätigt. Jetzt Sie, Sir.«

Es blitzte erneut auf, und er verkündete: »Auch Ihre

Identität ist bestätigt. Vielen Dank. Bitte fahren Sie etwa eine Meile weiter und parken Sie dann auf dem vorgesehenen Platz. Dort wird sie jemand abholen.«

Die Schranke ging hoch und Bex fuhr langsam weiter. Im Vorbeifahren lächelte sie dem Security-Mann zu. Er lächelte nicht zurück. So wie Bex die Mitglieder der Spezialeinheiten kannte, trug er denselben desinteressierten Gesichtsausdruck, wenn er jemanden erschoss. Auch wenn es direkt an der Autobahn M4 war.

Die Straße führte in einer weiten Kurve durch das Gelände. Zu beiden Seiten wuchs das Gras fast mannshoch. Auf den Stängeln wippten die Samen wie kleine Köpfe und versperrten ihnen die Sicht auf das, was dahinter lag. Nach ein paar Minuten verbreiterte sich die Straße zu einem Parkplatz. Dort standen etwa zwanzig Autos und zwei Busse – alles relativ gewöhnliche, relativ unauffällige Automarken.

»Das ist hier aber nicht wie im Kino, wo die Geheimagenten in Aston Martins, Lotus Esprits oder Ferraris herumfahren«, beschwerte sich Bradley. »Wir haben hier das tollste Auto und das ist ein gemieteter Skoda!«

Bex suchte sich einen Parkplatz und stellte den Wagen ab. Als sie ausstiegen, bemerkte sie ein Stück weiter ein paar Gebäude, zweistöckig mit Ziegeldächern. Sie sahen wie gewöhnliche Häuser aus, als hätte man mitten im Nichts ein paar moderne Einfamilienhäuser hingestellt.

Neben ihnen tauchte ein Soldat in Tarnkleidung aus den Gräsern auf, die Waffe vor der Brust. Jetzt wurde nichts mehr vorgetäuscht – sie befanden sich in einer geheimen Einrichtung, und die Wachen bewiesen es.

Der Soldat deutete auf einen Pfad, der durch das Gras auf die Häuser zuführte. »Bitte folgen Sie dem markierten Weg.«

Als sie den Weg betraten, der geradezu durch einen Grastunnel führte, murmelte Bradley: »Habe ich schon erwähnt, dass ich Heuschnupfen habe?«

»Nur ungefähr tausendmal, seit wir uns kennen. Versuch, nicht zu niesen. Das könnte bei einem der Soldaten irgendetwas auslösen und damit meine ich keinen Asthmaanfall.«

Am Ende des Pfades standen zwei weitere Soldaten, doch Bex interessierte sich mehr für die Gebäude. Ja, es waren Häuser, aber jetzt, wo sie näher waren, erkannte sie, dass sie unbewohnt waren und sich dort, wo Fenster hätten sein müssen, nur Löcher befanden. Alle Häuser waren in derselben Farbe gestrichen. Bei einigen lag Kinderspielzeug im Vorgarten, wo das Gras kurz gemäht war, aber die Spielsachen sahen aus, als wären sie nie benutzt worden. Der ganze Ort schien irgendwie gespenstisch und irreal wie ein Filmset.

»Hast du mal von den Dörfern von Salisbury gehört, die die Armee während des Zweiten Weltkrieges als Übungsplätze beschlagnahmt und die Bevölkerung evakuiert hat?«, brummte Bradley. »Ist das hier vielleicht eines davon?«

»Sieht fast so aus«, erwiderte Bex, »aber die Häuser sind viel zu neu dafür. Das ist kein altes Dorf. Und es deutet nichts darauf hin, dass hier je jemand gewohnt hat. Nein, das hier wurde extra so gebaut.«

»Wozu?«

»Weiß ich nicht.«

Einer der Soldaten deutete auf die leeren Gebäude.

»Kiebitzring siebenundvierzig«, sagte er. »Gehen Sie die Sperlingstraße entlang, dann rechts in die Falkenstraße und danach links in den Kiebitzring. Sie erwartet Sie.« Er trat auf sie zu und reichte ihnen zwei laminierte gelbe Karten an einem gelben Band. »Tragen Sie die, dann sieht jeder, dass Sie tabu sind.«

»Tabu für was?«, wollte Bradley wissen, als er die Karten nahm, doch der Soldat trat nur zurück.

An der Hauptstraße zum Dorf parkten Autos, die aussahen, als hätte man sie von einem Schrottplatz geholt und an ihren jetzigen Standort geschleppt. Viele hatten platte Reifen und an einem fehlte eine Tür.

»Hier sind Brandspuren auf dem Asphalt«, bemerkte Bradley, als sie die Straße mit dem friedlichen Namen Sperlingstraße entlanggingen. Er reichte Bex ihre gelbe Karte an dem gelben Band.

»Aber keine ausgebrannten Autos«, erwiderte Bex und hängte sich die Karte um. Im Grunde standen die Autos sogar hauptsächlich auf den verbrannten Stellen. »Das ist wahrscheinlich ein MI6-Übungsgelände für Straßenkämpfe. Gelegentlich geraten Agenten, die undercover im Ausland arbeiten – oft in Osteuropa –, in Aufstände. Wahrscheinlich trainieren sie hier, wie sie sich verhalten sollen, wenn sie mittendrin stecken. Es ist nicht angenehm, wenn die Polizei mit Wasserwerfern auf einen losgeht und um einen herum Molotowcocktails fliegen. Wenn man so etwas noch nie erlebt hat, kann man leicht in eine Schreckstarre verfallen. Aber hat man es trainiert, kann man eher rational mit so einer Situation umgehen.«

»Sie stellen also Aufstände nach? Und wie? Spielen

Regimenter des Heeres etwa die Aufständischen und die Polizei?«

»So ungefähr«, antwortete Bex. Sie versuchte, sich die Straßen voller Aufständischer vorzustellen, die Steine, Ziegel und Mollys warfen, und Soldaten, die versuchten, sie zurückzudrängen. Sie selbst war noch nie in so eine Lage geraten und verspürte auch nicht den Wunsch danach.

Sie erreichten die Abzweigung und bogen in die Falkenstraße ab. Die Straße war ebenso menschenleer und verlassen wie die zuvor und ebenso still, doch Bex kam es wie eine abwartende Stille vor – als ob gleich irgendetwas geschehen würde. Es war wie der Moment, bevor der Dirigent eines Orchesters seinen Taktstock hebt, um den Musikern das Zeichen zum Beginn der Ouvertüre zu geben. Sie sah über die Schulter zurück. Obwohl sie niemanden entdecken konnte, hatte sie das unangenehme Gefühl, beobachtet zu werden. Vermutlich gab es überall Überwachungskameras.

»Es macht ihnen Spaß«, ergänzte sie. »Die Truppen lieben eine schöne Schlägerei ab und zu.«

Im Vorbeigehen sah sie sich die Häuser an. Einige hatten Türen, andere nicht, aber die, die es gab, hatten im Laufe der Jahre einiges abbekommen. An den meisten konnte man Fußabdrücke erkennen, weil sie eingetreten worden waren, und Kerben im Holz. Einige hingen schief in den Angeln.

An einigen Wänden sahen sie rote Striche. Einen Moment lang hielt sie es für Blut, doch dann erkannte sie die wahrscheinlichere Erklärung.

»Aha, Lippenstiftpatronen«, sagte sie.

»Was?«, fragte Bradley irritiert.

Sie nickte zu den Strichen. »Lippenstiftgeschosse. Kugeln, die aus demselben Material gemacht werden wie Lippenstifte. Man stirbt nicht davon, weil sie beim Aufprall zerplatzen, aber sie tun weh, und sie hinterlassen Spuren. Scharfe Munition wollen sie hier offensichtlich nicht verwenden. Das wäre zu gefährlich.«

»Trotzdem kann ich Einschusslöcher sehen«, stellte Bradley fest. »Da, in Nummer 12, und dort, Nummer 16. Sie wurden zugespachtelt, aber man kann sie noch erkennen. Einige der Autos haben Einschusslöcher in den Türen. Und das eine da – das hat ein Loch in der Windschutzscheibe. Sie benutzen also doch gelegentlich auch scharfe Munition.« Er tippte an die gelbe Karte um seinen Hals. »Ich bin froh, dass wir die hier haben. Ich schätze, die sichern uns freies Geleit. Jeder, der so etwas trägt, ist vor den Krawallen sicher.«

Sie bogen erneut ab, diesmal nach links in den Kiebitzring. Auch hier war niemand zu sehen. Es war, als wäre das Ende der Welt gekommen, und niemand hätte ihnen etwas davon gesagt.

»Das ist ja wie in einem Zombie-Computerspiel«, murmelte Bradley.

»Das muss ich dir mal so glauben.« Bex selbst spielte nicht, aber sie konnte sich plötzlich nicht gegen die Bilder in ihrem Kopf wehren, dass aus den dunklen Türöffnungen auf einmal lauter tote Körper mit ausgestreckten Armen auf sie zutorkelten. »Das hättest du besser mal für dich behalten«, seufzte sie. »Aber nein, du musstest es ja unbedingt sagen.«

Nummer 47 lag ungefähr in der Mitte des Rings. An der Tür zögerten sie und warteten ab, ob irgendetwas passierte, ob jemand auftauchte, aber alles blieb still.

Nicht unbedingt friedlich, denn das Gefühl von drohender Gefahr war überall – aber still.

»Na, dann los«, meinte Bex und betrat das dunkle, verlassene Haus.

Im Gang brannte eine nackte Glühbirne, die von der Decke hing, und die Wände trugen rote Streifen von den Lippenstiftkugeln. Vor ihnen lag der Küchenbereich, links von ihnen führte eine Treppe nach oben. Rechts befand sich eine Tür. Und hinter Bex war Bradley.

Sie ging nach rechts in den Raum, den sie für das Wohnzimmer hielt.

Avalon Richardson saß mitten im Zimmer hinter einem großen Eichenschreibtisch, der in dem kleinen Vorstadthaus völlig fehl am Platz wirkte. Sie trug ein schlichtes Businesskostüm und hatte ihr Haar kunstvoll aufgesteckt. Sie war älter, als Bex sie in Erinnerung hatte, und wirkte auch nicht mehr so unscheinbar. Inzwischen sah sie durch und durch wie ein professioneller MI6-Offizier aus, bis hin zu dem topmodernen Laptop auf dem Schreibtisch vor ihr. Eine gelbe Karte hing an einem Schlüsselband um ihren Hals. Hinter ihr standen zwei Männer in dunklen Anzügen, ebenfalls mit gelben Karten um den Hals. Durch und durch professionelle MI6-Bodyguards. Bex wusste, dass sie sich, fünfzehn Sekunden nachdem sie den Raum verlassen hatte, nicht mehr an ihre Gesichter würde erinnern können. Aber sie würden sich an ihres und Bradleys erinnern.

»Vielen Dank, dass Sie sich die Mühe gemacht haben herzukommen, Rebecca«, begrüßte Avalon Richardson sie ruhig. »Bitte treten Sie ein. Und Sie auch, Bradley. Ich bin Avalon.«

Bex stellte fest, dass es in dem Raum keine weiteren

Stühle gab außer dem, auf dem Avalon saß. Es handelte sich also um eine »Unterhaltung ohne Kaffee«, wie es beim Militär hieß. Sie und Bradley sollten sich möglichst unwohl fühlen.

»Bitte entschuldigen Sie meine Frisur«, sagte Avalon, »aber ich muss heute Abend noch zu einer Veranstaltung, ein festlicher Anlass. Aber egal.« Sie lächelte und sah zwischen Bex und Bradley hin und her. »Nun, ich dachte, es wäre an der Zeit, dass wir uns treffen und uns über Ihre Arbeit für die SIS-Terrorist-Technology-Enhanced-Remote-Reinforcement-Einheit abstimmen. Wie läuft es bei Ihnen? Wie geht es Ihnen mit Ihrer Arbeit?«

»Ausgezeichnet«, antwortete Bex. »Wir waren ziemlich beschäftigt, aber es waren durchweg interessante Missionen.«

»Und Sie haben sie ausgezeichnet erledigt«, erklärte Avalon und sah auf ihren Bildschirm. »Die Mumbai-Mission hat eine unerwartete Wendung genommen, aber Sie haben sich hervorragend geschlagen. Und dass Sie Todd Zanderbergen zur Strecke gebracht haben, hat der Regierung Ihrer Majestät eine Menge Pluspunkte auf der internationalen Bühne eingebracht. Es ist immer gut, Pluspunkte bei unseren amerikanischen Freunden zu haben. Und Zanderbergens nicht genehmigte Aktivitäten waren ihnen äußerst peinlich.«

»Gut zu wissen«, sagte Bex nur.

»Als Sie in Indien waren«, fuhr Avalon beiläufig fort, »sind Sie da zufällig auf irgendwelche anderen Gruppierungen gestoßen? Wir wissen zum Beispiel, dass sich auch Mitarbeiter des Milliardärs Agni Patel in dieser Gegend aufhielten. An seinen Aktivitäten sind wir ebenfalls sehr interessiert.«

Bex erinnerte sich gut an Agni Patel, doch das würde sie ihr nicht verraten. Patel war ein Philanthrop, der versuchte, die Welt von Massenvernichtungswaffen zu befreien, indem er sie selbst sammelte. Doch ihre damalige Zusammenarbeit hatte nichts mit dem MI6 zu tun und stand im krassen Gegensatz zu den Interessen von Blut und Boden.

»Waren es seine Leute, die die Aktentasche an sich nahmen, die ich beobachten sollte?«, fragte sie und hoffte, dass ihr Gesichtsausdruck sie nicht verriet.

»Nein«, erwiderte Avalon. »Und was ist mit irgendwelchen anderen Gruppierungen?«

Bex schüttelte den Kopf. »Nicht, dass ich wüsste.«

Plötzlich glaubte sie, Geräusche vor dem Haus zu hören, war sich aber nicht sicher, welche. Möglicherweise Stimmen.

Avalon runzelte leicht die Stirn, ein Zeichen, dass sie Bex nicht glaubte. »Wir haben erfahren, dass sich zu dieser Zeit auch eine Gruppe von … Faschisten in Mumbai aufgehalten hat. Haben Sie dort so jemanden gesehen?«

Bex schüttelte den Kopf und versuchte möglichst ahnungslos auszusehen. »Nein. Vielleicht waren sie ja im Urlaub dort.«

Avalon sah erneut auf ihren Bildschirm. »Und bei der Zanderbergen-Mission in Amerika – haben Sie da irgendjemanden mitgenommen?«

»Nein, ich war allein«, log Bex, doch ihr lief ein Schauer über den Rücken. Offensichtlich ahnte Avalon, dass Kieron und Sam an der Mission beteiligt gewesen waren, wusste aber nicht genug, um Bex direkt damit zu konfrontieren. »Ich weiß, dass in meinem Hotel auch ein paar englische Jungen wohnten«, fuhr sie fort, als wäre ihr das eben erst eingefallen. »Vielleicht meinen Sie die?«

»Hm. Und was war in Italien? Was können Sie mir über diese Mission erzählen?«

Das war eine schwierige Frage. Italien war keine Mission gewesen – da hatten sie nur versucht, die Leute aufzuhalten, die angeheuert worden waren, Bradley und sie zu töten. Und zwar von der Frau, die ihnen hier und jetzt gegenübersaß.

Bex machte ein ausgesprochen verwundertes Gesicht. »Es gab keine Mission in Italien. Die müssen Sie an ein anderes Team vergeben haben.« Es war Zeit für einen kleinen Gegenangriff, wenn es auch nur ein kleiner Stich war. »Es muss schwierig sein, den Überblick über so viele Missionen zu behalten«, fuhr sie mit geheucheltem Mitgefühl fort. »Ich weiß nicht, wie Sie das schaffen. Kein Wunder, dass Sie manchmal durcheinanderkommen.«

Über Avalons Gesicht zuckte ein freudloses Lächeln. Dasselbe Lächeln hatte Bex bei den Krokodilen in den Everglades von Florida beobachtet, als sie vom flachen Wasser aus auf ihr kleines, wackeliges Boot zugeglitten waren.

»Nein, ich komme nicht durcheinander«, sagte Avalon. »Nie.« Dann sah sie Bradley durchdringend an. »Sie sind so still, Bradley. Hatte die Explosion in Ihrer Wohnung irgendwelche psychischen Folgen für Sie?«

Noch bevor Bradley etwas sagen konnte, erklang von draußen her ein elektronisches Piepen. Eine Art Warnung vielleicht?

»Machen Sie sich darüber keine Gedanken«, sagte Avalon und wedelte wegwerfend mit der Hand. »Da beginnt nur gleich eine unserer Übungen mit Aufständischen. Wir müssen unsere Auszubildenden diese Erfahrung machen lassen, um sie abzuhärten. Also, Bradley, wie haben Sie auf die Explosion reagiert? Hat es Sie sehr beeinträchtigt?«

Bex spürte, wie Bradley mit den Schultern zuckte. »So etwas kann passieren, nicht wahr? In alten Gebäuden gibt es gelegentlich Gaslecks. Ich bin nur froh, dass niemand zu Schaden gekommen ist. Glücklicherweise waren wir beide nicht zu Hause.«

Gute Antwort, dachte Bex.

»Sie glauben also nicht, dass es ein bewusster Anschlag auf Ihr Leben war?«, erkundigte sich Avalon.

»Das bezweifle ich«, antwortete Bradley gelassen. »Da gab es doch noch eine Explosion im Zentrum von Newcastle, oder? Es muss wohl irgendein Problem mit der Gasversorgung gegeben haben. Und wer wusste schon, wo wir wohnen?« Er hielt inne, dann fuhr er fort: »Wenn es irgendeine Art von Bedrohung durch Terroristen gegeben hätte, wären Sie bestimmt darüber informiert gewesen, oder? Und Sie hätten uns gewarnt.«

Vorsicht, treib es nicht zu weit, dachte Bex. Sie versuchte, die Warnung telepathisch an Bradley zu übermitteln. Sie wusste nicht, ob er sie empfangen hatte, aber auf jeden Fall sagte er nichts mehr.

»Vielleicht sollten wir Sie beide von einem MI6-Arzt untersuchen lassen«, schlug Avalon mit übertriebener Besorgnis vor.

»Nicht nötig«, entgegnete Bex. »Wir sind beide schon von einem unabhängigen Arzt durchgecheckt worden. Und keine Angst, das haben wir selbst bezahlt. Wir werden Ihnen dafür keine Rechnung einreichen.«

Avalon lächelte dünn. »Nun, teilen Sie uns auf jeden Fall Ihre neue Adresse mit, für unsere Buchhaltung. Sie wohnen doch noch in Newcastle?«

»Ich schicke Ihnen eine Mail mit der Adresse«, versprach Bex und ignorierte die Frage. Von draußen hörte sie jetzt Rufe. Rufe und Parolen, auch wenn sie nicht verstehen konnte, was gerufen wurde. Und sie glaubte, Rauch zu riechen.

»Gut. Nun, das wäre es dann wohl. Ich wollte mich nur persönlich davon überzeugen, dass bei Ihnen beiden alles in Ordnung ist.« Ihr Gesicht legte sich leicht in Falten, als wäre ihr gerade noch eine Kleinigkeit eingefallen. »O ja, da Sie gerade hier sind: Wir sollten vielleicht ihre AR-Geräte überprüfen. Unsere Techniker sind oben. Sie können mal sehen, ob die Möglichkeit besteht, sie irgendwie zu optimieren.« Abwartend streckte sie die Hand aus. »Es wird nicht lange dauern.«

Bex hatte nicht die Absicht, Avalon Richardson die AR-Brille oder das Headset auszuhändigen. Sobald sie oder Bradley die Geräte aus den Augen ließen, würde man zumindest einen Tracker darin verbergen, wahrscheinlich auch eine Wanze, die alle Informationen, die mit der Brille aufgenommen wurden, sofort an Avalon weiterleitete. Schlimmer noch: Avalons Lieblingstechniker könnten Zugriff auf die Cloud des AR-Systems erhalten und die Dateien ihrer letzten Missionen einsehen. Das wäre ein Desaster, denn es gab eine Menge Dinge, die Bex Avalon nicht sehen lassen wollte. Und nicht zuletzt hatten Bex und Bradley die Geräte selbst entwickelt und gebaut. Das Letzte, was sie wollten, war, dass ihnen der MI6 ihre harte Arbeit stahl.

»Oh«, tat sie übertrieben überrascht. »Tut mir leid,

aber wir haben die Geräte nicht dabei. Wenn wir nicht auf einer Mission sind, verwahren wir sie an einem geheimen Ort, damit ihnen nichts passieren kann. Hätten Sie vorher gesagt, dass Sie sie überprüfen wollen, hätten wir sie mitgebracht. Aber wir dachten, Sie wollten lieber keine versteckten Aufnahmegeräte auf einem streng geheimen MI6-Gelände.«

»Dann haben Sie also alle Geräte zurückgelassen?« Avalons Stimme klang auf einmal eiskalt.

»Ja.«

»In Newcastle?«

»In der Nähe unserer neuen Wohnung«, sagte Bex und hoffte, dass sie so klang, als wolle sie helfen, ohne die Tatsache zu verraten, dass sie tatsächlich noch in Newcastle wohnten.

»Wie bedauerlich.« Avalon sah erst Bex und dann Bradley an und ihr Gesicht wurde plötzlich emotionslos und berechnend. Bex lief ein Schauer über den Rücken, als ihr klar wurde, dass Avalon höchstwahrscheinlich überlegte, ob sie ihr glauben oder sie von ihren Bodyguards durchsuchen lassen sollte. Denn egal, was sie Avalon erzählte, Bex trug ihre Brille und ihr Headset immer bei sich. Auch Bradley hatte seines normalerweise immer dabei, nur sein Gesundheitszustand hatte es erforderlich gemacht, dass es im Augenblick bei Kieron war – und zwar in Newcastle.

»Bedauerlich«, wiederholte Avalon schließlich. »Nun, dann müssen wir wohl einen anderen Termin machen, um die Geräte überprüfen zu lassen.« Sie lächelte. »Vielen Dank, dass Sie hergekommen sind. Ich hasse es, Sie hinauswerfen zu müssen, aber wie ich schon sagte, ich muss heute Abend zu einer Veranstaltung. Mein Hubschrauber wartet hinter dem Haus auf mich. Es war so nett, Sie beide zu sehen.«

Avalon sah auf den Bildschirm ihres Laptops. Deutlicher hätte sie nicht sagen können, dass Bex und Bradley entlassen waren.

»Vielen Dank, dass Sie sich die Zeit genommen haben«, erwiderte Bex ruhig und wandte sich zum Gehen. Bradley warf Bex einen Blick zu, zog eine Braue hoch und folgte ihr dann in den Flur.

Ein weiterer von Avalons schwarz gekleideten Bodyguards stand an der Tür. Er öffnete sie, um sie hinauszulassen, und da sah Bex, was draußen vor sich ging. Am Gartentor des Hauses rannten Männer mit Skimasken oder Tüchern vor dem Gesicht vorbei. Überall erklangen Schreie und Flüche.

»Ist es für uns sicher da draußen?«, fragte Bradley nervös, als der Bodyguard ihnen bedeutete, das Haus zu verlassen.

»Absolut.« Der Bodyguard zupfte an seinem gelben Abzeichen. »Die Dinger schützen Sie. Damit sind Sie sozusagen unsichtbar. Sie können einfach durch die Menge laufen und sie wird sich um Sie herum teilen. Sie sind unverwundbar.«

»Und Steine und Molotowcocktails prallen vermutlich einfach von uns ab«, bemerkte Bradley lächelnd.

Der Bodyguard reagierte nicht.

»Sehr beruhigend. Vielen Dank«, sagte Bex.

Sie verließ mit Bradley das Haus und ging auf das Gartentor zu, an dem immer noch die als Aufständische verkleidete Menge vorbeilief. Es mussten Hunderte sein, die Parolen und Beschimpfungen riefen, und es fiel schwer, sich davon nicht einschüchtern zu lassen. Bex versuchte, sich zu sagen, dass sich das alles nur auf einem Fernsehbildschirm vor ihr abspielte. Auf einem riesengroßen, hochauflösenden Fernsehbildschirm.

Plötzlich ließ sie eine Explosion zu ihrer Linken zusammenzucken und die Straße entlangstarren. Die Aufständischen verschwanden auf einmal hinter einer weißen Wolke. Rauchgranaten? Tränengas? Was auch immer es war, sie war froh, dass sie mit Bradley in die andere Richtung wollte.

Ein wenig zögerlich verließ Bex die relative Sicherheit innerhalb des Gartenzauns und betrat den Gehweg. Die Aufständischen, die an ihr vorbeiliefen, nahmen gar keine Notiz von ihr. Der Bodyguard hatte recht gehabt: Die gelben Karten an den Schlüsselbändern wirkten wie ein schützendes Amulett. Sie hätten genauso gut unsichtbar sein können.

Bradley schloss zu ihr auf. »Das ist irre«, sagte er. Sie konnte ihn in dem Lärm fast nicht hören, sondern musste ihm quasi die Worte von den Lippen ablesen.

»Wir gehen einfach ganz ruhig zu unserem Auto zurück!«, schrie sie.

Männer und Frauen rannten an ihr vorbei. Ihre Gesichter – soweit man sie erkennen konnte – waren vor Wut verzerrt. Die meisten von ihnen hielten Stöcke, Steine oder Ziegel in der Hand, mit denen sie ausholten. Gute Schauspieler, dachte Bex – falls sie spielten. Vielleicht machte es ihnen auch einfach Spaß, an organisierten Unruhen teilzunehmen. Sie stürmten alle an Bex und Bradley vorbei, ohne sie zu berühren oder auch nur anzusehen, wie ein Fischschwarm, der einem Felsen im Strom ausweicht, oder ein Vogelschwarm – Spatzen oder Kiebitze –, der sich auffächert, um einem Falken zu entgehen. Plötzlich fiel ihr auf, wie passend die Straßennamen waren, und sie musste lächeln. Da hatte jemand einen schrägen Sinn für Humor.

Bex und Bradley kamen an die Ecke Kiebitzring und Falkenstraße. Als sie abbogen, hörte Bex eine weitere Explosion, dieses Mal näher. Die Hauswände vor ihnen leuchteten orange und rot auf. Sie drehte sich um. Jemand musste eine Benzinbombe geworfen haben, denn das Feuer breitete sich hinter der Biegung des Kiebitzrings zwischen den Aufrührern und dem Ort aus, wo sie die Soldaten vermutete. Einige Chaoten rannten bis zu den Flammen und warfen Gegenstände darüber hinweg nach den Soldaten.

»Sehr realistisch!«, rief Bradley.

»Zu realistisch für meinen Geschmack!«, schrie Bex zurück. »Es ist ein Wunder, dass niemand verletzt wird.«

Einer der Aufständischen, ein Mann mit einem Motorradhelm, lief an ihr vorbei und stieß sie aus Versehen mit der Schulter an. Bex drehte sich nach ihm um, wurde aber plötzlich nach vorn gezogen, sodass sie beinahe gestürzt wäre. Da erst bemerkte sie, dass die erste Aktion nur eine Ablenkung gewesen war, damit jemand anders im Vorbeigehen nach ihrer Karte greifen konnte. Das Band zerriss, und die Enden peitschten ihr ins Gesicht, als die Karte fortgerissen wurde. Sie spürte, wie Bradley sie am Arm packte und festhielt, während etwas Gelbes von ihr fortflatterte. Sie verlor es aus den Augen, als der Dieb in der Menge verschwand.

»Halt dich dicht bei mir!«, schrie Bradley.

Er versuchte, sie näher zu sich heranzuziehen, damit seine Karte sie beide schützte. Doch fast im gleichen Moment sah sie, wie eine Hand auch seine laminierte

Karte ergriff und von seinem Hals riss, sodass er zur Seite taumelte.

Panisch sah sich Bex um. Beide Karten waren im Gewühl der Aufrührer verschwunden. Avalon Richardson wollte, dass sie verwundbar waren, und das in einer immer gefährlicher werdenden Situation. Das hatte sie von Anfang an geplant!

Schüsse ließen sie herumfahren, während Bradley sie am Arm packte, um zu verhindern, dass sie von den Randalierern mitgerissen wurde. Aus der Falkenstraße – der Richtung, aus der sie vor dem Treffen ursprünglich gekommen waren und durch die sie mussten, um zu ihrem Auto zu gelangen, sah sie Soldaten in grünen Tarnanzügen kommen. Sie trugen alle Gasmasken, die sie wie eine anrückende Alienarmee wirken ließ, und die Aufständischen rannten vor ihnen davon. Die Soldaten trugen halb automatische Gewehre, mit denen sie über die Köpfe der Randalierer hinweg zielten. Während Bex noch wie erstarrt überlegte, was sie jetzt tun sollten, schossen die Soldaten erneut. Ein Vorhang aus bläulichem Rauch wirbelte um sie herum, und es roch nach dem Schießpulver, mit dem die Kugeln abgefeuert wurden.

»Lippenstift oder echte Kugeln?«, schrie ihr Bradley ins Ohr.

Bex sah sich verzweifelt um. Der Teil der Falkenstraße, durch den sie mussten, um zu ihrem Auto zu kommen, war von Soldaten besetzt. Der Kiebitzring war von den Randalierern besetzt, die sich wahrscheinlich auf der anderen Seite ebenfalls mit Soldaten konfrontiert sahen. So blieb ihnen nur ein Weg: die Falkenstraße in die andere Richtung zu nehmen – weg von ihrem Auto, nicht darauf zu. Bex zog Bradley am Arm, um ihm zu bedeuten, wohin sie sich wenden sollten.

Auf einmal wallte dort noch mehr Rauch auf, sodass sie nicht mehr viel sehen konnten. Doch schon nach den ersten Schritten sah Bex einen Panzerwagen wie einen Wal aus dem Wolkenmeer auftauchen. Vor der Windschutzscheibe prangte ein Gitter, und oben befand sich eine Art Geschützturm, von dem aus der Kommandant wohl seine Befehle gab.

Damit waren alle drei möglichen Wege versperrt.

Bex erstarrte, ging im Kopf alle drei Möglichkeiten wieder und wieder durch, fand aber keinen Ausweg.

Etwas in der Größe einer Konservendose kam aus dem Rauch geflogen, es schoss über den Panzerwagen hinweg und fiel auf die Straße, von der es ein paarmal abprallte, bis es etwa zwanzig Schritte vor Bex und Bradley liegen blieb. Gleich darauf explodierte es in einer Wolke aus weißem Dampf, der in ihre Richtung wehte und den Panzerwagen verschwinden ließ.

Bex machte den Mund auf, weil sie Bradley fragen wollte, ob er irgendwelche Ideen hatte, denn ihr waren sie ausgegangen. Aber sie brachte keinen Ton heraus, weil ihr etwas in der Kehle zu kratzen begann. Ihre Nase fing an zu kribbeln, dann zu jucken. Gleich darauf hatte sie das Gefühl, als hätte jemand Essig hineingegossen. Sie krümmte sich, hustete und versuchte, den Rauch aus ihrer Lunge zu bekommen.

»Tränengas!«, schrie Bradley ihr ins Ohr. »Wir brauchen Hilfe!«

Woher denn?, versuchte Bex zu sagen, doch das Gas schnürte ihr die Kehle zu. Sie konnte kaum atmen.

War es das? War das das Ende?

Kapitel 3

Kieron und Sam waren in ihrem örtlichen Freizeitzentrum, als alles anfing schiefzulaufen.

Sie hatten beschlossen, dass sie, wenn sie Bex und Bradley weiterhin unterstützen wollten, fitter werden mussten. Und wenn sie sich ernsthaft um einen Job beim Nachrichtendienst bewerben wollten, wenn sie älter waren, spielte ihre physische Verfassung auch eine gewisse Rolle. Es gab extrem fitte Agenten, und es gab die Technikfreaks, die sie unterstützten. Aber ein extrem fitter Technikfreak? Das machte sich in der Bewerbung sicher gut. Damit war man vielseitig einsetzbar.

»Kann ich euch helfen?«, fragte das Mädchen hinter dem Tresen, als sie nervös darauf zugingen. Sie konnten beide nicht sonderlich gut mit Menschen umgehen.

»Wir suchen eine Art Fitmachkurs«, sagte Kieron, als ihm klar wurde, dass Sam nicht die Absicht hatte, den Mund aufzumachen.

»Okay«, sagte das Mädchen. »Wir haben hier ein voll ausgestattetes Fitnesscenter, aber bevor ihr die Geräte benutzt, müsst ihr einen Aufnahmetest machen – um zu vermeiden, dass ihr euch verletzt.« Sie schob ihnen zwei Blätter zu. »Hier stehen die Zeiten für diese Tests. Füllt die Formulare auf der Rückseite aus und gebt sie ab. Dann stelle ich euch die Zugangskarten aus.«

»Okay«, erwiderte Kieron. »Danke.«

Er hatte das Gefühl, sie zu kennen. Vielleicht war sie an seiner Schule gewesen, allerdings ein oder zwei Jahre über ihm. Er wollte sie nicht daran erinnern, dass sie ihn kannte. Sie sah Sam und ihn ja jetzt schon an, als frage sie sich, ob sich ihre schwarze Haarfarbe im Swimmingpool rauswaschen und dunkle Ränder im Becken hinterlassen würde. Er wollte nicht sehen, wie sich ihre Lippen kräuselten, wenn ihr all die dummen Dinge einfielen, die Kieron getan hatte, und wie ihn immer alle schikaniert und gehänselt hatten.

»Ich hätte Lust auf ein paar Fritten«, erklärte Sam, als sie sich abwandten. »In der Cafeteria hier machen sie erstklassige Fritten. Mit Käse überbacken. Die und ein eiskalter Drink würden mir jetzt guttun. Und von da aus kann man den Swimmingpool sehen. Also können wir die ganzen Idioten beobachten, die da herumplanschen und angeben.«

Als sie die Treppe zur Cafeteria und zur Aussichtsterrasse hinaufgingen, meinte Kieron: »Ich weiß gar nicht, warum sie an einem Ort, an den die Leute wegen ihrer Fitness und Gesundheit gehen, Burger und Chips verkaufen. Sollten sie hier nicht lieber Salat anbieten? Und Obst?«

»Das haben sie versucht«, erwiderte Sam. »Aber niemand hat Salat oder Obst bestellt. Es musste alles weggeworfen werden. Jeder hat sich beschwert, dass es kein fettiges Fast Food gibt. In der Hinsicht sind die Leute seltsam.« Er sah Kieron an. »Wenn du Obst oder Salat willst, beschwer dich.«

»Vielleicht ein andermal.«

Während sie auf ihr Essen warteten, piepste das AR-Gerät.

»Das ist Bex«, sagte Kieron zu Sam und drückte den Verbindungsknopf an der Brille. »Wahrscheinlich will sie uns ein Update von dem Meeting mit ihrem Boss geben.«

Sobald er seine Brille aufgesetzt hatte, bekam er ein Bild dessen über sein eigenes Sichtfeld gelegt, was Bex gerade sah. Es sah aus, als würde Bex die Brille eben aus der Tasche nehmen. Das Bild war einen Augenblick lang dunkel und verschwamm dann, als sie sie aufsetzte. Kieron wurde es kurz schwindelig, doch das ging rasch vorbei. Im Laufe der letzten paar Monate hatte er sie oft genug aufgehabt, um daran gewöhnt zu sein. Als sich das Bild stabilisierte und die Technologie in der Brille den plötzlichen Wechsel von Helligkeit und Kontrast ausglich, hörte er ihre Stimme in seinem Ohr.

»Kieron? Kannst du mich hören?«

»Ja. Ist …«

»Hör zu«, unterbrach sie ihn, während er erschrocken feststellte, dass er auf eine völlig chaotische Szenerie starrte, in der Leute mit Steinen und Ziegeln warfen und überall flackernder Feuerschein zu sehen war. »Wir brauchen ganz dringend Hilfe.«

»Was soll ich tun?« Kieron holte tief Luft und bereitete sich auf was auch immer vor. Er nahm wahr, dass Sam sich aufgerichtet hatte und aufmerksam zuhörte.

»Wir befinden uns auf einer Art Agenten-Übungsgelände. Hier findet ein gespielter Aufstand statt, aber aus dem Spiel ist plötzlich Ernst geworden. Wir brauchen unbedingt Hilfe, um hier rauszukommen.«

»Okay, warte einen Moment.«

Kieron schob ein paar virtuelle Menüs hin und her und betätigte Knöpfe, die nur er sehen konnte, um sich durch die Optionen zu klicken und auszuwählen, was er brauchte. Die Sensoren der Brille registrierten die kleinen Gesten seiner Finger und reagierten entsprechend.

»Gut. Der GPS-Chip in deiner Brille sagt mir, dass du dich in Berkshire in der Nähe der M4 befindest. Die Standardkarten zeigen dort nur Felder und Wälder. Ich greife auf die geheimen Karten zu. Ja, da habe ich es. Die geheime MI6-Datenbank der Übungsgelände hat da etwas verzeichnet. Nennt sich ›Trainingsareal Burnt Hill‹. Dort werden seit den Fünfzigerjahren Agenten für hochriskante Situationen trainiert.«

Durch den Kopfhörer hörte er etwas explodieren und wie Bradley fluchte.

»Ich weiß deine Geschichtsstunde zu schätzen«, sagte Bex, »aber wir brauchen die Karte.«

»Ich rufe eine auf. Gut, da habe ich sie. Ja, es ist eine ganze Stadt, die auf den normalen Karten nicht existiert. Ihr steht an einer Straßenecke.«

»Und alle drei Richtungen sind von Randalierern oder der Armee blockiert!«, rief sie. »Gibt es irgendeinen Ausweg? Wir müssen zum Parkplatz zurück.«

Kieron wählte die Mitte der Karte mit der Fingerspitze aus und drehte den Ausschnitt, bevor er ihn mit zwei Fingern vergrößerte. »Siehst du an der Ecke das Haus und das Haus gleich daneben, zwischen denen eine schmale Gasse hindurchführt? Wahrscheinlich rechts von dir.«

»J-ja«, antwortete sie.

»Schafft ihr es zu der Gasse?«

»Irgendwie schon«, murmelte sie grimmig.

Kieron schaltete das Bild in der Brille auf die Ansicht, die Bex vor sich hatte, und behielt die Karte minimiert in einer Ecke seines Gesichtsfelds, falls er sie noch mal brauchen würde – was höchstwahrscheinlich der Fall war.

»Was ist los?«, fragte Sam.

»Sag ich dir gleich.«

Kieron sah, wie sich Bex' Blick auf ein Haus in der Nähe richtete. Tatsächlich führte eine Gasse an einer Seite entlang, zwischen dem Haus und dem Gebäude daneben. Wahrscheinlich gelangte man so in die Gärten dahinter. Der Blickwinkel veränderte sich, als Bex darauf zurannte. Als ein Ziegelstein an ihr vorbeiflog, zuckte Kieron unwillkürlich zusammen, und das Bild vor seinen Augen wackelte. Kieron hörte Schreie und gelegentliche Explosionen. Links von Bex tauchte plötzlich eine Frau auf. Ihr Gesicht war von den Augen abwärts von einem Schal verdeckt, der einen grinsenden Totenschädel zeigte. Mit irrem Blick schwang sie ein Metallrohr in der rechten Hand und machte Anstalten, es Bex über den Schädel zu ziehen.

Kieron bekam mit, wie Bex der Frau einen Schlag auf die Nase verpasste, sodass sie – ihr Tuch blutverschmiert – zusammenbrach. Das Metallrohr fiel scheppernd zu Boden. Bex bückte sich und hob es auf.

Dann sah sie sich nach Bradley um. Kieron konnte sehen, dass er seinen Arm um den Hals eines weiteren

Aufständischen gelegt hatte. Erst als der bewusstlos zusammensackte, ließ Bradley ihn los.

Bex' Arm tauchte im Bild auf. Sie packte Bradley und zog ihn mit sich. Dann drehte sie den Kopf, um zu sehen, wohin sie liefen.

Kieron kam es vor, als wären seine beiden Freunde in der Hölle. Auf dem Boden lagen Menschen, die sich wanden und nach Luft rangen, während Rauchschwaden das Bild verschwimmen ließen. Alles wurde von Flammen erleuchtet. Weiter weg erkannte er Soldaten, die sich mit erhobenen Waffen näherten. Sie trugen Gasmasken. Es wirkte wie ein Ego-Shooter in einer Art postapokalyptischen Umgebung, und doch war es England, es war heute, und das da waren seine Freunde.

»Das ist eindeutig viel zu realistisch«, murmelte er.

»Erzähl mir was Neues«, stieß Bex hervor.

Die Schüsse hallten erschreckend laut zwischen den Gebäuden wider. Einige der Aufständischen, an denen Bex und Bradley vorbeiliefen, zuckten zusammen oder duckten sich, während andere wegrannten.

Kieron hörte, wie Bex' Schuhe über den Asphalt hämmerten, während sie und Bradley sich von der Menge entfernten. Das Bild in seiner Brille hüpfte auf und ab. Die Gasse wurde immer größer, dann waren Bex und Bradley drinnen, und Kieron verspürte Erleichterung.

»Zwei Portionen Fritten mit Käse«, sagte eine Stimme neben ihm.

Kieron sah erschrocken auf. Er hatte nicht gemerkt, dass jemand sich genähert hatte. Neben ihm stand die Bedienung des Cafés mit zwei Tellern.

»Danke«, sagte Sam. »Stellen Sie sie doch einfach ab, bitte.«

Die Frau starrte Kieron an und fragte: »Geht es ihm gut?«

»Keine Sorge. Das ist das Tourettesyndrom. Aber er nimmt seine Medikamente.«

Kieron überlegte, ob er sich verteidigen sollte, aber im Moment war das, was in Burnt Hill vor sich ging, wichtiger. Er ließ sich wieder in diese Hölle hineinziehen. Der Geruch des überbackenen Käses in seiner Nase und das Bild vom Rauch der Feuer vor seinen Augen bildeten einen surrealen Kontrast.

Bex sah zur Straße zurück, wo drei der Aufrührer zusammenstanden und diskutierten. Einer von ihnen deutete in die Gasse.

»Sie sind tatsächlich hinter uns her«, stellte Bex fest. »Bis jetzt hatte ich gehofft, dass es nur ein Missverständnis war, aber …«

»Ihr solltet da verschwinden«, drängte Kieron, als die Randalierer auf die Gasse zugingen. »Ihr gelangt in die Gärten hinter den Häusern. Geht ganz bis ans Ende, da führt ein Pfad an den Gärten entlang, parallel zur Straße. Geht ihn nach rechts weiter.«

Kieron sah, dass Bex seinen Anweisungen folgte und am Haus entlangging. Doch anstatt durch den Garten zu laufen, in dem sie jetzt standen, zog sie Bradley mit sich zu den Terrassentüren. Als sie den Kopf drehte, konnte Kieron kurz in das Gebäude sehen, dessen kahle Wände und nackter Betonfußboden die extreme Realität außerhalb zu verspotten schienen.

»Was machst du denn?«, fragte Kieron. »Die sind gleich bei euch!«

»Ich weiß. Wir schaffen es nicht bis zum Auto, wenn sie uns folgen. Wahrscheinlich rufen sie Verstärkung oder ihre Freunde versperren uns den Weg. Ich muss mich um sie kümmern.« Sie wandte kurz den Kopf zu Bradley. Über dessen Schulter hinweg erkannte Kieron ein kleines Rechteck Rasen mit einem Schuppen am Ende. Durch die Speichen eines Kinderfahrrads wuchs Gras. Das leuchtend orange und grüne Plastik schien seltsam fehl am Platz.

»Ich nehme den ersten, du den zweiten«, erklärte sie eindringlich. »Und wer zuerst fertig ist, kümmert sich um den dritten.«

»Oh, was für ein Spaß!«, erwiderte Bradley, doch seine grimmige Miene strafte die fröhlichen Worte Lügen.

Als Bex wieder zu Bradley sah, konnte Kieron gerade noch erkennen, dass er etwas vom Rasen aufhob.

Dann erklangen rennende Schritte in der Gasse. Ein Mann in Jeans und Jeansjacke tauchte auf. Als er Bex sah und schlitternd abbremste, schwang sie das Metallrohr. Der Mann duckte sich hektisch, und das Rohr traf die Wand, sodass es Steinsplitter hagelte. Bex sprang zurück, während sich der Mann in ihre Richtung warf. Er hielt ein Messer in der Hand, das Kieron aus Computerspielen kannte – und von den toughen Kids aus der Schule, die immer hinter dem Fahrradschuppen rauchten. Es war ein Balisong – auch »Butterflymesser« genannt –, dessen Griff man in zwei Hälften teilen und sie über die Klinge klappen konnte. Die toughen Kids machten Tricks damit, ließen die Griffe über ihre Fingerknöchel tanzen und ganz plötzlich die Klinge hervorspringen.

Kieron bemerkte aus den Augenwinkeln, dass eine zweite Gestalt an der ersten vorbeilief und sich auf Bradley stürzte.

Das Messer blitzte auf und zielte auf Bex' Gesicht, doch sie schlug ihm mit dem Metallrohr gegen das Handgelenk. Mit einem Aufschrei ließ er das Messer fallen. Kieron hatte den Eindruck, als stünde sein Arm in einem seltsamen Winkel ab. Bex stieß ihm das Ende des Rohrs ins Gesicht, woraufhin er rückwärts umkippte.

Dann warf sie einen kurzen Blick zu Bradley hinüber, der mit dem zweiten Aufständischen kämpfte. Sein Gegner hatte ein längeres Messer – eines, das von den Medien als »Zombiemesser« bezeichnet wurde –, während Bradley eine Gartenharke in der Hand hielt. Kieron kam das nicht gerade wie ein fairer Kampf vor.

Am Rand seines Blickfelds bewegte sich etwas, und Bex zog den Kopf zurück, gerade als das Ende eines Betonpfostens an ihrem Gesicht vorbeischoss. Der dritte Randalierer stand an der Hausecke und hielt einen Pfosten in der Hand, den er anscheinend gerade aus dem Parkzaun gerissen hatte. Sein Gesicht war zu einem boshaften Zähnefletschen verzerrt. Als er den Betonpfosten ein weiteres Mal hob, um Bex damit den Schädel einzuschlagen, trat sie vor und hielt die Metallstange an beiden Enden waagerecht vor sich. Ihr Angreifer hatte Probleme, den schweren Pfosten zu manövrieren, und bevor er damit zuschlagen konnte, hieb ihm Bex die Stange unter das Kinn.

Sein Kopf wurde nach hinten gerissen und er taumelte in die Gasse zurück. Kieron glaubte, den Mann zu Boden gehen zu sehen, doch Bex wandte sich in dem Moment Bradley zu.

Der Stand dort lautete: Gartenharke 1 – Zombiemesser 0. Bradleys Angreifer lag verrenkt über dem Kinderfahrrad. Kieron schien es eine sehr unbequeme

Position zu sein, doch da er vermutlich bewusstlos war, machte es dem Mann wohl nicht so viel aus.

»Wir müssen weiter«, keuchte Bex atemlos. »Kieron, auf welchem Weg kommen wir am schnellsten zum Parkplatz?«

»Ehrlich gesagt habe ich eine bessere Idee«, antwortete er. Mit ein paar raschen Fingerbewegungen legte er einen Grundrissplan des Dorfes als leuchtendes Raster über die Häuser. So sah er die Umrisse der Häuser, die Grundstücksgrenzen und die Zäune dazwischen als blaue und grüne Linien – doch darunter erschienen, wie erhofft, rote Linien, die anzeigten, was sich unter der Erde befand. Keine Wasserleitungen, Abwasserrohre oder Kabelkanäle wie bei einem echten Dorf, sondern Zugangstunnel, Kabel für die Überwachungskameras und sogar ganze unterirdische Räume.

»Siehst du eine runde Metallplatte im Boden, ein Stück vom Haus weg?«, fragte er drängend. Von dieser Platte führte etwas, das ihn von der Form her an den Kommandoturm eines U-Bootes erinnerte, nach unten in das Netz aus unterirdischen Tunneln und Räumen, und er hoffte, dass Bex das ebenso klar war wie ihm.

»Sehe ich. Sollen wir etwa in die Abwasserkanäle hinuntersteigen?«

»Kein Abwasser. Es ist ein Tunnel, der wahrscheinlich zu dem unterirdischen Verbindungswegenetz für die Ausbilder gehört, damit sie sich fortbewegen können, ohne in die Aufstände zu geraten. Niemand wird erwarten, dass ihr dort hinuntersteigt.«

»Ich hätte auch nicht erwartet, dass ich da runtergehe«, murmelte Bex. »Gute Arbeit.«

Kieron beobachtete, wie sie die Abdeckung öffnete.

»Okay«, sagte sie. »Da ist eine Metallleiter, die an altes Ziegelmauerwerk geschraubt ist. Bradley, du zuerst. Ich folge dir und mache den Deckel wieder zu, damit keiner weiß, wohin wir verschwunden sind.«

Ein paar Sekunden später kletterten die beiden durch den Schacht in die dunkle Welt unter Burnt Hill. Kieron schaltete die Infrarotsicht ein, um in der Dunkelheit etwas erkennen zu können. Als Bex sich am unteren Ende der Leiter umdrehte, schreckte er mit einem entsetzten: »Uaah!«, zurück.

»Was?«, drängte Bex. »Was ist los?«

»Äh, nichts«, stieß Kieron schnell hervor. »Tut mir leid, das war was hier, nicht bei euch.«

Aber das war es nicht. Was er gesehen hatte, als er auf Infrarotsicht geschaltet hatte, war eine Horde Ratten, die in den Tunnel flüchteten. Einige von ihnen schienen so groß wie kleine Hunde, doch das konnte an den Sensoren liegen, die alles in Schattierungen von Rot und Weiß zeigten. Die Ratten drehten sich auf ihrer Flucht immer wieder um und ihre Zähne hoben sich wie schwarze Nadeln von den rot glühenden Schnauzen ab.

»Bist du sicher, dass da nichts ist? Ich kann vor uns ein Rascheln hören.«

»Nur ein Luftzug in den Tunneln. Geht einfach geradeaus weiter«, sagte Kieron und versuchte, möglichst normal und unbesorgt zu klingen. »Bleibt mit einer Hand an der Wand. So kommt ihr zum Parkplatz.«

»Bradley«, sagte Bex und drängte sich an ihm vorbei, »Kieron wird mich leiten. Du hältst dich an meinem Gürtel fest, damit wir uns in der Dunkelheit nicht verlieren.«

»Bist du sicher, dass das Rascheln nur ein Luftzug

ist?«, fragte Bradley misstrauisch. »Es klingt mir mehr wie …«

»Es ist nur ein Luftzug!«, beharrte Kieron. »Geht einfach los!«

Die Ansicht des Tunnels veränderte sich, während Bex weiterlief. Jetzt wirkte es wirklich wie ein Computerspiel, fand Kieron. Die Infrarotsensoren zeigten ihm lediglich Hitzequellen, und da die Ratten jetzt weit genug weggelaufen waren, sodass er sie nicht mehr sehen konnte, wurde nur das Leuchten von Bex' Hand registriert, die die Wand entlangstrich. Alles andere war dunkel. Kieron ging die verschiedenen Optionen auf dem AR-Gerät durch, um herauszufinden, ob es noch eine andere Möglichkeit gab, die Umgebung darzustellen. Er entdeckte etwas, das sich »Restlichtverstärker« nannte, und schaltete es ein. Und wünschte sich augenblicklich, er hätte es nicht getan.

»O mein Gott!«, stieß er unwillkürlich hervor, als sich das rot-weiße Bild in eines aus Grünschattierungen verwandelte und ihm Tausende von Kakerlaken zeigte, die über das Ziegelmauerwerk des Tunnels flüchteten und sich nur so eben aus der Reichweite von Bex' Fingern hielten. Kieron unterdrückte die aufsteigende Übelkeit und stellte fest, dass er sie mit dem Infrarotsensor nicht hatte sehen können. Das lag wohl daran, dass sie nicht über warmes Blut verfügten. Sie waren genauso kalt wie die Tunnelwände. Er war sich nicht sicher, woher das schwache Licht für den Restlichtverstärker kam – vielleicht aus schmalen Lüftungsschlitzen in der Tunneldecke oder von fluoreszierenden Pilzen. Aber er wünschte sich, er hätte die Ansicht nicht gewechselt. Doch jetzt, wo er wusste, dass es die Ansicht gab, konnte er sie auch nicht mehr abschalten. Das ständige Huschen der Kakerlaken war ekelhaft hypnotisch.

»Was ist?«, fragte Bex. »Passiert wieder was auf deiner Seite?«

»J-ja«, sagte er, obwohl ihm klar war, wie wenig überzeugend er klang. »Hier ist es gerade ein wenig hektisch. Geh einfach weiter.« Er musste einen Aufschrei unterdrücken, als nur Millimeter von Bex' Hand entfernt eine Kakerlake von der Größe einer Yu-Gi-Oh!-Sammelkarte über die Wand rannte. Ihre Antennen schleiften links und rechts von ihrem Körper hinterher. Bex schien seinen beruhigenden Worten nicht zu glauben, denn sie sah sich hektisch um, obwohl sie nichts sehen konnte. Kieron lief ein Schauer über den Rücken, als er bemerkte, dass auch die Decke des Tunnels von Insekten nur so wimmelte.

»Ihr kommt gleich in einen Raum«, sagte er und atmete tief durch, um sich zu beruhigen. »Geht einfach geradeaus weiter, wenn die Wand aufhört, ich leite euch.«

Kurz darauf betraten Bex und Bradley einen großen Raum, dessen Wände als leuchtend rote Linien auf Kierons Brille markiert waren, während er durch den Restlichtverstärker nur wie ein großer dunkler Raum wirkte, fast wie eine Höhle. Als sie hindurchgingen, hielt Bex instinktiv die Hände vor sich, um nicht gegen etwas zu stoßen, und Kieron sah Stühle und den Rand eines Tisches vor sich auftauchen.

»Igitt!«, machte Bex und wedelte mit der Hand vor ihrem Gesicht herum.

»Was ist?«, wollte der hinter ihr gehende Bradley wissen.

»Spinnweben«, erklärte Bex. »Keine Angst.«

»Hier unten gibt es Spinnen?«, fragte Bradley nach. Er klang nervös. »Wie groß? Hätte ich gewusst, dass es bei dieser Mission Spinnen gibt, hätte ich mich nicht dafür gemeldet.«

»Ich kann keine Spinnen sehen«, meinte Kieron wahrheitsgemäß. Er sah nur Kakerlaken. Tausende von Kakerlaken. Vielleicht hatten sie alle Spinnen aufgefressen. Aber solange Bradley nicht nach Kakerlaken fragte, war alles okay.

Bex und Bradley hatten den unterirdischen Raum halb durchquert, als Kieron glaubte, vor ihnen eine Bewegung auszumachen. Das Problem war nur, dass es schwer war, ohne jede Lichtquelle überhaupt etwas in der Entfernung zu erkennen – und hier gab es keine. Er drückte auf einen virtuellen Knopf und schaltete wieder zur Infrarotansicht zurück. Die grün-schwarzen Schattierungen wichen leuchtenden Feldern in Rot, Weiß und Blau.

In der Mitte des Raumes, etwa drei Meter von Bex entfernt, lag etwas, dem sie mit jedem Schritt näher kam. Einen Moment lang hielt er es für ein Kissen, das jemand dort vergessen hatte, bis es plötzlich das Maul aufriss.

Es war eine Ratte – die größte, die Kieron je gesehen hat. Und bei Weitem die größte hier unten. Der König der Ratten. Offenbar hatte er sich entschlossen, kehrtzumachen und sich diesen Eindringlingen in sein Königreich entgegenzustellen.

Bex war noch fünf Schritte entfernt.

Und sie konnte die Ratte nicht sehen.

Dem Schwanken des Bildes glaubte Kieron zu entnehmen, mit welchem Fuß Bex gerade auftrat. Er wartete aufmerksam, bis sie ihren linken Fuß aufsetzte, und sagte dann: »Tritt jetzt mal mit dem rechten Fuß zu, als wolltest du einen Rugbyball kicken.«

Bex fragte nicht, warum, sondern holte einfach mit dem rechten Fuß aus. Kieron sah ihn am unteren Bildrand auftauchen und in perfektem Bogen ausschwingen. Er traf die Ratte, gerade als sie losspringen wollte. Doch stattdessen schnellte ihr Kopf zurück und sie flog wie ein Geschoss durch die Luft.

»Was zum Teufel war das?«, keuchte Bex.

»Erkläre ich dir später.«

Die kräftigen Farben der Infrarotkamera zeigten Kieron, wie sich eine ganze Welle von kleineren Ratten um ihren verletzten König versammelte. Als er unter ihnen verschwand, schaltete Kieron wieder auf Nachtsicht.

»Viel später«, fügte er hinzu.

Als Bex an der Masse der kämpfenden Ratten vorbeikam, musste sie irgendetwas gespürt haben, denn sie ging ihnen unbewusst leicht aus dem Weg. Kieron richtete seine Aufmerksamkeit wieder auf das, was vor ihnen lag. Seine beiden Freunde hatten den Raum jetzt fast durchquert, und die leuchtend grünen Linien des Grundrisses zeigten an, dass ein Durchgang kam.

»Vorsicht«, warnte er. »Direkt vor euch fängt der Tunnel wieder an. Ihr geht direkt darauf zu. Nicht vom Kurs abweichen.«

Bex betrat, ohne zu zögern, den Gang und ging ihn entlang.

»Ist noch alles in Ordnung, Bradley?«, erkundigte sie sich und sah sich reflexartig um, obwohl es stockdunkel war. Kieron allerdings bekam eine Nahaufnahme von Bradleys Gesicht präsentiert. Der Agent sah ängstlich aus. Vielleicht forderten die physischen Probleme, die er hatte, seit ihn vor ein paar Monaten die Schläger von Blut und Boden zusammengeschlagen und gefoltert hatten, ihren psychischen Tribut. Vielleicht gefiel ihm auch die Vorstellung von Spinnen nicht. Oder er mochte es tatsächlich nicht, als Agent im Feld zu arbeiten. Was auch immer es war, er sah aus, als würde er gleich zusammenbrechen.

Deshalb erwähnte Kieron auch nicht die große Kakerlake, die auf seinem Kopf saß. Entsetzt beobachtete er, wie die langen Antennen des Tieres nach vorn kippten und über Bradleys Stirn strichen. Bradley runzelte die Stirn, fuhr sich mit der Hand übers Haar und wischte die Kakerlake dabei herunter.

»Ich hasse Spinnweben«, murmelte er, während sich Bex wieder dem zuwandte, was vor ihr lag, und Kieron das Bild aus den Augen verlor.

Jetzt, wo alles glattzulaufen schien – wenn man mal von den Kakerlaken absah –, streckte Kieron die Hand aus und tastete nach seinem Drink.

»Wenn du deinen Becher suchst – der steht zehn Zentimeter weiter rechts«, erklang Sams Stimme irgendwo vor ihm. »Wenn du jedoch irgendwas mit der Brille machst, kann ich dir nicht helfen.«

Kierons Fingerspitzen berührten den eiskalten Pappbecher. Er nahm einen großen Schluck. Die Kälte löschte seinen Durst und der Zucker sorgte für einen sofortigen Energieschub.

»Danke, Kumpel«, sagte er.

»Was?«, fragte Bex.

»Nichts. Ich habe mit Sam gesprochen. Aber gleich kommt rechts von euch ein Seitentunnel. Auf mein Zeichen hin müsst ihr rechts abbiegen.«

»Wir biegen rechts ab, Bradley«, warnte Bex ihren Partner. »Mach dich bereit.«

»Abbiegen in drei … zwei … eins … jetzt!«, befahl Kieron.

Aufs Stichwort änderte Bex die Richtung. Offensichtlich folgte Bradley ihr, denn keiner von beiden sagte etwas, und Kieron hörte nichts dergleichen, dass der Mann gegen die Wand gelaufen wäre.

Da es vorerst keine offensichtlichen Hindernisse gab, zoomte Kieron zum Plan, damit er sehen konnte, wie es weiterging. »Auf der linken Seite des Gangs kommt gleich eine Leiter, die meiner Meinung nach direkt auf den Parkplatz führt.«

»Ausgezeichnet!« Er glaubte, die Erleichterung in Bex' Stimme zu hören. »Ich weiß nicht, wie lange ich das hier noch ausgehalten hätte.«

»Okay, halt. Dreh dich nach links und streck die Hand aus. Die Leiter muss da irgendwo sein.«

Im unscharfen Bild des Nachtsichtgerätes sah Kieron, wie Bex' Hand nach der Leiter griff.

»Bradley«, sagte sie. »Halt dich weiter an meinem Gürtel fest, und wenn ich weit genug oben bin, kannst du nach den Sprossen greifen. Wir sehen uns oben.«

Kieron verfolgte nervös, wie sie hinaufkletterte. Er sah ein gespenstisches Bild der Mauer hinter der Leiter, mehr wie die Vorstellung einer Mauer als eine richtige Wand. Während Bex hinaufstieg, wurde es immer heller, vielleicht drang Licht durch die Ritzen der eisernen Abdeckung über ihr und beleuchtete die Szene.

»Ich hab sie!«, rief Bradley hinter ihr. »Ich komme jetzt rauf!«

Bex kletterte weiter, doch plötzlich geschah etwas Merkwürdiges. Kieron sah nur ihre Hände und die Leitersprossen, doch die Ziegel dahinter wurden auf einmal immer blasser und schienen sich zu entfernen.

Und als ihm das Knirschen von Metall auf Ziegel durch das Mikrofon ans Ohr drang, erkannte er plötzlich die schreckliche Wahrheit.

Die Leiter hatte sich von der Wand gelöst. Die Bolzen, die sie festhielten, waren wahrscheinlich verrostet, oder die Ziegel zerbröselten.

»Die Leiter löst sich von der Wand!«, schrie er.

Bex griff mit der rechten Hand nach oben, soweit sie konnte, an mehreren Stufen vorbei. Sie sah hinauf.

»Ich kann nichts sehen! Wie weit ist es noch bis nach oben?«

Kieron erkannte einen schwachen Umriss ein paar Zentimeter über ihren Fingern. »Nur noch ein kleines Stück!«

Wieder knirschte Metall auf Ziegel, dieses Mal lauter.

»Bex!«, rief Bradley, »hier passiert was, und zwar nichts Gutes!«

»Ich weiß. Ich versuche das Problem zu lösen!«

Bex sprang förmlich den Schacht hinauf und drückte mit den Händen gegen die Abdeckung, die Füße fest auf die Leiter gestemmt, die sich immer mehr von der Wand löste. Über ihr erschien ein greller weißer Lichtring wie bei einer Sonnenfinsternis. Für Bradley sah es möglicherweise so aus, als habe sie plötzlich einen Heiligenschein. Kieron hoffte nur, dass ihn die unerwartete Helligkeit nicht ablenkte und er den Halt verlor.

»Komm hoch und halte dich wieder an meinem Gürtel fest!«, schrie Bex ihm zu, als sie die Abdeckung öffnete. »Ich helfe dir!«

Atemlos verfolgte Kieron, wie Bex nach oben sprang und halb aus dem Loch ins helle Sonnenlicht kroch. Sie streckte die Ellbogen zur Seite und bemühte sich, Bradleys Gewicht zu halten. Doch das zog sie abrupt zurück in den Schacht. Ihre Ellbogen schrammten über den Boden und ihre Schultern verschwanden wieder halb im Dunkel. Es kam Kieron wie eine Ewigkeit vor, während er fürchtete, dass sie zurück in den Tunnel stürzten. Doch dann tauchte Bradleys rechte Hand auf und packte den Rand des Lochs. Dann erschien auch seine linke Hand. Mit größter Kraftanstrengung schob er sich und Bex aus dem Loch und auf Dreck und Gras. Hinter ihnen schepperte es, als die Leiter endgültig nachgab. Aus dem Loch erklang ein letztes entferntes Krachen.

Bex starrte in den blauen Himmel, über den die Wolken zogen. Kieron ebenfalls, schließlich musste er ihrem Blick folgen. Die Art, wie die Ansicht schwankte, zeigte ihm, dass Bex heftig atmete, und er glaubte sogar, dass sie zitterte. Schließlich drehte sie sich zu Bradley um, der sich auf die Seite gerollt hatte. Spinnweben und Staub ließen ihn ganz grau aussehen.

»Jetzt kannst du es mir ja sagen«, ächzte er. »Da waren Spinnen, oder?«

Bex atmete lange und hörbar aus, dann mahnte sie: »Wir können es uns nicht leisten, hier lange herumzuliegen. Sie werden vermuten, dass wir zu unserem Auto wollen, und versuchen, uns hier abzufangen.«

»Wer?«, wollte Bradley wissen. »Nur so aus Neugier: Meinst du, der gesamte MI6 ist hinter uns her?«

»Nein, nur der Teil, der unter Avalon Richardsons Befehl steht. Sie und eine Handvoll andere. Die meisten Leute bei diesem Aufstand hatten wohl keine Ahnung, wer wir sind. War ihnen wahrscheinlich auch egal. Nur die, die unsere Abzeichen gestohlen haben, und vielleicht drei oder vier andere werden nach uns suchen. Komm!«

Sie rappelten sich hoch und sahen sich um. Bex entdeckte als Erste den Parkplatz, nur ein kleines Stück weg. Neben ihrem Auto schien niemand zu stehen. Schnell liefen sie über das offene Gelände, schlossen es auf und stiegen ein.

Bex ließ den Motor an und lenkte den Wagen auf die Asphaltstraße, die zurück zu der geheimen und doch offensichtlichen Abfahrt von der M4 führte. Kieron merkte, dass sie das Gaspedal am liebsten voll durchgetreten hätte und so schnell wie möglich gefahren wäre, doch sie hielt sich zurück. Der Wagen kroch mit bescheidenen 10 km/h die gewundene Straße bis zur Schranke.

Dort sprach einer der Security-Leute gerade etwas in sein Funkgerät.

»Ich fürchte, Avalon hat sie gewarnt«, sagte Bex. »Wir könnten in Schwierigkeiten geraten. Sie haben Waffen, wir nicht. Nicht dass wir sie erschießen würden, schließlich führen sie nur ihre Befehle aus. Wahrscheinlich wird sie ihnen erzählt haben, wir hätten irgendwelche geheimen Unterlagen gestohlen und dass sie uns festhalten sollen, bis sie oder ihre Leute da sind.« Sie hielt inne. »Kieron, kannst du da was machen?«

»Ich habe schon eine Idee«, antwortete er vage. Schnell rief er einige andere Bildschirme auf – einen, der die Aufnahme einer Kamera an der Autobahn ganz in der Nähe zeigte, und einen, mit der er sich in ein Verkehrsführungs- und Routenplanungsprogramm hacken konnte, das von vielen großen Speditionen genutzt wurde. Er wählte einen vorbeifahrenden Sattelschlepper aus, holte sich das Nummernschild aus dem digitalen Erkennungssystem und gab es in die Navigationssoftware ein. Wie erhofft bekam der Laster Verkehrsmeldungen in Echtzeit von dem internetgestützten System. Gleich darauf meldete es dem Fahrer, dass sich vor ihm ein Unfall ereignet hatte und dass er dringend auf die Nebenstraße fahren sollte, die gleich links von ihm auftauchen würde. Jetzt konnte er nur noch hoffen, dass der Fahrer wach genug war, die Warnung zu sehen und zu befolgen, aber nicht wachsam genug, sie anzuzweifeln.

Schwerfällig schwenkte der Sattelschlepper nach links.

Kieron schaltete wieder auf die Sicht von Bex' AR-Brille. Das Auto befand sich nur noch ungefähr hundert Meter entfernt von der geschlossenen Schranke. Der Security-Mann hatte immer noch sein Funkgerät am Ohr.

»Kieron …«, drängte Bex.

»Ich weiß. Gleich.«

Plötzlich tauchte oben auf der Anhöhe zwischen der Schranke und der M4 der Sattelschlepper auf wie ein Dinosaurier aus dem Sumpf. Der Fahrer raste zwar nicht, aber er erwartete auch keine Schranke vor sich. Sein Gesicht verzerrte sich vor Schreck, und er bremste, doch es war zu spät. Während sich die bewaffneten Wachen mit einem Sprung in Sicherheit brachten, krachte der Laster durch die Schranke und brach zu einer Seite aus.

So konnte Bex ungehindert in die entgegengesetzte Richtung weiterfahren. Unter den Reifen knirschten Plastik- und Metallsplitter. Als die Wachen wieder auf die Beine kamen, hatte sie bereits die Anhöhe überquert und war zurück auf der M4.

»Gute Arbeit, Kleiner«, lobte sie. »Wir kommen jetzt nach Hause.«

»Mann«, bestätigte Bradley. »Das war wirklich gute Arbeit.«

Erleichtert atmete Kieron auf und schaltete die Bildschirme ab. Er brauchte einen Augenblick, um sich wieder an das Licht im Café zu gewöhnen und darauf zu konzentrieren, was um ihn herum vor sich ging. Als er schließlich wieder normal sah, merkte er, dass ihn alle Leute an den umliegenden Tischen anstarrten.

»Computerspiel«, erklärte er und tippte an die Brille. »Und ich habe gewonnen!«

Mindestens fünf Leute, darunter auch Sam, applaudierten.

Kieron verbeugte sich leicht und spürte, wie er vor Verlegenheit rot wurde. Doch bald beschäftigten sich alle außer Sam wieder mit dem, was sie getan hatten, bevor sie von ihm abgelenkt worden waren. Gerade als er sich Sam zuwenden wollte, blitzten die Gläser der AR-Brille rot auf, sodass er ganz geblendet war und ihm plötzlich schwindelig wurde. Er musste sich mit beiden Händen an dem Tisch abstützen, damit er nicht umkippte.

»Was ist los?«, fragte Sam besorgt.

Kieron wollte schon die Brille abnehmen, als das Blitzen aufhörte. Stattdessen war der Bildschirm jetzt blau – dieselbe Farbe wie der Bluescreen, den er manchmal zu sehen bekam, wenn sein Computer zu Hause abstürzte. Und genau in der Mitte las er:

Verbindung unterbrochen.
Keine Verbindung zum zweiten AR-Gerät möglich.
Bitte Verbindung prüfen.

»Ich fürchte, wir haben ein Problem«, erklärte er, während in ihm ein beklemmendes Gefühl der Beunruhigung aufstieg. »Und ich fürchte, Bex und Bradley auch.«

Kapitel 4

»Kieron? *Kieron!*«

Keine Antwort. Bex musste den Impuls unterdrücken, mit den Händen auf das Steuer ihres Mietwagens zu schlagen.

»Was gibt's für ein Problem?«, erkundigte sich Bradley.

Bex sah ihn an. An seiner Jacke und in seinen Haaren hingen noch Staub und Spinnweben aus den unterirdischen Tunneln und er war ein wenig blass von dem Stress aufgrund ihrer Flucht von dem geheimen militärischen Stützpunkt. Er war wirklich nicht für die Arbeit eines Geheimagenten geschaffen – er war ein Agentenbetreuer, der lieber irgendwo Caffè Latte trank und Croissants aß, während er sie unterstützte und mit Informationen versorgte. In den letzten Wochen hatte er sich weit außerhalb seiner Komfortzone bewegen müssen.

»Die AR-Verbindung ist unterbrochen«, erklärte sie und richtete ihre Aufmerksamkeit wieder auf den Verkehr. Sie warf einen Blick in den Rückspiegel, um herauszufinden, ob sie verfolgt wurden. Die Nummernschilder der Autos hinter ihnen waren alle andere als noch vor ein paar Minuten. Sie hatte absichtlich ihre Geschwindigkeit geändert und ein paarmal die Spur gewechselt, sodass jemand, der hinter ihnen herfuhr, sich ihren Bewegungen hätte anpassen müssen, wodurch er aufgefallen wäre. Die meisten Autofahrer fuhren mit konstanter Geschwindigkeit. Jemanden ausfindig zu machen, der das nicht tat, war einer der wichtigsten Übungen bei der Undercoverarbeit.

»Das sollte eigentlich nicht passieren«, bemerkte Bradley besorgt. »Ich habe vorhin die Akkus an beiden Brillen überprüft und sie waren vollgeladen. So schnell verbrauchen sie ihre Energie nicht. Und es ist nicht wie bei einem Handy, wo man kein Netz mehr hat, wenn man außer Reichweite eines Sendemasts ist. Wir haben die AR-Geräte so gebaut, dass sie sich bei Militärsatelliten einklinken, und von denen sind jederzeit und überall immer mindestens fünf sichtbar.«

»Sonnenfeuer?«

»Nein. Diese Satelliten sind gegen hohe Strahlendosen immun.« Er runzelte die Stirn. »Ich schätze, es ist theoretisch möglich, dass wir blockiert werden, aber die Frequenz, mit der die Geräte arbeiten, wechselt unregelmäßig, um dieses Problem zu vermeiden.«

»Ich sage es ja nicht gern, aber könnte Avalon Richardson irgendetwas damit zu tun haben? Einen Virus hochgeladen oder den Code gehackt haben oder so?«

»Nö. Ich lobe mich ja nicht gern selbst, aber der Code ist verschlüsselt und nicht zu knacken. Da kommt sie nicht rein.« Er hielt einen Moment inne und dachte nach. »Vielleicht hat Kieron die Brille einfach nur in seinen Softdrink fallen lassen.«

»Oder er hat sie auf den Boden fallen lassen und ist versehentlich draufgetreten.« Bex runzelte die Stirn. »Wenn er sie kaputt gemacht hat, kriegt er einen Haufen Ärger.«

»Die Rahmen sind aus einer Kevlar-Titan-Verbindung«, versicherte Bradley ihr. »Und die Gläser sind aus einer durchsichtigen Metallverbindung namens Strontiumvanadat. Wenn man eine AR-Brille kaputtkriegen will, muss man sich schon ziemlich anstrengen.«

»Stimmt auch wieder«, gab Bex zu und entspannte sich, aber nur ein klein wenig. Es machte ihr immer noch Sorgen, warum die Geräte nicht funktionierten. »Gerissene Drähte im Inneren? Kaputte Schweißstelle?«

»Militärische Konstruktion und Verarbeitung.« Sie spürte, wie Bradley den Kopf schüttelte. »Die Brille könnte man in die Waschmaschine stecken und eine Stunde waschen und sie würde immer noch funktionieren.«

»Und dann würde sie schön nach Lavendel duften«, scherzte Bex. »Glaub nur nicht, ich hätte nicht gemerkt, dass du den Weichspüler zu Hause gewechselt hast.«

»Ich wette, James Bond musste nie seine eigene Wäsche waschen«, murrte Bradley.

Reflexartig sah Bex noch einmal in den Rückspiegel, blinkte rechts und wechselte gleich darauf die Spur. Ein weiterer Blick in den Rückspiegel zeigte ihr, dass hinter ihr niemand beschleunigte. Offenbar waren sie davongekommen.

Wenn man davon ausgeht, dass Avalon Richardsons Team keinen Peilsender am Auto angebracht hat, wäh-

rend es geparkt war, meldete sich eine leise Stimme voll Unbehagen in ihrem Kopf.

»Wir sollten das Auto auf Wanzen untersuchen«, schlug sie vor.

»Interessanter Gedankensprung vom Weichspüler zu Wanzen«, fand Bradley. »Manchmal erstaunt es mich, wie dein Gehirn arbeitet.« Bevor Bex etwas erwidern konnte, zog er eine kleine schwarze Schachtel aus seiner Jackentasche hervor, ungefähr so groß wie ein Handy. »Dieses Ding hier kann alle Sender oder aktiven elektronischen Geräte aufspüren. An der nächsten Raststätte könntest du rausfahren und uns zwei schöne große Salted Caramel Lattes holen, während ich unter dem Wagen suche. Bevor wir vom Parkplatz gefahren sind, hatte ich dazu keine Zeit. Da hatten wir es etwas eilig und ich wollte uns nicht aufhalten.«

»Gut mitgedacht. Und ja, ich könnte einen Kaffee gebrauchen. Und eine Pinkelpause.« Doch immer noch beschäftigten sich ihre Gedanken mit der Störung des AR-Geräts. »Es ist noch nie passiert, dass die Geräte versagt haben«, überlegte sie. »Das ist echt beunruhigend. Ich meine, ich weiß, wir können es ausschalten, wenn wir wollen. Aber ich bin einfach daran gewöhnt, es immer in der Hinterhand zu haben.«

»Du hast es doch nicht tatsächlich aus Versehen ausgeschaltet, oder?«, fragte Bradley. »Ich meine, als du dich am Kopf gekratzt hast oder so?«

Bex nahm eine Hand vom Lenker und setzte die Brille ab, um sie Bradley zu reichen. »Willst du nachsehen?«

»Gute Idee«, sagte er und nahm sie. »Da kann ich gleich einen Systemcheck durchführen.« Einen Moment lang schwieg er, während er die Brille untersuchte, sie hin und her drehte und mit dem Finger über die Bügel strich. »Also, eingeschaltet ist sie. Das schließt schon mal einen möglichen Grund für das Problem aus.« Er holte ein schmales Lederetui aus seiner Jackentasche. Bex kannte es schon. Darin war das Werkzeug, das er brauchte, um die beiden AR-Brillen zu warten. Er nahm eine Art kleinen Schraubenzieher heraus, dessen Schaft nicht dicker als ein Draht war, und steckte ihn in eine fast unsichtbare Öffnung in der Mitte des Nasenbügels, die Bex vor einiger Zeit entdeckt hatte, und zwar auf der Innenseite, wo sie niemand sehen konnte. Bex selbst hatte sie nur bemerkt, weil sich etwas Staub darin verfangen hatte.

»Gut, ich lasse die Diagnose laufen«, erklärte Bradley und setzte die Brille auf. Bex fiel auf, dass er kurz zögerte. Offenbar bestand doch eine Art psychisches Problem. Er konnte sie nicht einmal aufsetzen, ohne nervös zu werden, geschweige denn sie richtig benutzen. »Weil hier keine Informationen auf die Gläser projiziert werden wie bei Kierons Brille …«

Kierons Brille?, durchzuckte es Bex. Wenn Bradley von der Brille, die eigentlich ihm gehörte, als *Kierons* Brille sprach, klang das, als hätte er mental bereits aufgegeben. Und was wurde dann aus ihrem Team?

»… liest der Chip den Status des Programms laut vor. Ich brauche eine Minute, während er mir sagt, was los ist.«

Ein Schild vor ihnen wies auf eine Raststätte in einer Meile hin. Wieder sah Bex in den Rückspiegel, blinkte und wechselte die Spur, erst in die Mitte und dann noch eine weiter.

»Nun«, verkündete Bradley kurz darauf, »der Chip redet mit mir, was zumindest schon mal bedeutet, dass er funktioniert und auch die kleinen Lautsprecher in den Bügeln in Ordnung sind.« Er schwieg kurz und fuhr dann fort: »Okay, die obersten Ebenen der Fehlerdiagnose haben nichts ergeben. Der mündliche Bericht kann nicht sehr ins Detail gehen, aber er meldet keine Fehlfunktionen. Die Brille bekommt einfach nur kein Signal von Kierons Brille. Ich denke, dass der Fehler tatsächlich an seinem Ende liegt.«

»Ist es möglich, dass er hören und sehen kann, was unsere Brille überträgt, und wir ihn nur nicht hören können?«, fragte Bex.

»Ich wüsste nicht, wie das gehen sollte«, entgegnete Bradley vorsichtig. »Aber das lässt sich ganz einfach herausfinden.« Lauter sagte er: »Kieron, wenn du das hörst, dann ruf mich bitte auf dem Handy an. Du hast ja die Nummer.«

Ein weiteres Hinweisschild auf die Raststätte, jetzt noch eine halbe Meile entfernt, zog an ihnen vorbei. Bex machte sich bereit, die Autobahn zu verlassen, während sie darauf wartete, Bradleys Klingelton zu hören. Doch es rührte sich nichts.

»Bei meinem Glück müsste es jetzt eigentlich klingeln und meine Mutter dran sein«, scherzte er. »Also, entweder kann Kieron uns aus irgendeinem Grund nicht anrufen oder er hört uns ebenso wenig wie wir ihn.«

»Wir rufen ihn an, wenn wir angehalten haben«, meinte Bex, lenkte den Wagen von der Autobahn und wurde langsamer, als sie den Parkplatz und den hangarartigen Bau mit der Tankstelle erreichte. Der Parkplatz war nur halb voll, und sie fuhr an mehreren freien Plätzen vorbei, bis sie einen fand, der ihr gefiel – mit einem freien Platz links und rechts davon, sodass sich dort Leute nicht so gut verstecken konnten, und einem freien Platz vor ihnen, durch den sie schnell losfahren konnte, wenn es sein musste, anstatt erst zurücksetzen zu müssen. Sie rechnete zwar nicht mit Problemen, nicht hier und jetzt, aber so dachte sie eben. Man sollte immer darauf achten, einen Fluchtweg und viel Platz um sich herum zu haben.

Sie parkte und stellte den Motor ab. Bradley löste seinen Gurt und öffnete die Tür. Die AR-Brille setzte er ab und steckte sie in die Hemdtasche, bevor er ausstieg. Dann hielt er den kleinen Scanner hoch. »Ich überprüfe das Auto, du rufst Kieron an.«

»Werde ich das Ding mit meinem Anruf nicht stören?«

Er schüttelte den Kopf. »Nein, Handyprotokolle erkennt das Gerät automatisch und ignoriert sie.« Er sah sich um. »Ist ein ziemlich praktischer Filter. Ich denke, die meisten Leute telefonieren hier ziemlich viel mit ihren Handys.«

Während sich Bradley bückte und am Auto entlangging, um mit dem Scanner zu prüfen, ob jemand möglicherweise eine Wanze mit einer Magnethaftung an der Unterseite befestigt hatte, zog Bex ihr Handy aus der Tasche. Es war das gewöhnliche Prepaid-Handy, das sie vor ein paar Wochen in Venedig gekauft hatte – in Spionagekreisen auch Wegwerfhandy genannt. Das war eine weitere Regel im Agenten-Business: Nie das eigene Smartphone benutzen oder irgendein Handy, das etwas über die Identität des Benutzers preisgeben konnte. Die Nummer von Kierons Prepaid-Handy, das sie zur gleichen Zeit gekauft hatte, war unter dem Namen »Ryan Drewe« eingespeichert. Sein Freund Sam war als »Craig Drewe« und Bradley als »Tom Drewe« verzeichnet. Dazu gab es noch eine Menge erfundener Kontakte. Das sollte den Anschein erwecken, dass sie einen großen Freundeskreis und eine Familie hatte, falls ihr je jemand das Handy abnahm und die Daten darauf durchsuchte.

Sie rief »Ryan Drewe« an und hoffte, dass Kieron sein Handy dabeihatte. Sie hatte ihm und Sam zwar eingeschärft, ihre Wegwerfhandys stets voll aufgeladen und eingeschaltet bei sich zu tragen, aber sie wusste ja, wie weit das Gedächtnis von Teenagern reichte. Oder besser gesagt, sie lernte es jeden Tag ein Stück weit mehr. Falls Kieron nicht abnahm, würde sie sein richtiges Handy anrufen. Doch danach würde sie ihr eigenes Prepaid-Handy wegwerfen müssen, da es dann mit Informationen aus der echten Welt kontaminiert sein würde, die man zu Kieron zurückverfolgen konnte.

Als das Handy wählte, tauchte Bradley abrupt vor der Motorhaube auf.

»Hier ist nichts«, erklärte er gedämpft durch die Scheiben des Autos. »Wir sind sauber.«

»Dann hol uns zwei Kaffee und ein paar Teilchen!«, rief Bex.

Bradley winkte zustimmend und ging auf die Raststätte zu.

»Hallo?«, meldete sich Kieron an Bex' Ohr, allerdings nicht so deutlich wie über das AR-Gerät. Das hier war eine rauschende, gedämpfte, komprimierte Telefonleitung. Er klang misstrauisch.

»Kieron? Hier ist Bex.«

»Dürfen wir die richtigen Namen benutzen?«, fragte er. »Ich war mir nicht sicher, wie die Regeln waren.«

»Solange keine elektronischen Daten auf dem Handy bleiben, ist das in Ordnung. Nur wenn du eine Sprachnachricht hinterlässt, musst du mich Chloe nennen.«

»Okay.« Er hielt kurz inne und fragte dann: »Was ist mit den AR-Geräten los? Wir haben hier die Verbindung verloren. Ich war mir nicht sicher, ob du mich noch hören kannst, aber ich konnte jedenfalls nichts sehen und hören. Ich hatte Angst, dass … dass etwas Schlimmes passiert ist.«

»Wir haben die Verbindung auch verloren. Was ist mit dem Datenabruf? Kannst du noch Daten abrufen? Kannst du auf das Internet und die geheimen Datenbanken zugreifen?«

»Nein. Die Brille ist nur noch … na, eben eine Brille. Sie kann gar nichts mehr.«

»Na gut. Mach dir keine Sorgen, Bradley und ich arbeiten daran. Wir fahren jetzt zurück, also sehen wir uns in ein paar Stunden.«

»Hier kommt eine Fehlermeldung«, berichtete Kieron.

»Sag mir, wie sie lautet, dann kann ich das an Bradley weitergeben.«

Nach einer kurzen Pause sagte Kieron: »Am unteren Rand des virtuellen Bildschirms steht: *Verbindung unterbrochen. Keine Verbindung zum zweiten AR-Gerät möglich. Bitte Verbindung prüfen.*

Bex dachte über die Fehlermeldung nach. Sie bestätigte, was sie und Bradley auch schon mit ziemlicher Sicherheit diagnostiziert hatten: dass das Problem nicht an den Brillen lag, sondern an der Verbindung zwischen ihnen.

»Bex?«, fragte Kieron.

»Ja? Tut mir leid, ich hab nachgedacht.«

»Ist es ernst?«

Sie zögerte, bevor sie antwortete. Einerseits wollte sie ihn nicht beunruhigen, andererseits hatte sie sich vor einer Weile selbst versprochen, ihn nie anzulügen.

»Das könnte schon sein«, antwortete sie schließlich. »Wir müssen mehr darüber erfahren, was dieses Problem ausgelöst hat.«

»Es ist nur, dass …« Kierons Stimme brach ab, dann meldete er sich ganz aufgeregt wieder: »Die Nachricht ist verschwunden! Es scheint, die Brille macht einen Neustart. Warte mal einen Moment … Ja, jetzt erscheint eine neue Nachricht, die besagt, dass die Verbindung wiederhergestellt wurde.«

»Okay.« Bex spürte, wie sich in ihrer Brust ein Knoten zu lösen begann. »Aber wir sollten uns nicht zu früh freuen. Benutze die Brille nicht, bevor ich es dir sage. Ich erzähle Bradley, was passiert ist.« Sie überlegte kurz. »Sieht mehr und mehr nach einem Übertragungsproblem zwischen den Geräten aus. An den Brillen selber liegt es wahrscheinlich nicht. Wenn du uns sprechen musst, benutz das Prepaid, bis wir das Problem gelöst haben.«

»Mach ich. Sag mal, ich habe noch nie darüber nachgedacht, aber wie übertragen die AR-Geräte eigentlich die Informationen? Ich meine, ich weiß schon, dass es über Satellit geht, aber doch bestimmt nicht über normale Kommunikationssatelliten, oder? Da könnte man ja das Signal abfangen.«

»Stimmt, das wäre nicht sicher. Bradley und ich haben es so konzipiert, dass die Informationen über ein spezielles britisches Militärnavigationssystem laufen, das den Codenamen PEREGRINE trägt. Sie haben sechsundsiebzig Satelliten im Umlauf ähnlich dem amerikanischen GPS-System und dem russischen GLONASS.«

»Und wie habt ihr Zugriff auf ein britisches militärisches Satellitensystem bekommen?«, wollte Kieron beeindruckt wissen.

Die Erinnerung daran ließ Bex lächeln. »Bradley und ich haben nach der Uni für die Gesellschaft gearbeitet, die die Satelliten gebaut hat. Uns wurde klar, wenn wir jedem Satelliten ein winzig kleines Zusatzpaket verpassen, könnten wir verschlüsselte Nachrichten überall auf der Welt versenden, ohne dass jemand merkt, was passiert. Das Signal hat ein Breitbandspektrum, daher kann man es nicht leicht verfolgen, und die Verarbeitung geschieht hauptsächlich in der Brille selbst. Dazu gibt es Verbindungen zum Internet und zu verschiedenen Datenbanken. Bradley hat die Software dafür geschrieben und ich habe die Hardware entworfen. Dann haben wir den MI6 darüber unterrichtet, was die Geräte alles können. Denen gefiel die Idee, und sie haben die Gesellschaft dafür bezahlt, je eine kleine schwarze Box und eine zusätzliche Antenne an den Satelliten anzubringen. Wir haben zehn Sets von AR-Brillen gebaut und vermieten sie an den MI6. Alle sind zufrieden und Großbritannien ist sicherer. Alle profitieren davon. Na ja, abgesehen von den Bösen.«

»Es gibt also noch andere Agenten wie euch? Du hast das schon früher mal angedeutet, aber noch nie richtig bestätigt.«

Bex nickte, was Kieron natürlich nicht sehen konnte. »Neun andere Teams. Wir wissen nicht, wer sie sind, und sie kennen uns nicht. Jedes Team arbeitet freiberuflich, wird vom MI6 rekrutiert und berichtet direkt dem MI6. Und jedes Team benutzt zwei AR-Brillen – so wie deine und meine. Ein Betreuer arbeitet von einem sicheren Ort aus und ein Agent ist im Feld unterwegs und wahrscheinlich nicht ganz so sicher.«

»Aber entwickelt habt ihr es, du und Bradley.«

»Entwickelt haben wir es«, bestätigte sie. »Doch entwickeln allein reichte uns nicht. Wir wollten es auch anwenden. Das ist der lustige Teil.«

»Und ihr macht euch keine Sorgen, dass der MI6 sich eines der anderen Sets greift und auseinandernimmt, um zu sehen, wie es funktioniert, damit sie sie nachbauen können? So was machen die doch, oder?«

Bex lachte. »Nein, die Geräte haben integrierte versteckte Fallen sowohl in der Hard- als auch in der Software. Und zwar jede Menge. Der MI6 weiß das. Wenn man versucht, die Brille auseinanderzunehmen, wird der Chip gegrillt, und alle Informationen werden gelöscht. Er kann weder gehackt noch ausgelesen werden.«

»Ich bin beeindruckt«, sagte Kieron. Er klang, als meine er es ernst. »Aber wenn das Problem nicht an der Brille liegt, sondern an den Satelliten – den streng geheimen Militärsatelliten –, heißt das dann nicht, dass es ein noch größeres Problem gibt?«

»Allerdings.«

»Und sind dann nicht die neun anderen Teams möglicherweise in Gefahr?«

»Das stimmt«, antwortete Bex grimmig. »Es sind neun andere freiberufliche Agenten irgendwo auf der Welt unterwegs, die auf einmal ihre Unterstützung verloren haben, und neun Betreuer, die nicht mehr mit ihren Agenten kommunizieren können. Das ist nicht gut. Es scheint jetzt zwar alles wieder zu funktionieren, aber wir können nicht sicher sein, ob es nicht erneut ausfällt. Wir müssen herausfinden, was da schiefgelaufen ist.«

»Solltet ihr ihnen nicht vielleicht mitteilen, dass etwas nicht stimmt?«

»In einer perfekten Welt schon«, seufzte Bex. »Aber wir kennen die Agenten nicht. Wir wissen nicht, wem der MI6 die Brillen gegeben hat. Das wissen nur die Bosse beim MI6, und ehrlich gesagt wissen Bradley und ich nicht, wem wir dort trauen können.« Sie holte tief Luft. »Außerdem, wenn wir zugeben, dass es ein Problem mit dem AR-Equipment gibt, könnten sie das Projekt fallen lassen, und dann stünden Bradley und ich ohne Job da. Wir müssen dieses Problem selbst lösen, wenn es irgendwie geht.«

»Bex, ich will ja nicht …«

»Hör zu«, unterbrach Bex ihn, weil sie die Diskussion nicht unnötig in die Länge ziehen wollte. »Wir müssen weiter. Ich rufe dich noch mal an, wenn wir etwa eine Stunde vor Newcastle sind, okay?«

»Okay.« Er klang enttäuscht. »Passt auf euch auf!«

»Ihr beide auch, Kleiner.«

Als Bex das Telefon einsteckte, kam Bradley gerade mit dem Kaffee und einer braunen Papiertüte wieder, in der wohl die Teilchen steckten.

»Du wirkst erleichtert«, stellte er fest. »Aber auch unzufrieden. Was ist los?«

Sie standen neben dem Wagen, stellten die Kaffeebecher auf die noch warme Motorhaube, und Bex berichtete Bradley kurz von ihrem Gespräch mit Kieron.

»Okay«, sagte er und betrachtete eingehend sein Teilchen. »Es hätte schlimmer kommen können. Ich meine, es hätte auch besser laufen können, aber es hätte auch viel schlimmer sein können. Im besten Fall war das ein einmaliger Ausfall, der nie wieder vorkommt, sodass wir weitermachen können wie bisher. Im schlimmsten Fall tritt es wieder auf und dauert länger und länger, bis das SIS-TERR-System völlig unbrauchbar ist und wir nicht mehr bezahlt werden.«

»Und andere Agenten wie ich in Gefahr sind«, betonte Bex.

»Ja, das auch.« Probehalber leckte er an der Glasur seines Teilchens. »Hmm, Zimt. Lecker.« Er biss ab.

»Und was unternehmen wir jetzt deswegen?«, fragte Bex und nahm sich ihren Kaffee.

Bradley runzelte die Stirn. Er schwieg lange, dann sagte er: »Schau, Bex, ich will ehrlich sein. Angesichts der Tatsache, dass ich offenbar immer noch eine psychische Sperre bei der Benutzung des Geräts habe und dass keiner von uns Kierons Leben noch mehr in Gefahr bringen will, als es jetzt schon der Fall ist, würde ich fast sagen, wir sollten die Geräte aufgeben und etwas anderes erfinden, womit wir Geld verdienen können.« Als er sah, dass sie ihn unterbrechen wollte, hob er die Hand. »Nein, lass mich ausreden. Das ist es, was ich tun würde, aber ich weiß auch, wie du tickst. Du liebst die Undercoverarbeit – das wissen wir beide –, aber du fühlst dich auch für die neun anderen Teams verantwortlich. Du willst sie nicht im Stich lassen. Außerdem willst du den MI6 nicht hängen lassen, auch wenn uns bei denen irgendjemand im Gegenzug weiß Gott sehr gern hängen lassen würde. Wir müssen das

Problem also irgendwie lösen.« Er nahm schnell einen Schluck Kaffee.

Da Bex klar war, dass er noch nicht fertig war, wartete sie schweigend ab. Sie wusste, dass Bradleys Gehirn funktionierte wie das aller Programmierer: Er zerlegte ein Problem in kleine, einfache Teile und löste jedes einzeln, mit gelegentlichen Abweichungen, wenn er plötzlich eine abgefahrene, kreative Idee hatte. Sie musste Geduld haben.

»Wir fahren also zurück nach Newcastle«, fuhr Bradley fort. »Da nehme ich die beiden Brillen auseinander und schließe sie an meinen Laptop an, um zu sehen, ob ich das grundlegende Problem finde. Wenn nicht, na ja …« Er biss von seinem Teilchen ab und kaute sorgfältig, bevor er schluckte und fortfuhr: »… in dem Fall müssen wir in das Kontrollzentrum für das streng geheime PEREGRINE-Satellitensystem einbrechen, um herauszufinden, was da schiefgelaufen ist.«

»Aber wir wissen gar nicht, von wo aus die PEREGRINE-Satelliten gesteuert werden«, wandte Bex ein.

»Stimmt. Aber der MI6 weiß es. Also werden wir zuerst dort einbrechen müssen, um herauszufinden, wo das Kontrollzentrum liegt.«

Bex nickte. »Ganz simpel. Machen wir das alles heute Nachmittag noch oder können wir erst nach Hause und etwas essen?«

»Ich habe nicht gesagt, dass es leicht wird.« Bradley grinste. »Ich habe nur gesagt, dass wir es tun müssen.«

»Und du bist sicher, du schaffst das?«

Er zuckte mit den Schultern. »Muss ich ja wohl, oder?«

Schweigend tranken sie ihren Kaffee aus und setzten sich dann wieder ins Auto.

Als sie die Raststätte verließen und zurück auf die Autobahn fuhren, beschäftigte sich Bex mit dem Gedanken, wie sie beim MI6 einbrechen und sich Zugang zu dessen Computern verschaffen konnten. Das war nicht so leicht, wie sich in eine Technologiefirma oder eine Universität einzuschleichen, was sie beides schon mal getan hatten. Das hier war eine ganz andere Größenordnung.

Ihr fiel ein Zitat ein, das sie irgendwo gelesen hatte. Vielleicht stammte es von dem antiken chinesischen Militärphilosophen Sun Tzu oder auch dem neueren preußischen Militärstrategen Carl von Clausewitz. Es hätte auch von Michael Jackson sein können, sie hatte nun mal ein schlechtes Gedächtnis für Zitate und Namen. Auf jeden Fall ging es darum, sich das Terrain selbst auszusuchen, auf dem man kämpfen würde, anstatt die Wahl dem Feind zu überlassen.

Okay, der MI6 hatte jede Menge Security, um einen daran zu hindern, in ihr Hauptquartier oder eine ihrer Außenstationen einzudringen. Also kam es darauf an, nicht *dort* einzubrechen, sondern woanders. Wo es leichter war.

Das ergab eigentlich keinen Sinn.

Aber der Keim einer Idee begann sich zu bilden. Ein Samen. Sie musste ihn nur in Ruhe lassen und ihm Zeit geben, zu wachsen. Das Unterbewusstsein war hervorragend darin, Probleme zu lösen. Man durfte es nur nicht drängen, und es mochte es auch nicht, angestarrt zu werden, solange es nachdachte. Sie war nicht wie Bradley. Sie kam zu Resultaten, ohne dass sie den Weg dazu hätte beschreiben können. Erst im Nachhinein konnte sie die Schritte nachvollziehen, die ihr Unterbewusstsein durchgeführt hatte – manchmal sehr schnell, manchmal nicht.

Automatisch sah sie wieder in den Rückspiegel, wurde schneller und wechselte die Spur.

»Alles in Ordnung?«, erkundigte sich Bradley. »Du bist so still.«

»Ich habe nur nachgedacht.«

Hinter ihr hatte ein schwarzer BMW Gas gegeben und ebenfalls die Spur gewechselt.

Bradley bemerkte die plötzliche Anspannung in ihrer Haltung. »Gibt es ein Problem?«

»Ich bin mir nicht sicher.« Sie überholte den Wagen vor ihnen und wechselte wieder auf die mittlere Spur, wo sie etwas langsamer wurde und gerade genug Platz ließ für den Wagen, von dem sie glaubte, dass er sie verfolgte, aber nicht mehr.

Die meisten Autofahrer überholten alle Autos vor ihnen, wenn sie erst mal auf der Überholspur waren, und wurden erst wieder langsamer, wenn sie sicher waren, ganz vorn zu sein. Das war ein Instinkt. Die meisten Leute hassten es, hinter einem anderen Auto herzufahren. Die Tatsache, dass dieser schwarze BMW sorgfältig hinter ihr blieb, sie aber auch nicht zu weit vorausfahren ließ, legte die Vermutung nahe, dass er ihr folgte. Sie blinkte links und fuhr auf die äußere Spur neben der Standspur.

Der schwarze BMW setzte sich hinter sie und fuhr genauso langsam wie sie.

Bex lächelte und dachte an die Zeit in New Mexico vor ein paar Monaten, als sie sich in einer ähnlichen

Situation befunden hatte. Nur dass sie sich heute nicht so nachsichtig zeigen würde.

Sie kamen an einem Schild vorbei, das eine Ausfahrt in einer Meile ankündigte. Sie behielt ihre Geschwindigkeit auf der linken Spur bei. Falls der Fahrer hinter ihr sie tatsächlich verfolgte, konnte er nicht wissen, ob sie auf der Autobahn bleiben oder abfahren wollte. Diese Unsicherheit würde sie ausnutzen.

Eine halbe Meile weiter kam der nächste Hinweis. Bex holte tief Luft. Sie wusste nicht, wie der Fahrer hinter ihr auf ihr Manöver reagieren würde, aber sie war bereit.

Als sie an den Markierungen mit den drei, zwei und einem Streifen vorbeikamen, blinkte sie, als ob sie von der Autobahn abfahren wollte.

Der schwarze BMW fuhr weiter, ohne zu blinken. Vielleicht hatte sie sich doch geirrt.

Sie drehte ein klein wenig am Lenkrad, sodass ihr Wagen auf die Ausfahrt zufuhr.

Der Wagen hinter ihr scherte ebenfalls aus. Der Fahrer blinkte immer noch nicht, aber das tat ja nicht jeder. Doch sie nahmen eindeutig die Ausfahrt.

Schnell blinkte Bex nach rechts statt nach links und riss das Lenkrad herum, sodass ihr Wagen gerade noch rechtzeitig wieder auf die Autobahn fuhr.

Sie hatte gehofft, dass der Fahrer hinter ihr auf der Ausfahrt bleiben würde, doch auch er schwenkte zurück auf die Autobahn.

»Wir werden verfolgt«, sagte sie grimmig zu Bradley.

»Sind das Avalon Richardsons Leute oder jemand anders?«

»Von hier aus schwierig zu sagen, aber auf jeden Fall

wissen sie jetzt, dass wir es wissen. Die Katze ist aus dem Sack.«

Plötzlich zog der schwarze BMW auf die mittlere Spur und beschleunigte, was einen weißen Lieferwagen hinter ihm veranlasste, heftig zu bremsen und zu hupen.

»Sie versuchen, uns zu überholen«, knurrte Bex.

»Na, dann lass sie nicht«, erwiderte Bradley.

»Gute Idee, du Genie. Lehn dich doch einfach zurück, leck dir die Krümel aus dem Bart und überlass mir das Fahren, ja?« Sie riss am Lenkrad und brachte ihren Wagen vor den BMW, sodass sich ihre Stoßstangen fast berührten.

Anstatt langsamer zu werden, beschleunigte der BMW erneut und wechselte auf die Überholspur. Bevor Bex dasselbe tun konnte, wurde er noch schneller und setzte sich an ihre Seite.

»Ich glaube, sie wollen uns ausbremsen!«

»Ist es so schlimm, wie es sich anhört?«, fragte Bradley besorgt.

»Nun, da sie uns nicht mehr dorthin verfolgen können, wo wir hinwollten, werden sie uns gefangen nehmen.«

»Oder uns umbringen!« Bradley schrie fast.

Bex sah zur Seite. Die Fensterscheiben des BMW waren dunkel getönt. Vom Fahrer sah sie nur einen undeutlichen Umriss, aber gerade als sie wegsehen wollte, wurde auf der Beifahrerseite das Rückfenster heruntergelassen und etwas durch den Spalt geschoben. Einen Augenblick lang hielt sie es für eine Waffe, aber dafür war es zu klobig. Es sah eher aus wie etwas aus einem Science-Fiction-Film.

»Was zum …?«, schrie sie.

Bradley sah an ihr vorbei, während der BMW schneller wurde. Die Person hinten wurde von dem massigen Gerät verdeckt, das sie offensichtlich auf die Motorhaube ihres Wagens richtete. Das vordere Ende sah fast aus wie ein Gewehrlauf, hatte aber einen Durchmesser wie die extragroßen Kaffeebecher, die Kieron von seiner Barista-Freundin bekam, und klaffte auf wie das Maul eines bizarren Tieres.

»Sie versuchen, uns die Reifen zu zerschießen!«, rief Bex.

»Nein«, korrigierte Bradley sie, »sie wollen unseren Motor abschalten. Das Ding da schießt einen elektromagnetischen Impuls ab, der die Elektronik unseres Autos komplett lahmlegt. Damit haben wir keinen Strom mehr und werden langsam anhalten.«

»Bist du *sicher?*«

»Bin ich. Ich habe die technischen Daten online gelesen.«

»Dann kriegen sie uns damit.« Sie sah, wie die Gestalt hinten im Auto die Waffe an die Schulter nahm, um den Abzug zu drücken. Oder wie immer man das bei dem Ding auch nannte.

Bex hieb den Fuß auf das Bremspedal.

Ihr Auto bremste mit quietschenden Reifen mitten auf der Autobahn stark ab. Der BMW schoss weiter, da der Fahrer ihr Manöver nicht vorausgeahnt hatte. Der Schütze im Fond aktivierte zwar die Waffe, doch der BMW war schon zu weit voraus, um Bex' Motorhaube zu treffen. Sie glaubte, einen blauen Blitz aufzucken zu sehen, als gerade der weiße Lieferwagen, dessen Fahrerin den BMW zuvor angehupt hatte, auf der anderen Seite an ihr vorbeiraste. Vielleicht hatte die Fahrerin genug davon gehabt, dass die beiden Wagen ihr die mittlere und die Überholspur versperrten, vielleicht gingen ihr auch die Spielchen der beiden Fahrzeuge auf die Nerven. Auf jeden Fall zog der weiße Lieferwagen an Bex vorbei und scherte vor ihr ein, genau als die Waffe abgefeuert wurde.

Der Lieferwagen schlingerte unvermittelt. Bex erhaschte einen Blick auf die Fahrerin, die entgeistert ihr Armaturenbrett anstarrte. Sie lenkte den Lieferwagen Richtung Straßenrand und wurde rasch langsamer. Als Bex an ihr vorbeifuhr, sah sie im Rückspiegel, dass die Lichter des BMW, der ebenfalls abgebremst hatte, nicht mehr zu funktionieren schienen.

»Ich denke, das können sie so schnell nicht wiederholen«, erklärte Bradley. »Dieses Ding braucht unglaublich viel Energie. Wenn sie keinen Ersatzakku dabeihaben, müssen sie es mit dem Motor aufladen, und dafür müssen sie eine ganze Weile fahren.«

»Gut so«, fand Bex. »Aber ich fürchte, dann versuchen sie eben etwas anderes.«

Der BMW ließ sich zunächst zurückfallen, und das Team darin wartete wohl erst mal ab, was mit ihrem Motor geschah. Doch dann entschieden sie sich anscheinend, dass sie einen weiteren Versuch wagen sollten, und beschleunigten stark, um Bradley und Bex zu überholen. Sie versuchte, ihm den Weg zu blockieren, war aber zu langsam. Der Wagen schoss an ihnen vorbei und setzte sich vor sie.

Aus demselben Fenster wie zuvor schob sich wieder eine Waffe. Allerdings sah sie anders aus als beim ersten Mal. Der Lauf war länger, wie der eines Gewehrs, aber mit einer breiten Mündung. Bex erhaschte einen

Blick auf den Schützen, konnte aber nur schwarzes Haar und einen Teil des Ohrs erkennen.

»Irgendeine Vermutung?«, fragte sie und blickte in die Spiegel, um herauszufinden, wie viel Platz sie nach links und rechts hatte. Es war gerade genug, obwohl ein Auto hinter ihr schnell näher kam. Da sie befürchten musste, dass er plötzlich überholen wollte, konnte sie nicht nach rechts ausweichen.

»Nur dass es eine nichttödliche Waffe ist. Sie wollen uns aufhalten, nicht umbringen.«

»Das Problem ist nur …«, begann Bex, brach aber ab, als der merkwürdige Lauf der Waffe plötzlich zuckte und eine graue Flüssigkeit daraus hervorschoss. Bex riss das Steuer nach links, um ihr auszuweichen. Was war das bloß? Säure? Oder dieser klebrige, schnell trocknende Schleim, der vor ein paar Monaten in Albuquerque gegen Kieron eingesetzt worden war? Auf jeden Fall war es nichts, was sie an ihrem Auto haben wollte.

Nachdem sie auf die linke Spur gezogen war, rückte das Auto, das hinter ihnen gefahren war, ein gelber Lamborghini, auf ihren Platz vor. Die graue Flüssigkeit klatschte ihm gegen die Windschutzscheibe, wo sie sich augenblicklich zu einer dicken, faserigen grauen Schicht verhärtete. Der Fahrer des Sportwagens schaltete den Scheibenwischer ein, der die Masse jedoch nur noch mehr auf der Scheibe verteilte, ohne die Sicht frei zu machen. Der Lamborghini bremste ab, da der Fahrer offenbar Panik hatte, weil er nichts mehr sehen konnte. Bex drückte aufs Gaspedal und schoss an dem BMW vorbei. Sie versuchte zu erkennen, was der als Nächstes vorhatte, und bemerkte dabei im Rückspiegel, dass der

Lamborghini immer langsamer wurde und an den Straßenrand fuhr. Kluge Entscheidung.

»Koagulierend«, erklärte Bradley.

»Ist das das Wort der Woche?«, fragte Bex, als sie an dem BMW vorbeizog. Das Fenster auf der Beifahrerseite war allerdings schon wieder hochgefahren worden, sodass sie nicht hineinsehen konnte.

»Das heißt, es flockt aus.«

»Werde ich mir merken, falls es jemals in einem Kreuzworträtsel vorkommen sollte.« Sie lenkte ruckartig nach links, sodass sie wieder auf der mittleren Spur fuhr, direkt vor dem BMW. »Jetzt habe ich aber genug«, verkündete sie. »Zeit, dass wir zurückschlagen.«

»Ich bin dabei. Koagulierend. Das Zeug, das die zweite Waffe abgefeuert hat, war ein Flockmittel. Sobald es den Lamborghini getroffen hat, wurde es auf der Windschutzscheibe fest und hat sich in eine Art wollige Paste verwandelt. Damit soll Fahrern die Sicht verwehrt werden, damit sie anhalten.«

»Na, jetzt haben sie schon mal zwei Waffen ausprobiert, mit denen sie Autos anhalten können. Ich frage mich, was sie sonst noch so zu Weihnachten bekommen haben.« Wieder riss Bex am Steuer und lenkte sie auf die Innenspur, jetzt seitlich, aber immer noch vor dem BMW. Bevor ihre Verfolger reagieren konnten, trat sie plötzlich auf die Bremse. Sie und Bradley wurden heftig in die Sitzgurte geschleudert, als der Wagen mit quietschenden Reifen abbremste. Der BMW wurde von dem Manöver überrascht und zog an ihnen vorbei. Bex konnte den Kopf des Fahrers als dunkle Silhouette durch das getönte Glas erkennen und glaubte, dass sie sie im Vorbeifahren ansahen.

Bex lenkte entschlossen auf den hinteren Kotflügel des BMW zu.

»Du wirst sie rammen!«, schrie Bradley.

»Nur ein bisschen«, murmelte sie.

Die vordere Stoßstange des Mietwagens traf den hinteren Kotflügel des BMW. Bex lenkte erst stark nach links und dann nach rechts, weg von dem Wagen. Der BMW begann zu schlingern, während der Fahrer sich bemühte, die Kontrolle zurückzuerlangen. Doch egal, in welche Richtung er lenkte, es schien die Sache nur noch zu verschlimmern. Sie mussten auf die Bremse getreten haben, denn plötzlich war der Wagen hinter Bex und Bradley und verschwand fast in einer Wolke aus Reifenqualm. Andere Fahrer, die den Zweikampf entgeistert mit angesehen hatten, versuchten auszuweichen.

»Das«, stellte Bradley fest, der klang, als hätte ihm der Gurt die Luft abgeschnürt, »war ein gekonntes Manöver. Bitte mach das nie wieder.«

»Habe ich dir noch gar nicht erzählt, dass man mich beim MI6 zu einem Fahrkurs für defensives Fahrverhalten geschickt hat?«, fragte Bex, während sie das Chaos hinter ihnen im Rückspiegel verfolgte.

»Das kann man auf keinen Fall als *defensiv* bezeichnen«, bemerkte Bradley.

Kapitel 5

Die AR-Verbindung brach noch zweimal ab, bevor Bex und Bradley von ihrer Fahrt nach London nach Newcastle zurückkehrten. Als sie wieder in der Wohnung auftauchten, schien Kieron eine Ahnung davon zu haben, was vor sich ging.

»Fünf Minuten pro Stunde«, verkündete er, als die Tür aufging und Bex eintrat.

»Was ist fünf Minuten pro Stunde?«, fragte Bex.

»Das ist die Zeitspanne, in der er sich wie ein normales menschliches Wesen aufführt!«, rief Sam aus der Küche, wo er Instantnudeln zubereitete.

»Halt die Klappe!«, schrie Kieron zurück und wandte sich wieder Bex und Bradley zu. Sie sahen staubig aus. »Fünf Minuten pro Stunde. So lange fällt die AR-Verbindung aus.«

»Interessant!« Bradley ging zum Sofa und ließ sich mit breitem Grinsen darauf fallen.

»Wollt ihr eine Tasse Tee?«, rief Sam. »Ich setze gerade Wasser auf.«

»Ein Glas Rotwein wäre mir lieber«, meinte Bex und

verwuschelte Kieron im Vorbeigehen die Haare, bevor sie sich auf einem bequemen Sessel niederließ. »Aber Tee reicht auch vollkommen aus.«

Bradley schnüffelte. »Rieche ich da Curry? Habt ihr etwas zu essen kommen lassen? Wie aufmerksam von euch!«

»Oder, Gott bewahre, kocht ihr Teenager etwa selbst?«, fragte Bex lächelnd. »Das wäre ein Schock!«

Sam tauchte mit einem Becher in der Küchentüre auf, aus dem kleine Dampfspiralen aufstiegen. »Es ist ein Instantgericht. Tandori-Hühnernudeltopf.«

Seufzend schloss Bradley die Augen. »An der Jugend heutzutage verzweifle ich noch mal. Habt ihr eigentlich überhaupt schon mal was von vernünftiger Ernährung gehört?«

Sam sah stirnrunzelnd auf den Becher. »Das hier ist doch vernünftiges Essen.«

»Wir lassen uns etwas kommen«, versprach Bex und machte eine beruhigende Handbewegung zu Bradley. »Mich interessiert mehr diese Fünf-Minuten-pro-Stunde-Sache. Welchen Grund könnte es dafür geben?«

Bradley setzte sich auf und nahm sich die AR-Brille, die Kieron auf der Sofalehne liegen gelassen hatte. Kieron bemerkte, dass die andere, die Bex und Bradley dabeigehabt hatten, in Bradleys Hemdtasche steckte. »Ich werde einen Systemcheck bei der Brille hier durchführen, so wie ich es bei der anderen gemacht habe, aber wahrscheinlich werde ich dabei nichts finden. Ich bin mir ziemlich sicher, dass das Problem am PEREGRINE-Satellitensystem liegt.«

»Ja.« Kieron sah zu Sam, der auf sein Nudelgericht blies. »Das hat uns auch Sorgen gemacht. Wenn es mit dem gesamten militärischen Satellitennetzwerk ein Problem gibt, heißt das nicht, dass der Dritte Weltkrieg ausbricht? Ich meine, das wäre doch das Erste, was die Russen oder China oder Nordkorea tun würden, oder? Alle Militärsatelliten blockieren.«

Bradley widmete seine Aufmerksamkeit vorrangig den AR-Geräten. Er werkelte mit einem Stück Draht daran herum, das er in ein kleines Loch zwischen den Brillengläsern gesteckt hatte. Dennoch hörte er aufmerksam zu.

»Du hast recht«, sagte er. »Das wäre wahrscheinlich das erste Anzeichen eines größeren Konfliktes. Aber ich bezweifle, dass es sich hierbei darum handelt.« Lächelnd konzentrierte er sich weiter auf die Brille. »Man erzählt sich, früher wären die Kapitäne von U-Booten gewarnt worden, dass sie, wenn sie auftauchten und den Seewetterbericht im Radio nicht mehr hören könnten, davon ausgehen müssten, dass der Krieg ausgebrochen sei.«

»Was ist der Seewetterbericht?«, fragte Kieron verwundert.

»Was ist Radio?«, fragte Sam im gleichen Augenblick.

Bradley schüttelte traurig den Kopf. »Egal. Es befinden sich sechsundsiebzig PEREGRINE-Satelliten im Orbit über der Erde. Ihre Umlaufbahnen sind präzedierend, das heißt, sie rotieren, sodass die Satelliten immer über verschiedene Orte des Planeten fliegen, auch wenn sie sich schlussendlich irgendwann alle wiederholen.« Er sah Kierons und Sams verständnislose Gesichter und seufzte. »Stellt euch die Erde vor und dann sechsundsiebzig Kreise um die Erde, die sie wie ein Netz umgeben, und dann stellt euch vor, dass dieses Netz sich langsam dreht. Der Sinn des Ganzen ist, dass jederzeit mindestens zehn Satelliten von jedem Ort der Erde aus sichtbar sein sollen. Bei einem ordentlichen Satellitennavigationssystem ist es nicht wie bei Kommunikationssatelliten, von denen man nur einen braucht, damit man Nachrichten senden oder empfangen kann. Man braucht mindestens vier, von denen jeder seine eigene Position sendet, aus denen deine eigene Position trianguliert wird.« Er runzelte die Stirn. »Nun, eigentlich kann man bei vier Satelliten nicht ›triangulieren‹, oder? Tetragulieren? Gibt es das?« Er schüttelte den Kopf. »Egal. Die PEREGRINE-Konstellation, wie man sie nennt, ist durchgehend, es gibt also keine Löcher. Aber wenn einzelne Satelliten nicht funktionieren, dann gibt es Deckungslöcher. Wir stehen also eher vor einem technischen Problem mit den Satelliten als mit den Brillen.«

»Aber«, überlegte Bex leise, »wenn die Satelliten zufällig ausfallen, würde man doch mehrere Deckungslücken wahrnehmen, wenn sie über einem auftauchen. Aber wenn es nur eine Lücke gibt – und das hast du gesagt, nicht wahr, Kieron? Nur eine Lücke jede Stunde? –, dann würde das bedeuten, dass die Satelliten der Reihe nach ausfallen. Einer nach dem anderen.«

Bradley legte die Brille wieder auf die Sofalehne und starrte sie an.

»Das ist beunruhigend«, gab er zu. »Ehrlich gesagt sogar sehr beunruhigend. Es bedeutet, dass die PEREGRINE-Satelliten irgendwie von einer Kraft beeinflusst werden, die von einer Bodenstation ausgeht.« Er überlegte einen Moment. »Vielleicht ein Virus in einem Upload. Aber diese Uploads sind verschlüsselt, sodass der, der den Virus hochlädt, die Verschlüsselung knacken muss. Wahrscheinlicher ist, dass jemand in einer der

Kommandozentralen von PEREGRINE falsche Befehle hinaufsendet, die die Satelliten Dinge machen lassen, die sie nicht tun sollten.«

»Dann ist das also das Werk eines Mitarbeiters?«, fragte Kieron, dem ein Schauer über den Rücken lief. Der Gedanke, dass eine andere Nation britische Militärsatelliten sabotieren könnte, war schon schlimm genug, aber dass jemand innerhalb des Militärs so etwas tat …

Bex nickte. »So sieht es jedenfalls aus, nicht wahr?«

Bradley tippte auf die Brille. »Die hier ist übrigens in Ordnung. Das Problem liegt definitiv bei PEREGRINE.« Er sah zu Sam hinüber. »Wo bleibt der Tee?«

»Oh, sorry.« Sam verschwand wieder in der Küche.

»Was sind denn diese PEREGRINE-Kommandozentralen genau?«, wollte Kieron wissen.

»Genau das, wonach es sich anhört. Orte mit Computern und Antennen, die nach oben ausgerichtet sind und von wo aus man Befehle an die Satelliten senden kann. Normalerweise hat man eine Basisstation und ein paar Back-ups für den Fall, dass die Basis zusammenbricht oder man sofort Zugang zu einem Satelliten benötigt, der gerade nicht in Sichtweite der Basisstation ist.«

»Und wo liegen die?«

Bradley verzog das Gesicht. »Genau das ist das Problem – das ist streng geheim. Wir haben keine Ahnung. Sie könnten überall auf der Welt sein.«

Kieron nickte zur AR-Brille hin. »Egal. Das finden wir mit der Brille schon heraus. Damit haben wir schließlich Zugriff auf jede Datenbank, egal wo.«

Bradley hustete. »Allerdings sind die streng geheimen Datenbanken Großbritanniens bewusst davon ausgenommen«, erklärte er. »Sinn und Zweck der AR-Geräte und der SIS-TERR-Einheit ist es, dass Agenten undercover nützliche Informationen erhalten. Es gibt keinen vernünftigen Grund, warum ein Agent an hochsensible Daten über die Arbeit des MI6 oder des Verteidigungsministeriums kommen sollte. Diese Datenbanken sind blockiert. Kein Zugriff.«

Kieron überlegte einen Moment. »Na gut. Aber die Basis befindet sich doch sicher in England, oder? Ich meine, es ist sinnvoll, dass die anderen sich irgendwo auf der Welt befinden, aber die Basis muss doch hier in England sein, nicht wahr?«

Bex schüttelte den Kopf. »Nicht unbedingt. Du musst bedenken, dass es sich um ein militärisches System handelt, das in Kriegszeiten Navigation und Kommunikation sichern soll. Wenn Großbritannien angegriffen wird, könnte die Basisstation eingenommen werden. Aus diesem Grund wird man sie lieber im Ausland stationieren – auf Gibraltar vielleicht oder an einem anderen britisch kontrollierten Ort. Oder versteckt in einer britischen Botschaft.«

»Also …« Kieron schloss die Augen und versuchte, die Menge an Informationen zu verarbeiten, mit der er gerade bombardiert worden war. Es war wie im Physikunterricht in der Schule. »Ich weiß ja, dass ihr nicht mit dem MI6 sprechen wollt, wenn es ein Problem mit den AR-Geräten gibt, aber jetzt, wo ihr wisst, dass es ein Problem mit den Satelliten gibt, warum sagt ihr es ihnen nicht einfach und lasst *sie* das lösen?«

Bex sah erst Bradley und dann Kieron an. »Wir wissen, dass es beim MI6 einen Verräter gibt, und der könnte versuchen, über die PEREGRINE-Satelliten an uns heranzukommen. Uns außer Gefecht zu setzen.

Avalon Richardson würde uns nur noch mehr unter Druck setzen, ihr das System auszuhändigen, und das haben wir nicht vor. Ich glaube, wir müssen das Problem selbst lösen.«

»Wie auch immer«, warf Sam ein, als er mit zwei Tassen Tee hereinkam. »Ich würde sagen, das ist ja wie in alten Zeiten. Nur dass die alten Zeiten erst ein paar Wochen her sind.« Er reichte Bex und Bradley die Tassen. »Also, erstens, wie finden wir diese Bodenstation, und zweitens, wie kommen wir rein?«

»Darüber habe ich auch schon nachgedacht.« Bex nahm einen Schluck Tee. »Oh, das tut gut! Äh, Entschuldigung – also. Die Bodenstation wird weitgehend automatisch betrieben werden, daher ist das Hineinkommen nicht unbedingt ein Problem. Wo sie liegt, ist das Problem, denn der Ort ist, wie gesagt, topsecret. Wir müssen jemanden finden, der es weiß, und ihn dazu bringen, es uns zu sagen.«

»Einfach so?«, fragte Kieron. »Das klingt bei dir so leicht.«

»Nicht leicht«, lächelte Bex. »Ich meine, wann ist bei uns jemals etwas leicht? Aber ich habe einen Plan. Hört mal zu. Bestenfalls brechen wir beim MI6 ein und finden die Informationen selbst. Aber das ist so unmöglich, dass es dem Wort ›unmöglich‹ eine ganz neue Dimension verleiht. Wir machen also Folgendes …« Sie machte eine Kunstpause. »Wir richten einen Raum des MI6 ein, den Bradley und ich gut kennen, suchen jemanden, der dort in der Nachtschicht arbeitet, setzen ihn unbemerkt außer Gefecht und bringen ihn in den nachgebauten Raum, wo wir ihn wieder aufwecken und ihm sagen, dass er wohl eingeschlafen sein muss. Dann reden wir mit ihm über das PEREGRINE-Satellitensystem und bringen ihn dazu, uns zu sagen, wo die Basisstation liegt.«

Kieron warf Sam einen Blick zu und Sam sah zu Kieron hinüber.

»Willst du ihnen sagen, was das Problem bei diesem Plan ist?«, fragte Sam.

»Das ist nicht wirklich ein Plan, oder?«, erwiderte Kieron. »Ich meine, das sind nur ein Haufen aneinandergereihter Unwahrscheinlichkeiten.«

»Haha, sehr witzig.« Bradley sah die Jungen nacheinander an. »Habt ihr etwa einen besseren Plan?«

»Keine Ahnung«, meinte Sam. »Gebt uns eine halbe Stunde.«

Doch als sie sich im Thai-Restaurant um die Ecke etwas zu essen bestellt hatten und Bradley und Sam loszogen, um es zu holen, war immer noch niemandem etwas Besseres eingefallen. Es schien so, als bliebe ihnen nichts anderes übrig, als mit diesem Plan vorliebzunehmen, ob er ihnen nun gefiel oder nicht.

»Okay«, sagte Bradley mit vollem Mund. »Wir brauchen einen Raum beim MI6, den wir kennen und in dem jemand arbeitet, der von der streng geheimen Satellitenkommunikation weiß.«

»Die Leitzentrale in der MI6-Außenstation in Edinburgh.« Bex wedelte mit einer Gabel voll Curry, um ihre Worte zu unterstreichen. »Da waren wir beide schon. Also wissen wir, wie es da aussieht. Und die Leute, die da arbeiten, haben Zugang zu allen Kommunikationsgeräten und Systemen, mit denen der MI6 arbeitet.«

Bradley nickte. »Es kommt noch besser: Ich habe

Fotos davon auf dem Handy. Die können wir nutzen, um ihn perfekt zu rekonstruieren.«

Kieron beobachtete amüsiert, wie Bex Bradley ernst ansah. »Du hast Fotos einer streng geheimen Einsatzzentrale des MI6? Hast du schon mal irgendetwas von Sicherheit gehört? Dem Staatsgeheimnisgesetz? Irgend so was?«

Bradley zuckte mit den Schultern. »Es war eine Party. Weißt du nicht mehr? Du warst auch da. Einer aus der Kommunikationsabteilung ging in Pension und hat ein paar Flaschen warmen Weißwein und ein paar Knabbereien besorgt, und wir haben ein bisschen gefeiert, nachdem die Bosse weg waren. Ich habe ein paar Selfies gemacht, aber im Hintergrund sieht man die Einsatzzentrale aus verschiedenen Blickwinkeln. Gut, was?«

»Selfies?« Bex legte eine Hand an die Stirn und schloss kurz die Augen. »Wir mussten die Handys doch am Haupteingang abgeben. Sie haben sie in eine Bleikiste gesteckt. Und wenn man gegangen ist, konnte man sie sich abholen.«

Bradley wand sich. »Ja, aber an dem Tag hatte ich zwei Handys dabei. Das eine hatte einen gesprungenen Bildschirm, aber ich hatte noch nicht alles auf das neue überspielt. Also habe ich das eine abgegeben, aber das andere vergessen.«

»Irgendwann bringst du mich noch zur Verzweiflung«, erklärte Bex und zuckte mit den Schultern. »Trotzdem ist es gut, dass du diese Fotos hast.«

Kieron kam plötzlich ein Gedanke. »Kann ich mal was fragen?«

»Könnten wir dich daran hindern?«, fragten Bex und Bradley wie aus einem Mund.

»Warum spielen wir nicht eine virtuelle Simulation der Einsatzzentrale auf die AR-Brille auf?« Er sah von einem zum anderen. »So müssten wir nicht den ganzen Raum nachbauen. Wir müssen nur dafür sorgen, dass derjenige, den wir kidnappen, die Brille trägt, wenn er aufwacht. Ich nehme an, wir können die Brille so einstellen, dass sie nicht ein transparentes Bild zeigt, sondern ein festes?«

»Das Wort ›kidnappen‹ wollen wir hier nicht benutzen«, sagte Bex schnell. »Wir leihen uns die Person nur ohne ihr Wissen aus.« Sie warf einen Blick zu Bradley. »Aber das ist ein interessanter Gedanke. Oder?«

»Das wird nicht funktionieren«, sagte er entschieden und schüttelte den Kopf. »Es gibt mehrere Risiken. Erstens müssten wir uns einen Angestellten suchen, der tatsächlich eine Brille trägt. Das ist zwar kein großes Problem, aber was passiert, wenn er die Brille abnimmt oder sie ihm versehentlich herunterfällt und er dann auf einmal in einem Raum in unserer Wohnung sitzt anstatt in der Einsatzzentrale? Drittens ist die AR-Brille nicht völlig geschlossen wie eine VR-Brille. Unser Auserwählter würde also an den Blickrändern Dinge sehen, die nicht zur Simulation passen. Und außerdem müssten wir uns selbst auch in die Simulation hineinprojizieren, um mit ihm sprechen zu können. Und unsere Simulationen wären nicht annähernd so real wie wir selbst. Das ist das Problem mit der virtuellen Realität. Man nennt es die Akzeptanzlücke. Je ähnlicher eine simulierte Person einem realen Menschen ist, desto unheimlicher sieht sie aus. Das hat mit der Hautfarbe zu tun und dass die Augen nicht richtig blinzeln. Außerdem sind Haut und Haare zu perfekt.«

»Dann sehen wir uns doch erst mal deine Selfies an«, meinte Bex und machte eine auffordernde Handbewegung zu Bradley hin.

Sie luden die Bilder in das AR-System und schlossen es an den Fernseher der Wohnung an, damit alle sie sehen konnten. Bradley hatte insgesamt etwa zwanzig Aufnahmen in dem Raum gemacht. Es war ein großes Zimmer, an dessen Wände Karten geheftet waren. Es gab mehrere Reihen mit Schreibtischen und Monitoren, die vor einem Bildschirm standen, der fast eine ganze Wand einnahm. An den meisten Monitoren hingen Kopfhörer. Fenster gab es keine. Auf jedem Bild waren auch einige andere Menschen im Hintergrund zu sehen, die aßen, tranken und sich unterhielten, außerdem Teile der Wände und der Möbel. Auf einigen Bildern entdeckte Kieron Bex. Sie stand allein an eine Wand gelehnt und hielt ein Glas Wein in der Hand.

Bradley deutete auf einen Mann, der auf mehreren der Fotos zu sehen war. Er war etwa so alt wie Bex und Bradley, hatte einen roten Bart und trug das lange Haar zu einem Pferdeschwanz. »Ich denke, wir sollten uns auf ihn konzentrieren«, sagte er. »Soweit ich mich erinnere, leitete er die Nachtschicht in der Einsatzzentrale. Er lebt allein – zumindest tat er das, als diese Fotos gemacht wurden. Ich fand ihn immer ein wenig schräg. Verkrampft, wenn ihr wisst, was ich meine. Sein Name ist Scott, glaube ich. Oder Lee. Wir werden ihn sicher auf der Liste der Angestellten finden.«

»Gut«, sagte Bex. »Ich überprüfe diesen Scott oder Lee und du zauberst ein wenig mit diesen Fotos.«

Kieron und Sam sahen zu, wie Bradley mithilfe der AR-Software die Bilder zu einer Collage zusammensetzte, deren Teile das meiste des Raumes als großes Panoramabild wiedergaben.

»Was ich jetzt machen kann«, erklärte Bradley und wedelte mit den Händen herum, um die virtuellen Bildschirme zu bedienen, »ist, dieses zusammengesetzte Bild in einen Hightech-Simulationserzeuger zu geben, ihn die Menschen entfernen zu lassen und dann eine simulierte Umgebung zu schaffen, die wir als Referenz für den Bau eines Theatersets für unsere kleine Vorstellung verwenden können.«

Ein paar Minuten später begann das Panoramabild auf dem Fernseher zu flackern und verschwand, um von einem einzigen Bild desselben Raumes ersetzt zu werden, doch aus einer anderen Perspektive, aus der man direkt auf den großen Wandbildschirm sah. Es war fast zu perfekt, um wahr zu sein.

Bradley wandte leicht den Kopf und das Bild änderte sich dementsprechend. »Gut«, sagte er. »So weit bin ich bis jetzt.«

Bex sah von ihrem Laptop auf.

»Soweit ich mich erinnern kann, sieht es aus wie der echte Raum«, fuhr Bradley fort, »nur dass die Simulation nicht die Kaffeeflecken auf dem Teppich oder die zerknüllten Verpackungen irgendwelcher Snacks neben dem Mülleimer zeigt, wo jemand danebengezielt hat.«

»Und jetzt?«, fragte Sam. »Das bauen wir doch jetzt nicht wirklich, oder?«

»Jetzt«, erklärte Bex, »machen wir aus dieser Simulation einen Satz Kopien, den wir an eine Firma geben, die Sets für Theater und Filme machen und die das für uns bauen. Sie können auch die richtigen Möbel finden und alles an den richtigen Platz stellen.«

»Wir werden wohl ein Warenlager oder eine Halle mit viel Platz mieten müssen«, meinte Bradley. Als er Bex ansah, schwankte das Bild auf dem Fernseher beunruhigend.

»Wahrscheinlich dauert der Bau ungefähr eine Woche, und das auch nur, wenn die Firma nicht überlastet ist und wir deshalb warten müssen. Das wird alles viel Geld kosten«, seufzte Bex.

»Nun, das müssen wir danach eben wieder verdienen.«

Bex sah Sam an. »Wie du schon sagtest: Wie in alten Zeiten.«

Es wurde spät, weshalb sie beschlossen aufzuhören und sich am nächsten Morgen wieder zu treffen. Sam und Kieron gingen zu seiner Wohnung, von wo aus Sam sich allein auf den Weg nach Hause machte, während Kieron nervös die Wohnung betrat.

Seine Mutter war nicht zu Hause. Das war gut. Eigentlich war es nicht so gut, denn er unterhielt sich gern mit ihr, aber er hatte sich gefragt, ob sie wohl ihren neuen Freund eingeladen hatte. Das hätte peinlich werden können. Aber nein, sie waren wahrscheinlich ausgegangen, hatten ein Date.

Ein Date. Kieron schauderte. Erwachsene sollten keine Dates haben. So etwas sollte für Teenager reserviert sein. Erwachsene sollten höchstens mal »ausgehen«.

Bei dem Gedanken zückte er sein Handy – das echte, nicht das Prepaid, das Bex ihm in Italien gegeben hatte – und schickte Beth eine SMS, um zu fragen, wie es ihr ging. Fünfzehn Sekunden später erhielt er eine Antwort.

Alles gut. Und du? Bis bald? ☺

Er lächelte. Bei Teenagern waren Dates etwas Gutes.

Er war sich zwar nicht sicher, ob das auf ein Date hinauslief, aber es ging jedenfalls in diese Richtung. Hoffentlich.

Am nächsten Morgen holte Sam ihn ab, und sie gingen gemeinsam in das Café, in dem sie sich mit Bex und Bradley zum Frühstück treffen wollten. Es war nicht das Café, in dem Beth arbeitete. Kieron wäre zwar dafür gewesen, aber Bex war hart geblieben. Sie wollten arbeiten und er sollte nicht abgelenkt werden.

Bex und Bradley waren schon da und sahen sich Ausdrucke an, die sie mitgebracht hatten.

»Hier haben wir die gesamte Lebensgeschichte von Scott Bailson«, verkündete Bex und winkte sie heran. »Er heißt tatsächlich Scott. Bradley hatte recht, er ist die perfekte Wahl. Ich konnte auf seine Personalakte zugreifen und offensichtlich fehlt er häufig wegen Migräne oder Viruserkrankungen. Er scheint ein kleiner Hypochonder zu sein, wenn ihr mich fragt. Aber das bedeutet, er wird wahrscheinlich leicht davon zu überzeugen sein, dass er einen irgendwie gearteten Anfall gehabt hat, wenn er plötzlich in seiner Wohnung umfällt und an einem Ort aufwacht, der wie sein Arbeitsplatz aussieht.«

»Und ich habe hier eine Liste von Firmen, die Sets für Film und Fernsehen bauen«, ergänzte Bradley und tippte auf seinen Stapel. »Scheint, dass sich der Norden von England gut für so was eignet. Wir haben die drei besten ausgesucht und werden heute mit ihnen sprechen, um uns Angebote machen zu lassen.«

»Und wie genau wollt ihr den Kerl ausknocken, ohne dass er es mitbekommt?«, fragte Kieron verwundert. »Ich meine, wenn ihr ihn einfach niederschlagt oder ihm eins über den Schädel zieht, weiß er doch, dass etwas nicht stimmt. Ich jedenfalls wüsste es.«

Sam hielt die Hand hoch wie in der Schule. »Oh, ich weiß! Wie wäre es mit dem Neuralnetzdings, das wir in Albuquerque hatten, das, das sich jemandem um den Kopf wickelt und Signale aussendet, die das Hirn ausschalten?«

»Das hat nur zwei Haken«, meinte Kieron, »zum einen wird er es in den zwei Sekunden, bevor ihn das Signal in den Schlaf schickt, wohl merken, wenn sich ihm ein Metallnetz um den Kopf wickelt, und was noch wichtiger ist: Das haben wir nur erfunden! Das gibt es gar nicht. Es war nur eine Geschichte, die wir uns ausgedacht haben, damit ich mich undercover im Goldfinch Institute einschleichen konnte.«

»Oh, stimmt ja«, fiel es Sam wieder ein. »Ich dachte mir schon, dass das zu gut ist, um wahr zu sein.«

Bex hob die Hand. »Wir haben erst an ein Betäubungsmittel gedacht, aber da ist es schwierig, die richtige Dosierung zu finden und es unbemerkt in sein Essen oder Getränk zu schütten. Dann haben wir überlegt, es auf die altmodische Tour zu machen, bei der Bradley ihn ablenkt, während ich ihn mit einem Nahkampfgriff im Nacken packe und einen Nerv drücke, bis er das Bewusstsein verliert. Das Problem dabei ist nur, dass er es wohl ebenfalls merken wird, dass ihn jemand von hinten in den Nacken kneift.«

»Es gibt also eine Menge Möglichkeiten, wie es nicht geht«, stellte Sam fest. »Wie könnte es denn gehen? Gibt es da überhaupt irgendetwas?«

»Hast du schon mal was vom Bucha-Effekt gehört?«, fragte Bradley.

Kieron sah hinüber zu Sam, der den Kopf schüttelte. Er selbst schüttelte ebenfalls den Kopf und sagte: »Klingt aber cool.«

»Wisst ihr, dass manche Menschen epileptische Anfälle bekommen, wenn sie blitzende Lichter sehen?«, fuhr Bradley fort.

»Deshalb müssen Fernsehsendungen und Filme eine Warnung senden, wenn darin Blitzlichter vorkommen.« Sam sah Kieron an. »Kannst du dich an Lee Jansen in der Schule erinnern? Bei dem haben die Lichter auf der Tanzfläche beim Schulball mal so was ausgelöst. Der arme Kerl ist umgefallen und hat angefangen zu zappeln.« Er sah Bradley an. »Ist dieser Scott denn Epileptiker?«

»Nein. Aber Forscher haben herausgefunden, dass auch normale Menschen ohne Epilepsie in eine Art Trance oder Schlafzustand versetzt werden, wenn man sie Lichtblitzen mit einer bestimmten Frequenz aussetzt. Hubschrauberpiloten passiert das manchmal, wenn die Sonne durch die Rotorblätter scheint, oder Flugzeugpiloten, wenn sie ein Propellerflugzeug fliegen und die tief stehende Sonne direkt von vorn kommt. Der MI6 hat ein wenig über den Bucha-Effekt geforscht, nur für den Fall, dass man ihn einsetzen könnte, um Leute auf sichere Art bewusstlos zu machen. Wir werden dasselbe Prinzip anwenden, um Scott auszuschalten, wenn er von der Arbeit kommt. Dann wird er müde und leicht angreifbar sein.«

Sam runzelte die Stirn. »Gab es da mal nicht vor Längerem so etwas in einer Pokémon-Folge? Ich bin mir sicher, ich habe mal davon gehört.«

»Als ob wir so was wüssten«, schnaufte Bex.

»Na ja«, meinte Bradley, »ehrlich gesagt ...«

Sam tippte schnell auf seinem Handy herum und nickte dann: »Ja, offenbar haben sie 1997 in Japan eine Folge von *Pokémon* gezeigt. Also, Jahre bevor Kieron oder ich geboren wurden. Es gibt eine Szene, in der Pikachu seinen Blitzangriff einsetzen muss, um irgendwelche Geschosse explodieren zu lassen, aber er und Ash befinden sich zu diesem Zeitpunkt innerhalb eines Computers.« Er sprach, als würde er es direkt von seinem Bildschirm ablesen. »Daher konnten die Zeichner nicht die normalen Effekte einsetzen, wie sie es in der realen Welt getan hätten. Also entschieden sie sich dafür, den Bildschirm bei den Explosionen rot und blau flackern zu lassen, ›Donnerblitze‹ genannt, aber ein Haufen Kinder in Japan bekam bei der Sendung Probleme. Einige sahen verschwommen, und es wurde ihnen schlecht, und einige verloren tatsächlich das Bewusstsein. Offenbar mussten fast siebenhundert Kinder ins Krankenhaus gebracht werden. Die Folge wurde nie wiederholt und auch nicht als DVD oder Blu-Ray rausgebracht. Also ja, Blitzlichter scheinen tatsächlich eine gewisse Wirkung auf die Leute zu haben.«

Bex sah Bradley fragend an. »Verstehst du, wovon er da redet?«

Bradley wand sich ein bisschen. »Die Folge hieß ›Electric Soldier Porygon‹. Das ist die achtunddreißigste Folge der ersten Staffel. Ich habe sogar eine Raubkopie davon«, erklärte er Bex und zuckte mit den Achseln. »Als Kind war ich ein wenig seltsam. Ich liebte Pokémon.«

Kieron sah Bradley mit wachsendem Respekt an. Als der es bemerkte, wurde er rot.

»Wie auch immer«, erklärte Bex, »es ist jedenfalls gut, dass er Nachtschicht arbeitet, also hört er bei Tagesanbruch auf, wenn es auf den Straßen ruhig ist. Da kommen wir leicht an ihn heran, ohne dass es jemand merkt.«

Sam sah Kieron skeptisch an, doch der schüttelte leicht den Kopf. Es war besser, nicht mit Bex und Bradley zu diskutieren. Sie hatten mit solchen Dingen deutlich mehr Erfahrung als die beiden Jungen.

Die nächsten paar Tage vergingen für Kieron wie im Flug. Offiziell nahm er am Schulunterricht immer noch von zu Hause aus teil, daher wurde er in den Klassen nicht vermisst. Das Problem war nur, dass er nicht zu Hause saß und an den Aufgaben arbeitete, die ihm seine Lehrer schickten. Deshalb hatte er immer, wenn er sich außerhalb von Bex' und Bradleys Wohnung aufhielt, panische Angst, dass ihn jemand sehen könnte und das dem Schuldirektor meldete. Oder seiner Mutter. Er war sich nicht sicher, was schlimmer wäre.

Bex und Bradley hatten beschlossen, gemeinsam loszuziehen, um all die Formalitäten zu erledigen, die nötig waren, um eine leere Lagerhalle für ein oder zwei Monate zu mieten und eine Firma zu beauftragen, das MI6-Büro nachzubauen. Sie fanden, es hätte seltsam ausgesehen, wenn nur einer von ihnen aufgetaucht wäre, und wenn einer von ihnen mit einem Teenager aufgetaucht wäre, hätte es noch seltsamer ausgesehen. Aber zwei Erwachsene in eleganter Kleidung – das sah professionell aus. Kierons Aufgabe war es, sie in den Zeiten, wenn das PEREGRINE-Netzwerk arbeitete, über das AR-Gerät zu unterstützen. Sams Aufgabe bestand darin, Kieron mit Energydrinks zu versorgen und dumme Kommentare abzugeben.

Die Anmietung der Halle verlief relativ schnell und unkompliziert. Das einzige Problem bestand darin, dass sie in Edinburgh anstatt in Newcastle liegen musste. Denn wenn sie einen MI6-Agenten ausschalten und »ausleihen« wollten, fand Bex, dann sollten sie auf keinen Fall mit ihm zwei Stunden durch die Gegend fahren, bevor sie ihn befragten, um ihn dann wieder bewusstlos zu machen und noch einmal zwei Stunden zurückzufahren, um ihn nach Hause zu bringen. Glücklicherweise gab es in der Nähe von Edinburgh genügend ungenutzte Lagerräume. Bex und Bradley konnten einen sehr guten Deal für einen dreimonatigen Mietvertrag aushandeln. Eine Firma für den Nachbau des MI6-Büros zu engagieren, erwies sich schon als etwas schwieriger. Dazu mussten sie nach Edinburgh fahren, um mit den Firmen zu sprechen, und wurden bei zweien davon gleich abgewiesen, weil die Zeit zu knapp war, obwohl die Zeichnungen alle schon fertig waren.

»Vielleicht brauchen wir noch weitere Auswahlmöglichkeiten an Firmen«, hörte Kieron Bex leise sagen, als sie im Foyer der dritten Firma standen.

»Das Dumme ist nur, dass das hier die besten sind«, wandte Bradley ein. »Alle anderen wären nicht so gut.«

Kieron sah von Newcastle aus, wie sie durch eine große, hangarartige Konstruktionshalle geführt wurden. In der Mitte stand etwas, das aussah wie eine Mondrakete. Eine richtige, echte Mondrakete.

»Könnt ihr den Typ, der euch begleitet, mal fragen, was das ist?«, bat er.

»Wozu ist die Rakete da?«, fragte Bex gleich darauf.

Der junge Techniker, der sie durch den Hangar führte, antwortete: »Das ist eine Requisite für eine neue

Science-Fiction-Serie für einen Streaming-Dienst. Keine Ahnung, wie sie heißt. Wir bauen das Ding nur. Wir mussten es zusammenbauen, um zu sehen, ob alles funktioniert, aber dann wird es für den Transport auseinandergenommen und erst im Studio wieder aufgebaut.«

»Können sie das nicht auch mit CGI darstellen?«, fragte Kieron. »Also mit computergenerierten Bildern?«

»Kann man das nicht auch am Computer generieren?«, fragte Bex prompt.

»Offenbar will der Regisseur, dass so viel wie möglich real ist«, antwortete der Techniker. »Er will, dass Schauspieler in Raumanzügen draußen an der Hülle hängen, während um sie herum Explosionen hochgehen. Machen Sie auch so was?«

»Mehr oder weniger«, entgegnete Bradley.

Sie wurden zu einem Werkstattbereich auf der andern Seite der Halle geführt, wo sie ein kräftiger Mann in T-Shirt und Jeans empfing, der sich ein paar Pläne ansah, die auf einem Tisch vor ihm ausgebreitet lagen. Bex erklärte ihm genau, was er ihnen bauen sollte und wie lange er dafür Zeit hatte, während Bradley ihm die Zeichnungen und die Simulation auf seinem Laptop zeigte. Der Mann sah es sich eine Weile nachdenklich an und schwieg, bevor er schließlich nickte.

»Das kriegen wir hin«, sagte er. »Mit der großen Rakete da draußen sind wir gerade fertig und haben vor dem nächsten Projekt vierzehn Tage Zeit. Aber ich bin ein wenig irritiert. Das hier ist ein geschlossenes Set mit vier Wänden und einem Dach. Wenn das für einen Film oder fürs Fernsehen ist, wo wollen Sie dann die Kameras positionieren? Und wenn es für ein Theater ist, wo das Publikum? Ich meine, wir könnten es so machen, dass man die Wände einzeln aufklappen und durch die Lücke filmen könnte, aber das wünschen Sie nicht.«

Bei den beiden anderen Firmen hatte ihnen niemand diese Frage gestellt. Man hatte nur höflich gesagt, dass man keine Zeit dafür habe, und sie hinausbegleitet.

»Gute Frage«, sagte Bradley. Kieron beobachtete, wie er Bex fragend ansah.

»Drohnen«, sagte Kieron schnell. »Ihr benutzt Drohnenkameras, damit es realer wirkt.«

»Wir filmen mit Drohnenkameras«, erklärte Bex aalglatt. »Die Schauspieler bewegen sich am Set ganz normal, während ihnen die Drohnen folgen. Dadurch soll es hyperrealistisch wirken.«

Der Mann im T-Shirt nickte. »Ja, das kann ich verstehen. Diese Kameras, mit denen die Kameramänner herumlaufen, brauchen jede Menge Platz, und manchmal sieht man, wie die Schauspieler aus dem Weg gehen müssen, damit sie an ihnen vorbeikommen. Drohnen sind da definitiv besser. Ich werde zusammenrechnen, wie viele Zimmerleute, Trockenbauer und Elektriker ich brauche, dann kann ich Ihnen ein Angebot zumailen.«

»Frag ihn auch nach den Stühlen und Tischen und Computerbildschirmen«, erinnerte Kieron Bex. »Das nennt man im Fachjargon ›Set-Dressing‹.«

»Wie ist es mit dem Set-Dressing?«, erkundigte sich Bex, als wäre ihr das gerade eben eingefallen. »Können Sie uns diese Tische und Stühle und den Computerkram besorgen?«

Der Mann nickte. »Das ist nicht schwer. Wir kennen einen Haufen Secondhand-Möbelläden. Sagen Sie uns nur, welche Tische und Stühle Sie wollen, dann besorgen wir sie. Computer sind genauso wenig ein Problem. Wenn Sie uns Marke und Modell nennen, beschaffen wir die.«

Kurz darauf beendeten sie das Gespräch und der junge Techniker begleitete Bex und Bradley wieder an dem Raketennachbau vorbei hinaus.

»Die Serie sehe ich mir auf jeden Fall an«, erklärte Kieron über die AR-Verbindung.

Als sie wieder im Freien standen, wandte sich Bex Bradley zu. Vor Kierons Augen wirkte Bradleys Gesicht riesig.

»Ich denke, wir sind im Geschäft«, sagte Bex.

»Dann bleibt nur noch das Kidnapping«, erwiderte Bradley.

»Das ist kein Kidnapping!«, zischte Bex. »Wir borgen uns nur jemanden aus – ohne seine Zustimmung.«

Die Firma, die Bex und Bradley mit dem Nachbau des Büros beauftragt hatte, brauchte dafür vier Tage. Am Morgen des fünften Tages erwachte Kieron vom Klingeln seines Handys. Ächzend kämpfte er sich aus einem Traum, in dem er mit dem Präsidenten der Vereinigten Staaten zusammen Verbrechen aufklärte – seltsamerweise in einer Westernstadt –, und griff nach seinem Handy. Müde stellte er fest, dass es erst 5.30 Uhr war.

»Hmmm?«

»Kieron?« Es war Bex. »Zeit, aufzustehen. Wir warten unten im Auto auf dich.«

Schnell zog er sich an und wollte gerade seine Zimmertür öffnen, als er das Klicken des Schlosses an der Badezimmertür hörte. Seine Mutter! Er erstarrte kurz, dann hastete er zurück ins Bett und zog sich die Decke bis zum Kinn. Schwer atmend wartete er darauf, dass die Badezimmertür aufging. Würde seine Mutter direkt zurück in ihr Zimmer gehen? Und sofort einschlafen? Was, wenn sein Handy genau jetzt noch mal klingelte, weil Bex wissen wollte, warum er so lange brauchte? Schnell zog er es hervor und schaltete es stumm.

Leise quietschend öffnete sich seine Zimmertür. Er blieb reglos liegen und stellte sich vor, wie seine Mutter in der Tür stand und schaute, ob bei ihm alles in Ordnung war.

Solange sie nur nicht zu ihm kam und die Decke von seinem Gesicht zog, um ihm über die Wange zu streichen. Das tat sie manchmal, wenn sie glaubte, er schlafe fest. Er sagte nie etwas, weil er nicht wollte, dass es ihr peinlich war und sie damit aufhörte. Doch wenn sie es jetzt tat, würde sie sehen, dass er vollständig angezogen war.

Endlich – nach so langer Zeit, dass sein angehaltener Atem ihm schon in der Lunge brannte, hörte Kieron erneut das Quietschen der Tür und wie seine Mutter über den Flur in ihr Zimmer zurückging. Er zählte bis hundert, stieg dann aus dem Bett und schlich sich wieder zur Tür, die er gerade weit genug aufmachte, um hindurchschlüpfen zu können, aber nicht so weit, dass sie in den Angeln quietschte. Zuerst vergewisserte er sich, dass die Schlafzimmertür seiner Mutter geschlossen war. Doch das war sie.

Fünfzehn Sekunden später stand er vor dem Haus.

Bex und Bradley hatten ein Stück die Straße runter vor einer Ladenzeile geparkt, damit das Motorengeräusch niemanden aufweckte. Als er hinten einstieg und gegen den schlafenden Sam stieß, sagte er: »Sorry, meine Mutter ist aufgewacht. Ich musste warten, bis sie wieder im Bett war.«

»Kein Problem«, erwiderte Bradley vom Beifahrersitz aus. »Seid ihr beide bereit für ein Abenteuer?«

»Nicht wirklich«, erwiderte Kieron ehrlich.

Sam schnarchte nur.

Kapitel 6

»Ich kriege gerade Flashbacks, und zwar keine von der guten Sorte«, erklärte Bradley, als er an der Metallfassade des Lagerhauses emporsah und dann die anderen verlassenen Nachbargebäude musterte. Dann nickte er in Richtung Sam und Kieron und sagte zu Bex: »Das erste Mal, als ich die beiden traf, war an einem Ort, der diesem hier nicht unähnlich war.«

»Ich erinnere mich«, sagte Kieron. »Das war ziemlich übel.«

»He!«, fuhr Sam auf. »Du bist nicht zusammengeschlagen oder an einen Stuhl gefesselt worden. Wir schon.«

»Nicht streiten, Kinder«, mahnte Bex. »Denkt daran, das hier ist *unsere* Halle.« Sie ging zu einer Schlüsselbox an der Wand der Halle zwischen der Haupttür und dem Rolltor für Fahrzeuge. Sie war in der letzten Woche einige Male hier gewesen, um die Details der Miete abzuklären und zu sehen, ob alles passte. Daher kannte sie den Code, den sie in die Tastatur eingeben musste. Das Schloss öffnete sich, sie nahm den Schlüssel aus dem Kästchen und schloss damit das Haupttor auf.

In der riesigen Halle war es stockdunkel, doch die Betätigung eines großen roten Schalters an einem Pfosten auf dem Betonboden direkt neben der Tür ließ die Lichter angehen. Hoch oben an der Wand und an den Deckenbalken leuchteten Strahler auf.

»Hier riecht es nach Düngemittel«, stellte Kieron naserümpfend fest, als er eintrat. »Stellen Terroristen nicht aus Düngemitteln Bomben her? Seid ihr sicher, dass das hier kein Terroristennest ist?«

»Nein, das hier ist kein Terroristennest. Die vorherigen Mieter haben anscheinend ein Gartencenter betrieben und hier ihr überflüssiges Zeug gelagert«, erklärte Bex abwesend, während sie ihre Aufmerksamkeit auf die Mitte der Halle richtete. Dort stand eine gigantische Holzkiste, die etwa so groß war wie ihre ganze Wohnung. Von außen bestand sie aus groben Holzbrettern, aus denen Nägel und Balken hervorragten. In der Mitte einer Seite war eine Tür zu erkennen. Von der anderen Seite der Halle schlängelten sich Kabel und Leitungen über den Boden und führten bis auf die Decke der Kiste.

»Nett«, meinte Sam. »Da ist das Geld ja richtig gut angelegt.«

»Sei nicht so unhöflich«, ermahnte ihn Bex. »Die richtige Magie befindet sich im Inneren, nicht außen.«

Sie wandte sich an Bradley, um zu fragen, was er davon halte, sah aber, dass er lächelte.

»Was findest du denn so lustig?«, erkundigte sie sich.

»Es hat mich nur an etwas erinnert, das ist alles. Nicht an das Lager, in dem ich gefangen gehalten wurde. Etwas anderes.«

»Was denn?«

»Ich war vor ein paar Jahren mal auf einer Technologiekonferenz in Whitehall im Hauptgebäude des Verteidigungsministeriums. Ich glaube, du warst damals gerade in Thailand. Im Anschluss gab es einen Empfang, der angeblich im 500 Jahre alten original Weinkeller von Heinrich VIII. stattfand. Man hatte ihn entdeckt, als das Verteidigungsministerium gebaut wurde, und anstatt ihn abzureißen, haben sie ihn in den Keller integriert. Aber die Bauarbeiter mussten ihn wohl drei Meter zur Seite und sieben Meter nach unten versetzen. Wir wurden zwei Stockwerke unter Straßenniveau in einen großen unterirdischen Raum gebracht. Und da stand dieser alte Bau mit Ziegeln und Mörtel und allem und sah nicht sonderlich beeindruckend aus. Aber innen war es ganz anders – es gab Bogen und eine gewölbte Decke und alles. Allerdings grässlichen Wein. Aber es war eben ein Keller und nicht dafür gebaut, von außen gesehen zu werden, nur von innen. Das hier erinnert mich daran.«

Bex musste über Bradleys offensichtlichen Enthusiasmus lächeln. »Na, ich kann dir nicht versprechen, dass das hier dem Weinkeller von Heinrich VIII. entspricht, aber sehen wir uns doch mal an, was sie zustande gebracht haben.«

Sie ging voran auf die Konstruktion in der Mitte der Halle zu. Aus der Nähe konnte sie Nägel, Schrauben, Farb- und Gipsspritzer sehen. Wie Bradley gesagt hatte, war es etwas, was man eigentlich nur von innen und nicht von außen sehen sollte. Oder, erkannte sie plötzlich, wie die Rückseite einer Theaterbühne, die das Publikum nie zu sehen bekam. Sie roch auch noch mehr als den scharfen Gestank nach Düngemittel, den Kieron bemerkt hatte – sie erkannte den Geruch von frischer

Farbe und Sägemehl. Die vertrauten Gerüche von Renovierungen. Einen Moment lang erinnerte es sie an ihr Zuhause, als ihr Vater die Garage für sie als Spielzimmer umgebaut hatte.

Das Normalste hier war die Tür. Sie machte sie auf und trat ins Innere.

Es war eine Offenbarung.

Sie befanden sich in einem Büro. Es war absolut und in jeder Hinsicht ein Büro, das aussah, als gehöre es in irgendein Finanz- oder Universitätsgebäude. Und sie erkannte es. Obwohl sie noch nie in diesem Raum in der Lagerhalle gewesen war, erkannte sie ihn. Die Firma hatte wirklich gute Arbeit geleistet. Es sah genauso aus wie die Einsatzzentrale des MI6 in Edinburgh, in der sie mit Bradley gewesen war, bis hin zu den zerschrammten Tischen in der Mitte, den Reißzwecken an der Wand, wo früher einmal Poster gehangen hatten, und der Deckenfliese mit einer abgebrochenen Ecke und dem bräunlichen Wasserfleck darauf. Selbst die Neonröhren waren die gleichen, auch wenn sie von außen über die Kabel versorgt wurden, die auf der anderen Seite der Halle eingesteckt waren.

»Echt gut«, stellte Bradley fest, als er sich umsah, und nickte. Dann deutete er auf den Boden. »Sie haben sogar die Kaffeeflecken richtig verteilt.«

»Nur wegen des Geruchs müssen wir etwas unternehmen«, meinte Bex. »Frische Farbe und Sägemehl passen nicht.«

»Soweit ich mich erinnern kann, roch es in der Einsatzzentrale nicht wirklich nach irgendetwas«, sagte Bradley. »Die Lüftung war ziemlich gut. Das musste sie auch sein, denn der Raum befand sich mitten im fünften Stock der Außenstation in Edinburgh und hatte keine Fenster, die man hätte aufmachen können. Wenn überhaupt, roch es schwach nach dem Elektroduft, den Computerlüfter von sich geben, wenn sie lange Zeit laufen.«

»Wir können Deospray nehmen«, erklärte Bex entschlossen. »So Sprays kriegt man im Supermarkt.«

Sam war zur gegenüberliegenden Wand gegangen und betrachtete sie eingehend. »Erstaunlich, wie sie es hingekriegt haben, dass die Farbe alt aussieht«, fand er. »Von außen sieht man, dass es gerade erst gebaut wurde, aber hier drinnen ist es perfekt.«

»Die Jungs haben sich ihr Geld wirklich verdient.« Bradley trat zu dem Bildschirm, der fast die ganze Wand einnahm. Alle Schreibtische und Monitore waren so ausgerichtet, dass die Leute, die davor saßen, den großen Bildschirm im Blick hatten. Eigentlich sah es mehr aus wie ein IT-Raum in einer Schule als in einem Büro, dachte Bex. Bradley klopfte mit den Fingerknöcheln darauf. Es klang hölzern. »Aber ich schätze, das Geld hat nicht gereicht, um sie auch funktionsfähig zu machen.«

Bex schüttelte den Kopf. »Nein. Ich habe ihnen gesagt, dass wir mithilfe von CGI Bilder darauf spielen.« Sie nickte in Richtung Kieron. »Die Idee habe ich von ihm. Es bringt nichts, dass alles funktioniert. Wir wissen ja nicht, was beim MI6 dort angezeigt wird, wenn der Bildschirm eingeschaltet ist. Auf der Party hatten sie ihn aus Sicherheitsgründen ausgeschaltet, weil sie nicht wollten, dass wir ihre laufenden Operationen sehen.«

»Und was erzählt ihr dann dem Techniker, den ihr

kidna... Verzeihung, ich meine, ausleihen wollt?«, erkundigte sich Sam.

Bex zuckte mit den Schultern. »Wenn er fragt, sagen wir ihm, dass das System wegen Wartungsarbeiten ausgeschaltet wurde. Oder wir sagen, dass ein VIP-Besuch ansteht und man den Bildschirm abgeschaltet hat, damit man nichts streng Geheimes darauf sieht.«

Sie und Bradley verbrachten die nächste halbe Stunde damit, den Raum von rechts nach links und von oben bis unten zu kontrollieren und nach Dingen zu suchen, die sie eventuell verraten konnten. Es gab ein paar Kleinigkeiten, die bei genauerem Hinsehen darauf hindeuteten, dass der ganze Raum nicht echt war, aber für ihre Zwecke würde es reichen. Sie würden Scott Bailson nicht viel Gelegenheit geben, sich umzusehen. Als sie fertig waren, schlossen sie die Halle ab und checkten in einem Hotel in der Nähe ein. Besonders lang würden sie sich – ja hoffentlich – nicht in Edinburgh aufhalten, aber es war gut, irgendwo eine Basis zu haben, wo sie sich treffen konnten, wenn etwas schieflief und sie getrennt wurden. Bex wusste, dass keine Operation je immer genau nach Plan verlief und dass es wichtig war, einen Plan B zu haben.

In einer Pizzeria in der Nähe aßen sie zu Abend. Ihre Unterhaltung verlief angestrengt, sie waren alle nervös und wussten, dass sie nicht über das sprechen konnten, was später passieren würde. Daher redeten sie schließlich über ihre Familien, ihr Leben, was sie liebten und was sie hassten. Zu Bex' Überraschung sprach Kieron über seinen Vater. Er stammte offenbar von Mauritius, was Bex nie vermutet hätte. Kieron hatte die Hautfarbe seiner Mutter geerbt und nur seine dunklen Haare und

Augen gaben einen Hinweis auf seine Herkunft. Er schien eine Art Hassliebe für den Mann zu verspüren, der ihn so früh in seinem Leben im Stich gelassen hatte. Vielleicht, dachte Bex, war es die Tatsache, dass ein neuer Mann in das Leben seiner Mutter getreten war, dass er wieder über seinen leiblichen Vater nachdachte.

»Siehst du ihn noch?«, fragte Bradley leise.

»Manchmal zu Weihnachten«, sagte Kieron und sah auf seinen Teller. »Da scheint er sich immer daran zu erinnern, dass er einen Sohn hat.«

»Wo wohnt er denn? In der Nähe?«

Kieron schüttelte den Kopf. »Irgendwo im Süden. In Coventry, glaube ich.«

»Dein Dad war ein Idiot«, meinte Sam.

Bex und Bradley starrten ihn schockiert an.

»Es stimmt«, erklärte Sam. »Meine Eltern haben das gesagt. Sie kannten ihn beide.«

Kurz danach gingen sie zurück zum Hotel. Bex sagte, dass sie vor Sonnenaufgang aufstehen müssten, wenn sie Scott nach der Nachtschicht abfangen wollten, und davor sollten sie so viel Schlaf bekommen wie möglich.

Sie selbst schlief schlecht und träumte aus irgendeinem Grund von ihrer Familie und davon, wie sie sich als Kind das Bein gebrochen hatte, weil sie auf einen Baum geklettert beziehungsweise davon heruntergefallen war. Sie hatte eine gefühlte Ewigkeit einen Gips tragen müssen. Im Traum erinnerte sie sich daran, dass sie davon überzeugt gewesen war, dass das Bein darunter, wenn der Gips abgenommen wurde, ganz anders aussehen würde als das andere – irgendwie verdreht oder zerknittert oder andersfarbig. Was natürlich nicht der Fall gewesen war.

Um fünf Uhr morgens klingelte ihr Wecker. Schnell wusch sie sich, zog sich an und weckte die anderen. Fünfzehn Minuten später saß sie mit Kieron im Auto und wartete, während Bradley und Sam irgendwo im Dunkeln vor dem Hauptquartier des MI6 herumlungerten. Sie hatte die Fenster einen Spalt geöffnet, damit die Scheiben nicht beschlugen. Kieron hatte das Radio anstellen wollen, doch das hatte Bex ihm verboten. Sie wollte alles vermeiden, was Aufmerksamkeit auf sie lenken konnte.

»Ich muss gestehen, das macht mich nervös«, sagte Kieron leise zu Bex und hielt die Hände hoch. »Ich schwitze, habe einen komischen metallischen Geschmack im Mund und das Gefühl, als wäre irgendwas in meiner Brust gefangen und wollte ausbrechen. Ich meine, das ist doch illegal, oder?«

»Na ja«, antwortete Bex vorsichtig, »das kommt auf die Definition von ›illegal‹ an. Im Grunde ist es wohl gegen das Gesetz, jemanden von der Straße zu holen, bewusstlos zu machen und irgendwo hinzubringen, wo er nicht hinwill. Aber sieh es doch mal so: Ist es denn schlimmer, als wenn ein Haufen Leute einen Freund kidnappen und zu einem Junggesellenabschied nach Bratislava entführen?«

»Schon«, entschied Kieron. »Ist es. Denn Scott Bailson will nicht mit uns gehen und wir sind nicht seine Freunde.« Er seufzte. »Das Gefühl in meiner Brust wird nicht besser. Im Gegenteil, es wird schlimmer.«

»Na gut«, seufzte Bex und sagte geduldig: »Aber überleg mal: Wenn Scott alles darüber wüsste, was mit dem PEREGRINE-Satellitennetzwerk los ist, glaubst du nicht, dass er uns dann gern helfen würde?«

»Nein, glaube ich nicht. Ich denke, er würde seine Vorgesetzten offiziell davon in Kenntnis setzen und sich nicht auf eine heimliche Aktion einlassen, alles wieder in Ordnung bringen zu wollen, ohne dass es jemand merkt.«

Bex sah ihn mit schräg gelegtem Kopf an. »Du bist nicht so leicht zu knacken, nicht wahr? Na gut, dann versuch es mal damit: Wir dienen hier einem höheren Ziel, und indem wir ein kleines Verbrechen begehen, tragen wir wesentlich zu etwas Größerem bei.«

»Es ist trotzdem illegal«, murmelte Kieron.

»Und wenn ich sage, wir stecken Scott 500 Pfund in die Tasche, solange er bewusstlos ist, und einen Zettel mit einer anonymen Entschuldigung für mögliche psychische Unannehmlichkeiten, die wir verursacht haben, würdest du dich dann besser fühlen?«

»Ja vielleicht. Ein bisschen.«

»Dann machen wir das.«

Bex spähte nach draußen, wo sie eine Bewegung wahrgenommen hatte. Einen Augenblick lang konnte sie nicht erkennen, was ihre Aufmerksamkeit erregt hatte, doch dann sah sie einen Fuchs, der unter einem Busch hervorkam und ruhig, aber aufmerksam über den Rasen vor dem MI6-Gebäude schlich, einem alten viktorianischen Landhaus aus grauen und roten Steinen. Auf einem Schild an der Mauer stand: »Square Triangle Consulting«. Der Fuchs blieb mitten auf dem Rasen stehen und schnüffelte misstrauisch.

»Beraten die da tatsächlich jemanden?«, fragte Kieron. »Ich meine, ich weiß zwar nicht so genau, was ›Consulting‹ eigentlich bedeutet, aber machen sie so was? Funktioniert eine Coverstory so? Dass man das, was man zu tun behauptet, auch tatsächlich tut, bevor man die richtigen Geheimagentensachen macht?«

Bex schüttelte den Kopf. »Normalerweise nicht. Ein paar der jüngeren Agenten betreiben wahrscheinlich eine Website und ein paar Social-Media-Konten, aber sie werden keine Aufträge annehmen. Falls jemand nachfragt, werden sie einen Preis verlangen, bei dem jeder Kunde abwinkt und woanders hingeht.«

»Und wie ist das mit der Sicherheit? Ich meine, wir parken genau vor dem Gebäude. Haben sie keine Kameras und Wachen und so?« Panisch blickte er sich um. »Sind die Wachen vielleicht bewaffnet? Sind wir hier nicht in Gefahr?«

Wieder schüttelte Bex den Kopf. »Sie tun so, als seien sie eine ganz normale Firma. Da können sie sich keine Security leisten, die irgendwie auffällig ist. Natürlich haben sie Kameras, aber die richten sich auf die Türen und Fenster.«

»Aha«, machte Kieron und klang nicht ganz überzeugt. Dann sah er auf die Uhr – was er ständig tat, seit sie ins Auto gestiegen waren. »Wir haben noch zwanzig Minuten bis zur nächsten Deckungslücke der Satelliten. Was ist, wenn der Kerl heute zu spät rauskommt? Wir brauchen das AR-System, um ihn auszuschalten. Wenn es nicht funktioniert, sind wir völlig machtlos.«

Bex hörte die aufsteigende Panik in seiner Stimme. Offensichtlich fühlte er sich bei der Vorstellung, einen MI6-Agenten zu entführen, absolut nicht wohl – und egal, was sie zuvor gesagt hatte, es war und blieb tatsächlich eine Entführung, auch wenn sie nicht lange dauern würde und das Opfer vielleicht nie herausfand, dass er überhaupt gekidnappt worden war.

»Wenn das System nicht funktioniert, zieht ihm Bradley eins über den Schädel«, erklärte sie.

»Was?«

»Ich veräpple dich, Kieron. Wenn Scott zu spät ist und die SIS-TERR-Verbindung unterbrochen ist, erwischen wir ihn eben später, oder wir warten bis morgen. Es wird auf jeden Fall funktionieren.«

Plötzlich ging die Tür des viktorianischen Gebäudes auf und ein Mann kam heraus. Erschrocken flüchtete der Fuchs. Auf die Entfernung war es schwer zu sagen, aber Bex glaubte den Mann zu erkennen, den sie bei der Party in diesem Haus getroffen hatte und den sie vor Kurzem auf Bradleys Selfies gesehen hatte: Scott Bailson. Er ging zu einem Fahrradständer neben dem Haus und schloss eines der Räder auf.

»Das ist ungünstig«, murmelte Bex. »Wir haben angenommen, dass er zu Fuß nach Hause geht – es sind nur zwanzig Minuten. Bradley und Sam müssen es durchziehen, bevor er auf das Rad steigt.« Plötzlich stand vor ihrem Auge das Bild, wie Bradley und Sam den radelnden Scott Bailson verfolgten, und sie musste lachen.

»Das ist überhaupt nicht witzig«, brummte Kieron ärgerlich. »Das hier ist ernst!«

»Ich weiß – tut mir leid. Manchmal, wenn ich unter großer Anspannung stehe, muss ich über die geringsten Kleinigkeiten lachen.«

Unerwartet begann auch Kieron zu lachen. »Genau, einmal haben Sam und ich in einer Mathestunde einen hysterischen Lachanfall bekommen. Ich weiß gar nicht mehr, worüber wir so lachen mussten, aber der Lehrer musste uns hinausschicken. Es hat zehn Minuten gedauert, bis wir aufhören und wieder normal atmen konnten. Hat uns Nachsitzen eingebracht.«

Scott schob währenddessen sein Fahrrad vom Ständer zum Tor in der Mauer, die um das Gebäude verlief.

»Die sind ein bisschen spät dran«, bemerkte Bex. »Mach dich bereit. Phase eins!«

Kieron setzte die AR-Brille auf und holte sie aus dem Stand-by-Modus. Bex wusste, dass jetzt vor seinen Augen leuchtende Menüs auftauchten.

»Seht ihr auch, was ich sehe?«, fragte er. Er wartete ab, bis Sam antwortete, und sah dann Bex an. »Sam ist bereit, Bradley auch.«

Scott war vielleicht noch zehn Meter vom Tor entfernt, als Sam hinter einem Busch auftauchte. Sie waren sich einig gewesen, dass es Sam sein musste: Er würde Scott weniger bedrohlich erscheinen als Bradley. Niemand würde im Ernst vermuten, dass jemand, der so jung war wie Sam, ein Agent sein konnte.

»Entschuldigung, Mister!«, rief er.

Scott ging weiter, wandte aber leicht den Kopf.

»Ich kann nicht!«, rief er. »Sorry!«

»Ich bräuchte mal Hilfe«, erklärte Sam und hielt sich den Arm, als sei er verletzt. »Ich bin hingefallen und habe mir das Handgelenk verstaucht. Könnten Sie mir bitte einen Krankenwagen rufen?«

»Was ist mit deinem eigenen Handy?«, fragte Scott. Er war jetzt fast am Tor, sah sich aber immer noch nicht um.

»Ist kaputtgegangen, als ich gestürzt bin«, erklärte Sam achselzuckend. »Und außerdem – kaputtes Handgelenk? Ich kann es nicht halten. Und Guthaben ist auch keins mehr drauf.«

»Was machst du hier eigentlich um diese Tageszeit? Solltest du nicht zu Hause sein?« Jetzt sah er Sam zum ersten Mal richtig an. »Du bist doch noch fast ein Kind.«

»Ich war mit ein paar Freunden in der Stadt. Ich würde ja gern nach Hause, aber ich bin verletzt.« Sam klang tatsächlich ängstlich.

Bex sah, wie Scott seufzte, da sich seine Schultern kurz hoben und senkten. Im Grunde war er ein guter Samariter.

»Na gut«, meinte er zögernd und zückte sein Handy. »Bleib, wo du bist. Ich rufe einen Krankenwagen.«

»Beginn von Phase zwei«, sagte Bex. »Bereit?«

»Immer«, erwiderte Kieron, auch wenn er nicht so aussah. Er wirkte verschreckt. Schnell aktivierte er den Makrobefehl, den er zuvor einprogrammiert hatte.

Als Scott sich das Handy vors Gesicht hielt, verband sich die AR-Software mit den Computersystemen seines Providers und übernahm sie kurzzeitig. Sie schickte einen besonderen Befehl an Scotts Handy, sodass sie das Betriebssystem übernehmen und sich in die Software einschleusen konnte, die den Bildschirm steuerte.

Bex starrte zu Scott hinüber und hielt den Atem an. Wenn jetzt nicht genau alles nach Zeitplan lief, würde er sich das Handy ans Ohr halten, und ihr Plan würde nicht funktionieren.

Scott sah auf den Bildschirm und tippte etwas ins Zahlenfeld, wahrscheinlich die Notrufnummer.

Die AR-Spezialsoftware übernahm das Handy. Plötzlich wurde Scotts Gesicht von flackerndem Licht erhellt, als der Bildschirm mehrere Hundert Mal in der Sekunde schwarz und wieder weiß wurde. Bex war sich nicht sicher, aber sie glaubte, dass Scott verwundert die

Augen aufriss und den Bildschirm anstarrte... und starrte... und starrte.

»Er ist wie gelähmt«, sagte Kieron erstaunt.

»Phase drei: Zeit für deinen Einsatz«, sagte Bex und stieß Kieron an. Der stieg aus und sah sich mit blassem, besorgtem Gesicht noch einmal zu Bex um. Doch er sagte nichts, sondern holte nur tief Luft und rannte über den Rasen, wo Scott immer noch wie erstarrt den schwarz-weiß blitzenden Bildschirm vor das Gesicht hielt. Das Problem war jetzt, dass sich der Akku des Handys sehr schnell leeren würde. Außerdem war es fast unmöglich, ihn ins Auto zu bringen und ins Lagerhaus zu verfrachten, während er das Handy in der Hand hielt. Seine Hand würde sich bewegen oder das Handy herunterfallen, und dann wäre er plötzlich nicht mehr von dem flackernden Licht gebannt.

Bradley und Sam stellten sich rechts und links neben Scott auf. Bradley sah sich um und vergewisserte sich, dass niemand in der Nähe war. Das örtliche MI6-Büro lag in einem ruhigen Stadtteil – und das nicht zufällig. Das machte ihren Job um einiges leichter.

Kieron lief zu den dreien hinüber und wedelte dabei mit den Händen durch die Luft, um auf die virtuellen Menüs der AR-Brille zuzugreifen, die er trug. Dann riss er sich die Brille vom Gesicht und reichte sie Sam. Bex konnte sehen, dass er vorsichtshalber die Augen zukniff. Sam setzte sie sofort Scott auf und stülpte einen Gehörschutz über die Ohren des MI6-Agenten, während die Bildschirme auf den Brillengläsern in der gleichen Frequenz blitzten wie Scotts Handy. Es handelte sich um eine weitere AR-App, die Kieron entwickelt hatte. Bradley nahm Scott das Handy ab und schaltete es aus, bevor das Flackern ihn, Sam oder Kieron beeinträchtigen konnte. Da Scott jetzt mithilfe der AR-App im Stand der Bewusstlosigkeit gehalten wurde, konnten Bradley, Sam und Kieron seine Hände herunternehmen, ihn nach hinten kippen und dann zum Auto tragen. Und all das, ohne dass sie jemand sah, abgesehen von dem Fuchs, der sie aber nicht beachtete.

Eine der hinteren Autotüren öffnete sich und Bradley und die Jungen manövrierten Scott in den Wagen. Bex sah ein schwaches Flackern hinter der Brille, das von Scotts Gesicht reflektiert wurde, aber Bradley legte dem Agenten einen Kissenbezug über den Kopf, damit das Blitzen sie nicht beeinflussen konnte. Wenn Bex das Bewusstsein verlor, während sie fuhr, wäre das zweifelsfrei ziemlich übel. Gleich darauf stiegen Kieron und Sam zu beiden Seiten des bewusstlosen Scott ein, hielten ihn aufrecht und versperrten jedem, der vielleicht von draußen hereinsah, die Sicht, während Bradley sich vorn neben Bex setzte.

Die Fahrt zum Lagerhaus dauerte nur zehn Minuten und während der ganzen Zeit rührte sich Scott nicht. Als sie ankamen, trugen Bradley und die Jungen ihn vorsichtig aus dem Auto in das nachgebaute Büro im Lagerhaus, während Bex das Auto abschloss und dann vorauslief, um nachzusehen, ob ihre Bühne so perfekt war, wie sie eben sein konnte.

Sie setzten Scott auf einen Bürostuhl und die Jungen verließen den Raum. Bex und Bradley setzten sich ebenfalls.

»Fertig?«, fragte Bradley.

»Los geht's«, antwortete Bex. Entweder würde es funktionieren oder nicht. Das würde sich gleich zeigen.

Bradley zog Scott die AR-Brille vom Gesicht, schaltete sie aus und steckte sie ein. Scott starrte mit erweiterten Pupillen vor sich hin.

»Was machen wir, wenn er … äh … nicht aufwacht?«, murmelte Bradley.

»Das wird nicht passieren«, beruhigte Bex ihn. »Also, legen wir los. Phase vier.«

»Phase fünf«, korrigierte Bradley sie. »Phase vier war die Fahrt hierher. Nein, eigentlich war Phase vier, als wir ihn ins Auto verfrachtet haben, und Phase fünf war die Fahrt hierher.«

»Wie auch immer.« Sie lehnte sich zurück und sagte lauter: »Und dann hat er tatsächlich die Frechheit, mich nach meinem Ausweis zu fragen! Mich! Ich meine, schließlich kennen wir uns ja nur seit ungefähr zwanzig Jahren!«

Das war der Text, den Bradley und sie sich in der Nacht vorher überlegt hatten.

»So sind nun mal die Regeln«, erwiderte Bradley ebenso laut und schüttelte den Kopf. »Ich weiß noch, dass mich die Security nicht reinlassen wollte, als ich mir den Bart habe stehen lassen, weil mich das Foto in meinem Ausweis glatt rasiert zeigt. Sie haben nicht geglaubt, dass ich es bin.«

»Als ob jemand mit einem Bart versuchen würde, mit einem Ausweis von jemand ohne Bart hineinzukommen«, entrüstete sich Bex. Aus den Augenwinkeln sah sie, wie Scott blinzelte. Das war ein gutes Zeichen. »Und was hast du gemacht?«

»Ich habe einen Filzstift genommen und dem Bild in meinem Ausweis einen Bart gemalt«, lachte Bradley. »Sie haben mich reingelassen, als sie gesehen haben, dass ich aussehe wie auf dem Bild. Aber sie haben mich gemeldet, weil ich einen Ausweis beschmiert habe. Wie man es macht, ist es falsch.«

Plötzlich setzte sich Scott kerzengerade auf und sah sich verwundert um. »Äh ... was ist denn passiert?«, fragte er. »Ich ... ich war doch ...«

»Du warst draußen«, sagte Bex. »Weißt du das nicht mehr? Du wolltest gerade gehen, als wir gekommen sind, und bist umgekippt. Wir haben dich aufgefangen und wieder hier reingebracht, um zu sehen, ob es dir gut geht.«

Scott runzelte die Stirn. »Ich weiß noch, dass ich rausgegangen bin, und dann ... da war doch dieser Junge, oder? Er hatte sich verletzt.«

»Wir haben keinen Jungen gesehen«, antwortete Bradley kopfschüttelnd. »Wir haben nur gesehen, wie du umgefallen bist.«

»Und wir haben dich aufgefangen«, wiederholte Bex absichtlich, damit sich in Scotts Gehirn ein Bild festsetzte, das er in seinem verwundbaren Zustand als Erinnerung abspeichern würde. »Und wir haben dich wieder hierhergebracht, um sicherzugehen, dass es dir gut geht.«

Scott sah sie beide verwundert an. »Kennen wir uns eigentlich?« Doch dann runzelte er die Stirn. »Ja, doch, ich erinnere mich – ihr wart auf Dereks Abschiedsparty. Und dann habe ich euch auch noch ein paarmal danach gesehen.«

»Ja, das stimmt«, bestätigte Bex. »Wir gehören zum PEREGRINE-Programm.«

»Wir sind Freiberufler«, fügte Bradley hinzu. »Ich bin Bailey und das ist Rachel.« Sie hatten Namen gewählt, die ähnlich klangen wie ihre richtigen Namen.

Nur für den Fall, dass Scott sich vage an »Bradley und Rebecca« erinnerte. Aber unterschiedlich genug, dass sie niemand aufspüren würde, falls er sich nach dieser Aktion doch an sie erinnern sollte.

»Ja, richtig.« Scott fühlte nach seiner Stirn. »Habe ich mir den Kopf gestoßen? Blute ich?«

»Ich glaube nicht.« Bex lehnte sich vor und sah ihm in die Augen. »Deine Pupillen sehen in Ordnung aus – ich glaube nicht, dass du eine Gehirnerschütterung hast. Wir konnten dich auffangen, bevor du auf dem Boden aufgeschlagen bist.«

»Und dann haben wir dich hier reingetragen, um uns um dich zu kümmern«, fuhr Bradley fort, um ihre Story zu bekräftigen.

»Willst du einen Kaffee oder ein Wasser?«, fragte Bex. Bevor er etwas antworten konnte, legte sie Scott die Hand an die Stirn, gerade als er seine eigene wegnahm. »Ich glaube, du hast etwas erhöhte Temperatur. Vielleicht ein Virus.«

Scott nickte langsam. »Ich habe in letzter Zeit 12-Stunden-Schichten geschoben. Es würde mich nicht überraschen, wenn mein Immunsystem geschwächt wäre. Das sage ich den Bossen jetzt schon eine ganze Weile – wenn sie darauf bestehen, dass wir Überstunden machen, macht uns das irgendwann krank.«

Bex warf Bradley einen Blick zu und zog die Braue hoch. Bradley hatte recht gehabt. Scott war tatsächlich ein kleiner Hypochonder und von seiner Gesundheit besessen.

»Ehrlich gesagt glaube ich, dass mir ein Glas Wasser guttun würde. Ich habe etwas Kopfschmerzen.« Er runzelte die Stirn. »Und meine Augen tun weh.«

»Dann ist es ein Virus«, erklärten Bex und Bradley einhellig.

»Ich hole dir ein Wasser«, bot Bradley an, erhob sich und ging zu der Tür, die ins Lagerhaus führte. Sie hatten da draußen für den Fall der Fälle ein paar Flaschen Wasser gelagert.

»Irgendetwas geht hier gerade um«, meinte Bex, um Scott von Bradley und der Tür abzulenken. Sie wollte nicht, dass er irgendetwas durch die Tür sehen konnte, wenn Bradley hinausging – etwa Kieron oder Sam oder die leere Lagerhalle. »Freunde von mir hatten neulich genau das Gleiche. Du solltest dich ein paar Tage krankschreiben lassen, bis du es überstanden hast.«

»Das werde ich machen«, bestätigte Scott und befühlte noch einmal seine Stirn, dieses Mal, um zu prüfen, ob sie sich heiß anfühlte. »Ja, meine Haut ist definitiv warm. Ich brauche ein paar Tage Bettruhe.«

»Gute Idee«, meinte Bex. »Oh ...«, fügte sie hinzu, als wäre es ihr gerade eingefallen, »gibt es jemanden, den wir ...«

»Warum ist denn der Bildschirm aus?«, unterbrach Scott sie und nickte in die Richtung des großen LED-Bildschirms. »Der war doch vorhin noch in Ordnung?«

»Ach, Vorbereitungen für einen VIP-Besuch«, erklärte Bex prompt.

Dies war der Moment der Wahrheit. Entweder würden sie hier und jetzt die Informationen bekommen, die sie brauchten, oder nicht.

»Darüber wurde ich nicht informiert«, beschwerte sich Scott gereizt.

»Deshalb sind wir ja hier«, sagte Bradley, der mit einer Wasserflasche zurückkam. Er reichte sie Scott und fuhr fort: »Wir sollen für den Besucher eine Präsentation halten – ich glaube, ein Minister oder so. Wir sollen ihn über PEREGRINE informieren.«

»Aber das ist doch ein Top-Secret-System«, protestierte Scott.

»Vielleicht geht es um eine der Komponenten.«

»Unwahrscheinlich – das System ist automatisiert. Wir programmieren es ferngesteuert von hier.« Scott sah sich um. »Wo sind die eigentlich alle? Der Raum hier soll doch permanent besetzt sein?«

»Sie bereiten den Besuch vor«, informierte Bex ihn. »Ja, angeblich ist dieser Minister an PEREGRINE interessiert, weil …« Sie warf Bradley einen kurzen Blick zu. »… das Kontrollzentrum von PEREGRINE etwas mit seinem Wahlbezirk zu tun hat.«

Das war's. Würde Scott anbeißen oder nicht?

»Ich wüsste nicht, wie«, entgegnete Scott und sah sich weiter um. »Es sei denn, es ist ein Minister von den Falklandinseln. Gibt es da überhaupt Minister? Glaube ich nicht.«

Bex versuchte, möglichst unbeeindruckt zu wirken, doch innerlich triumphierte sie einerseits, andererseits war sie enttäuscht. Froh, weil ihnen Scott gesagt hatte, wo sich das PEREGRINE-Kontrollzentrum befand, und enttäuscht, weil es wohl auf den Falklandinseln lag, Tausende von Meilen entfernt im Atlantik vor der Küste von Südamerika. Wahrscheinlich unerreichbar.

Sie sah hinüber zu Bradley, der das Gesicht verzog.

»Phase sechs?«, fragte sie.

Er nickte.

Scotts Handy begann zu klingeln. Automatisch griff er danach. »Ich muss wirklich krank sein«, sagte er erschrocken. »Das hätte ich abgeben müssen, bevor ich das Gebäude betrat.« Vorwurfsvoll sah er Bex an. »Oder ihr hättet es tun müssen!«

»Geh trotzdem ran«, riet Bex ihm. »Vielleicht ist es wichtig.«

Als Scott, der offenbar nach der Hypnose noch leicht zu beeinflussen war, das Handy einschaltete, sah sie hinüber zu der Tür. Draußen wartete Kieron darauf, den Bildschirm wieder flackern zu lassen, sodass sie Scott nach Hause bringen und ihn dort aufwachen lassen konnten, verwirrt und unsicher, was passiert war.

Die Falklandinseln. Das war ein Problem. Ein richtig großes Problem.

Kapitel 7

»Bist du wirklich sicher?«, fragte Kieron und sah sich in dem Raum um, der sich zwar »Abflughalle« nannte, der ihm aber eher vorkam wie ein großes Klassenzimmer mit verblichenem Teppich und Plastikstühlen.

»Wir haben das doch besprochen«, sagte Bex leise und wandte sich von den anderen Leuten ab. Einige davon trugen Army- oder Air-Force-Uniformen, andere waren zivil in Jeans und Regenjacken gekleidet. Aber alle sahen aus, als erwarteten sie schlechtes Wetter, was Kieron auch nicht sonderlich aufmuntern konnte. Er freute sich nicht gerade auf diese Reise. »Es gibt nur einen zivilen Flug zu den Falklandinseln in der Woche. Er geht über Chile und der nächste ist erst in sechs Tagen. So lange können wir aber leider nicht warten. Das Verteidigungsministerium bietet darüber hinaus zwei Militärflüge pro Woche an, für die auch Zivilisten Tickets buchen können. Das bedeutet, dass wir viel schneller dorthin kommen und unsere Aufgabe erledigen können.«

»Eine Satellitenkontrollstation infiltrieren, ohne dass

es jemand merkt?«, murmelte Kieron, der spürte, wie ihn mit jeder Silbe mehr der Mut verließ.

»Hey«, meinte Bex, »wenn es einfach wäre, könnte es ja jeder. Das A-Team ist darauf spezialisiert, das Unmögliche, das fast Unmögliche und das Unwahrscheinliche zu tun.«

»Das AR-Team?«

Bex grinste achselzuckend. »Daran muss ich wohl noch arbeiten, oder?«

»Danke für das aufmunternde Gespräch«, meinte Kieron.

»Hat es funktioniert?«

»Nicht sonderlich.« Er seufzte. »Ich will mich ja nicht beschweren, aber wäre es nicht einfacher gewesen, wenn du und Bradley diese Reise gemacht hättet und nicht du und ich?«

»Ja. Das Problem ist nur, dass Bradley hierbleiben und das AR-System so gut wie möglich optimieren muss. Er hat ein paar Tricks auf Lager, mit denen er die Zeit, in der die Geräte einsetzbar sind, verlängern kann. Er sprach davon, das Niveau der Filter für das Signal-Geräusch-Verhältnis herabzusetzen, damit man die Brillen auch bei geringerer Signalstärke benutzen kann, aber das wird nur wenig helfen. Und das muss er an einem Ort mit gutem Internetzugang tun, und ich glaube nicht, dass diese Voraussetzung auf den Falklandinseln gegeben ist. Außerdem will ich, dass er Scott Bailson im Augc bchält, nur für den Fall, dass er Ärger macht.«

»Ich glaube nur, dass meine Mum misstrauisch wird, wenn ich ständig ein paar Tage nicht zu Hause bin. Wir haben schon ›Gewinn einer Reise nach Amerika‹ vorgeschoben und sie auf eine Fortbildung geschickt, aber so langsam gehen uns die Ideen aus. Wir können ihr auch nicht sagen, dass ich bei Sam übernachte – das ist zu gefährlich. Unsere Mütter kennen einander, und wenn sie sich im Supermarkt oder beim Arzt treffen, wird sie fragen, wie es mir geht, und dann weiß Sams Mutter von nichts.« Stirnrunzelnd überlegte er. »Was hast du dieses Mal eingefädelt? Ich habe nur eine Nachricht auf dem Handy, dass sie ein paar Tage wegmuss und fünfzig Pfund hinter den Toaster gesteckt hat, falls ich was zu essen brauche. Ich soll nur kein Fast Food kaufen. Da war sie sehr deutlich. Du hast doch nicht schon wieder eine Dienstreise für sie organisiert? Die Ausrede nutzt sich langsam ab.«

»Das wird dir nicht gefallen.«

»Sag es einfach.«

Zögernd erzählte Bex: »Ich habe diesem neuen Mann in ihrem Leben eine E-Mail geschickt, die angeblich von einem Internet-Reiseportal stammt. Darin stand, dass er Gutscheine für ein Luxuswochenende in einem Spa-Hotel gewonnen hat, die er für alle möglichen Massagen und Beauty-Anwendungen einlösen kann, die aber nur an einem bestimmten Wochenende gelten. Ich hatte das Gefühl, dass er deine Mutter dazu einladen würde. Tut mir leid.«

Seufzend schloss Kieron die Augen. »Du bezahlst also meiner Mutter ein Liebeswochenende mit ihrem neuen Freund. Na super!«

»Sieh es doch mal so«, sagte Bex fröhlich, »in ein oder zwei Jahren kannst du ihr sagen, dass du bei deiner Freundin übernachtest. Wobei mir einfällt, wie läuft es eigentlich mit …«

»Darüber reden wir nicht«, weigerte sich Kieron

strikt. »Ich habe schließlich auch ein Recht auf ein Privatleben!«

»Sorry.«

Wieder sah sich Kieron um – zum gefühlten 500. Mal. »Ich nehme an, wenn wir den Linienflug genommen hätten, wären wir von Heathrow oder Gatwick oder einem anderen zivilisierten Ort aus geflogen anstatt von einer Air-Force-Basis.«

»Alle Militärflüge gehen von der Air-Force-Basis Brize Norton aus«, erklärte Bex.

»Auch die mit Zivilisten an Bord?«

»Auch die mit Zivilisten an Bord.«

»Aber auf den Flügen gibt es doch ein Entertainmentprogramm, oder?«

»Darauf würde ich nicht wetten«, meinte Bex vorsichtig.

»Aber wenigstens was zu essen? Das ist ein 28-Stunden-Flug!«

»Mit einem dreistündigen Aufenthalt auf der Himmelfahrtsinsel, zum Auftanken. Aber Essen gibt es sicher. Könnte allerdings lediglich aus Sandwiches bestehen.«

Kieron seufzte erleichtert. »Na, wenigstens was. Was gibt es denn auf der Himmelfahrtsinsel zu sehen?«

Er bemerkte, wie Bex leicht zusammenzuckte. »Ehrlich gesagt müssen wir die ganze Zeit über im Airport-Terminal bleiben. Sie ist heutzutage hauptsächlich ein Militärstützpunkt. Wir dürfen nicht raus.«

»Na toll«, meinte Kieron. Mit einem Seitenblick auf Bex stellte er fest, dass sie lächelte. »Dir macht das alles riesigen Spaß, was?«

Sie nickte ein wenig beschämt, aber nur ein wenig. »Mein Dad war in der Royal Air Force. Ich bin von

Brize Norton aus unzählige Male zu seinen Stützpunkten geflogen. Für mich ist das einfach … Nostalgie, denke ich.«

Kieron sah sich in der tristen, altmodischen Lounge um, in der Leute in Uniform und mutmaßliche Falkländer saßen. Und durch die großen Fenster blickte er auf mehrere Passagierflugzeuge, die wohl auch schon bessere Tage gesehen hatten. Tatsächlich sahen sie so aus, als wären diese besseren Tage bereits lange vor Kierons Geburt gewesen. Alles hier kam ihm vor wie aus den 70er-Jahren: düster, braun und langweilig. »Ich meinerseits kann hier nichts Interessantes entdecken.«

Auch Bex sah sich um, als sehe sie den Ort plötzlich zum ersten Mal.

»Um fair zu sein, muss ich sagen, dass man das wohl lieben gelernt haben muss.« Unvermittelt schüttelte sie den Kopf, als müsse sie die Gedanken an die Vergangenheit verdrängen. »Na gut, es sind noch zwei Stunden bis zum Abflug. Lass uns noch mal unsere Tarnung durchgehen? Wer sind wir?«

»Ich bin Ryan Drewe und du bist Chloe Drewe.«

»Und was wollen wir auf den Falklandinseln?«

»Du suchst einen Drehort für eine Fernsehserie, die dort spielen soll, und ich bin dein kleiner Bruder, ein leidenschaftlicher Vogelbeobachter.«

»Sehr gut.« Sie zückte ein kleines, bebildertes Buch und schlug es an einer beliebigen Stelle mit dem Bild eines Vogels auf. »Was ist das?«

»Ein Vogel«, seufzte er.

»Was für ein Vogel?«

Er sah genauer hin. »Ein Seevogel, glaube ich. Vielleicht eine Möwe.«

»Wenn du als Vogelbeobachter durchgehen willst, musst du noch um einiges besser werden!« Sie warf einen Blick auf das Foto »Das ist doch ein Rolland-Taucher. Na, du hast ja noch mindestens dreiundzwanzig Stunden ohne Flight-Entertainment. Da hast du ja Zeit zum Lernen. Dann erzähl mir doch mal was über die Geschichte der Falklandinseln. Die Kurzfassung.«

Kieron starrte sie an. »Niemand hat was von einem Test gesagt!«

»Wir sind undercover. Da ist jeder Moment ein Test. Los jetzt!«

Kieron schloss die Augen und versuchte sich daran zu erinnern, was er online gelesen hatte. »Siebenhundertachtundsiebzig kleine Inseln vor der argentinischen Küste, aber nur zwei davon sind einigermaßen groß. Sie werden abwechselnd von Spanien, Frankreich, Argentinien und Großbritannien beansprucht, obwohl sie jetzt schon seit hundert Jahren britisches Territorium sind. In den 80er-Jahren gab es einen kurzen Krieg, weil Argentinien sie zurückforderte. Die Bevölkerung ist klein, britisch und stolz darauf.«

»Und warum sind sie so wichtig?«

»Öl, Fisch und Zugang zur Antarktis. Offenbar will jeder Land in der Nähe der Antarktis haben, weil man dadurch einen höheren Anspruch auf das Gebiet hat.«

»Sehr gut. Gäbe es eine Prüfung über die Falklandinseln, hättest du sie bestanden.«

»Welch eine Freude.« Er sah hinüber zu dem winzigen Café, das eher wie so ein kleiner Kiosk wirkte, wie man ihn in einem Park findet. »Wie schätzt du meine Chancen ein, ein Baguette mit Brie und Schinken zu kriegen?«

»Ehrlich? Ziemlich gering.«

Die nächsten vierundzwanzig Stunden waren die langweiligsten, die Kieron je erlebt hatte. Das Flugpersonal in dem knarzenden Flugzeug war uniformiertes Air-Force-Personal, das Essen schrecklich und Filme gab es auch keine. Daher musste er sich mit seinem Handy begnügen – und mit den Spielen, die er schon gespielt, und den Filmen, die er schon gesehen hatte. Bex las die ganze Zeit. Und was das Schlimmste war, alle Sitze zeigten nach hinten.

»Was soll das mit den Sitzen?«, fragte er Bex, als sie sich setzten. Er hatte gute Lust, zu meutern.

»Das ist sicherer«, erklärte sie und nahm schon ihren E-Reader aus der Tasche. »Wenn wir eine Bruchlandung machen, werden wir nach hinten in unseren Sitz geschleudert anstatt gegen die Sitze vor uns. Alle Militärmaschinen sind so eingerichtet.« Zur Bestätigung klopfte sie auf den Sitz vor ihr.

»Wie beruhigend. Fliegen wir lange über Wasser?«

»Eigentlich nur.«

Und genau so war es auch. Immer wenn Kieron aus dem Fenster sah, blickte er entweder auf Wolken oder auf glitzerndes Wasser ganz tief unter ihnen. Gelegentlich war als winziger Punkt ein Schiff zu sehen. Kieron schlief. Viel.

Als der Sinkflug zur Himmelfahrtsinsel begann und sie über den Lautsprecher aufgefordert wurden, sich hinzusetzen, anzuschnallen und die Sitze in eine aufrechte Position zu bringen, wachte er auf. Unter ihnen konnte er nur Wasser sehen. Kein Land. Nur Wasser.

Das Flugzeug ging tiefer und tiefer, doch noch immer war kein Land in Sicht. Keine Spur von einer Insel.

Kieron sah sich besorgt um. Doch niemand sonst schien es aufzufallen.

Er drückte die Nase an die Scheibe und sah wieder hinaus. Jetzt war das Flugzeug so tief, dass er den Schatten auf dem Wasser sehen konnte, der immer größer wurde.

Im Flugzeug selbst legte jetzt auch das Air-Force-Personal seine Sitzgurte an. Niemand schien irgendwie besorgt zu sein.

Das Flugzeug jagte immer noch seinem eigenen Schatten hinterher. Und immer noch war kein Land zu sehen.

Und dann war es ganz plötzlich da. Unter ihnen tauchten erst Felsen und dann grauer Asphalt auf. Gleich darauf setzten die Räder auf dem Boden auf. Das Flugzeug erbebte, als die Motoren ihren Schub umkehrten und es dann schnell langsamer wurde. Kieron begann wieder zu atmen.

Die Ankunft- und Abflughalle auf der Himmelfahrtsinsel sah haargenau so aus wie die von Brize Norton. Es war nur ungefähr fünfzehn Grad wärmer. Und dazu entsprechend feucht.

Wieder ins Flugzeug zu steigen und abzuheben, war fast eine Erleichterung. Aber es bedeutete nur, eine Hölle der Langeweile gegen eine andere einzutauschen. Er versuchte zu schlafen oder Spiele zu spielen, die er vor Wochen schon beendet hatte. Schließlich saß er mit geschlossenen Augen da und versuchte sich eine Geschichte vorzustellen, aus der er vielleicht einmal einen Comic machen wollte – sobald er zeichnen gelernt hatte. Von den wenigen Berufsmöglichkeiten in seiner Reichweite erschien es ihm noch am sinnvollsten, seine eigenen Comics zu zeichnen, die man dann verfilmen konnte.

Das Geheimagentendasein erwies sich gerade als weitaus langweiliger, als er es sich vorgestellt hatte.

So vergingen zwei Stunden. Danach nahm er aus lauter Verzweiflung das Vogelbuch zur Hand, das Bex ihm gegeben hatte, und begann, sich die Namen einzuprägen. Der Falkland-Karakara, der Magellan-Pinguin, die Falkland-Dampfschiffente – er speicherte sie in seinem Gehirn ab wie Sammelkarten –, Aussehen, Nahrung, ob sie nur auf den Falklandinseln lebten oder nicht, alle Einzelheiten. Normalerweise – falls man überhaupt etwas in seinem Leben momentan als »normal« bezeichnen konnte – hätte er sich die Informationen über die AR-Brille geholt, aber auf die konnte er sich im Augenblick nicht verlassen. Also musste er es auf die altmodische Art und Weise tun.

Bei der Abbildung eines bestimmten Vogels musste er plötzlich so lachen, dass Bex von ihrem Buch aufsah.

»Was ist denn so lustig?«

»Da gibt es einen Vogel, der heißt Blauaugenscharbe!«, antwortete er und kicherte erneut.

Bex hob eine Augenbraue. »Schön zu sehen, dass du etwas lernst.«

Die Landung auf dem Flughafen Mount Pleasant war genauso wie die auf der Himmelfahrtsinsel: Wasser, Wasser und noch mehr Wasser und dann tauchte ganz plötzlich Land auf. Der einzige Unterschied bestand darin, dass die Mechaniker der Royal Air Force in ihren Overalls vor den Hangars neben dem Rollfeld standen und große Schilder mit Zahlen hochhielten, mit denen sie offenbar die Landung des Piloten bewerteten. So langweilig war es dem Militär auf den Falklandinseln also.

»Sie müssen hier selbst für die Unterhaltung sorgen«, erklärte Bex und sah an ihm vorbei zu den Mechanikern. »Eine Acht, eine Sieben und eine Neun. Das ist gut.«

»Sorgen muss man sich machen, wenn man aus dem Fenster schaut und feststellt, dass es nur einen oder zwei Punkte gibt.«

Sie stiegen über eine mobile Treppe aus und wurden über das Rollfeld zur Ankunftshalle geführt. Kieron sah sich um und erblickte unebenes Gelände mit windzerzaustem Gras und in der Ferne etwas, das man entweder kleine Berge oder große Hügel nennen konnte. Der Himmel war tiefblau, ansonsten war es nicht viel anders als auf dem Land um Newcastle. Es war kalt und der Wind schneidend. Er war froh, dass er sich warm angezogen hatte.

»Was führt Sie auf die Falklandinseln?«, fragte ihn ein Beamter der Einwanderungsbehörde gelangweilt.

»Meine Schwester sucht Schauplätze für eine Fernsehserie«, wiederholte er ihre Tarnung. »Und ich nutze die Gelegenheit, Vögel zu beobachten. Hier gibt es ein paar tolle Arten, die man sonst nirgendwo zu sehen bekommt.«

»Irgendwelche besonderen, die du sehen willst?«, fragte der Mann.

Kieron sah sich zu Bex um, die hinter ihm in der Schlange stand und unauffällig lauschte, und sagte dann: »Ich will Pinguine sehen.«

»Das sollte hier kein Problem sein. Wo übernachten Sie?«

»Wir haben Hotelzimmer in Port Stanley reserviert«, erwiderte er. Das hatte Bex ihm vorher gesagt.

»Und wie kommen Sie nach Port Stanley?«

»Wir haben ein Auto gemietet. Das holen wir gleich ab.«

Der Mann stempelte seinen Pass. »Willkommen auf den Falklandinseln.«

Nachdem sie und ihre Mitfliegenden die Einreiseformalitäten hinter sich hatten, wurden sie alle in einen großen Raum voller Stühle geführt, die so platziert waren, dass alle auf eine Karte der Inseln blickten, die an der Wand hing. Der Flugplatz von Mount Pleasant und das Zentrum von Port Stanley waren deutlich eingezeichnet.

»Ich werde Sie über die Minen informieren, und wie man ihnen ausweicht«, erklärte der Mann ohne Einleitung oder Vorwarnung. Er klang, als hätte er das schon Tausende Male erzählt. »Nach dem zehnwöchigen Falklandkrieg blieben auf einhundertdreizehn bekannten Minenfeldern ungefähr zwanzigtausend Minen und fünftausend Panzersprengfallen zurück. Viele davon sind immer noch da. In den nächsten zwanzig Minuten werde ich Ihnen erklären, worauf Sie achten müssen, damit Sie nicht aus Versehen in ein Minenfeld stolpern oder auf eine Tretmine treten. In den letzten vierunddreißig Jahren ist hier niemand durch eine Mine verletzt oder getötet worden, und ich will, dass das so bleibt …«

Kieron schüttelte leicht den Kopf und wunderte sich, dass eine Präsentation über Minenfelder so langweilig sein konnte.

Nach der Präsentation holten sie ihr Gepäck und eine große Hartplastikkiste ab, die Bex in Brize Norton der Royal Air Force übergeben hatte. Kieron hatte sie gefragt, was darin sei, aber sie hatte nur gelächelt und gesagt: »Das wirst du schon noch sehen.«

Eine Frau mit einem Klemmbrett wartete am Ausgang der Gepäckausgabe auf sie.

»Mrs Drewe?«, fragte sie Bex. »Sie haben einen Wagen gemietet?«

»Porsche?«, fragte Kieron hoffnungsvoll. »Lamborghini?«

»Land Rover«, erwiderte die Frau ohne das kleinste Lächeln. »Und nicht einmal ein neuer. Ich bringe Sie zu Ihrem Wagen und gebe Ihnen ein paar Tipps, wie man hier fährt und wie man den Pinguinen ausweicht. Im Auto ist eine Karte. Die werden Sie brauchen. Die lokalisierten Minenfelder sind eingetragen.«

Die Fahrt von Mount Pleasant nach Port Stanley dauerte etwas über eine Stunde, während der sie nur drei anderen Autos begegneten. Der Himmel wölbte sich tiefblau und wolkenlos über ihnen. Kieron glaubte, dass er noch nie an einem Ort gewesen war, an dem er nichts sah, wenn er sich umsah. Buchstäblich gar nichts, abgesehen vom Horizont überall um sie herum.

Nach etwa zwanzig Minuten lenkte Bex den Wagen von der Straße auf eine struppige Grasfläche. Von hier aus bog eine Nebenstraße ab – es war eher ein matschiger Pfad als irgendetwas wirklich Befahrbares. Bex stieg aus, und als Kieron neben sie trat, deutete sie in eine Richtung. Ein Stück entfernt sah Kieron, dass tatsächlich etwas die Monotonie der Hügel und Berge in der Ferne unterbrach: eine Reihe weißer, nach oben gerichteter Satellitenschüsseln. Darunter drängten sich ein paar futuristische Gebäude, die aussahen wie weiße Legosteine.

»Das ist das PEREGRINE-Kontrollzentrum«, erklärte Bex. »Da müssen wir rein.«

»Jetzt gleich?«, fragte Kieron nervös.

»Nein. Ich will bis heute Abend warten. Damit wir unbemerkt näher herankommen.«

»Und was machen wir bis dahin?« Kieron sah sich um. »Nach dem langen Flug könnte ich ein Bad vertragen und auch etwas zu essen, aber hier draußen gibt es nichts. Rein gar nichts.«

»Wir fahren nach Port Stanley und checken in unserem Hotel ein«, antwortete Bex. »Es wäre verdächtig, wenn wir es nicht täten. Sie wissen, dass wir hier angekommen sind, und wenn wir fehlen, wird uns jemand suchen kommen.«

»Wir fahren also nach Einbruch der Dunkelheit hierher zurück?«

»Nein, wir werden nicht fahren«, widersprach Bex. »So viele Autos gibt es hier nicht. Außerdem hört man Motorgeräusche über weite Strecken. Wir müssen uns anschleichen.« Sie betrachtete die Gebäude in der Ferne. »Ich sehe einen Zaun«, stellte sie fest. »Und Kameras auf langen Stangen. Wahrscheinlich sind es Infrarotkameras, damit sie auch nachts etwas sehen. Ich habe ein paar Sachen mitgenommen, mit deren Hilfe wir hineingelangen.«

»Brauchen die hier auf den Falklandinseln wirklich so strenge Sicherheitsmaßnahmen?«, wollte Kieron wissen.

Bex ging zurück zum Auto und stieg ein. »Da es den Anschein hat, dass jemand das PEREGRINE-Satellitennetzwerk infiltriert hat, würden mir vor allem bessere Sicherheitsmaßnahmen angebracht erscheinen.« Sie ließ den Motor an. »Fahren wir nach Port Stanley, bevor noch jemand glaubt, wir seien in ein Minenfeld geraten.«

Port Stanley bestand aus einer Reihe hauptsächlich weißer Häuser mit bunten Dächern – grün, rot, blau, gelb und violett. Es sah ein wenig aus wie die Dörfer in Norwegen, als er und Sam dort Bex und Bradley vor der Asrael-Organisation gerettet hatten. Ihre Hotelzimmer waren klein, aber gemütlich, und er genoss ein Bad in einer großen Wanne mit Löwenfüßen, in der er so lange blieb, dass er zweimal heißes Wasser nachlaufen lassen musste. Als er endlich herauskam, zog er sich dunkelblaue und dunkelgraue Sachen an. Bex hatte ihm geraten, dunkle Farben zu wählen, aber kein Schwarz. In schwarzer Kleidung nahm man sich vor dem Himmel wie ein schwarzes Loch aus. Bei Dunkelblau und -grau war der Kontrast nicht so stark.

Vor dem Essen machte er noch einen Spaziergang am Kai entlang. Menschen in Anoraks und Wollmützen nickten ihm im Vorübergehen freundlich zu. Vor einem Fischerboot, das gerade seine Ladung silbriger Fische entlud, blieb er stehen. Der Fang wurde in Kisten mit Eis gepackt, und als er sich schließlich umdrehte, um zum Hotel zurückzukehren, bemerkte er, dass eine Frau gerade drei Kisten mit einer Sackkarre in dieselbe Richtung rollte, vom Kai zum Hotel. Sie kam kurz vor ihm dort an und verschwand um die Ecke zur Rückseite, während er vorne hineinging. Das, nahm er an, würde das Abendessen werden: Fisch, der noch vor ein paar Stunden gelebt hatte, direkt aus dem Meer, ganz frisch zubereitet auf seinem Teller.

Das Leben hier schien gar nicht so schlecht zu sein. Er hatte sich vorgestellt, dass es hier durch die reine Distanz zwischen den Falklandinseln und anderen Orten, die er als »zivilisiert« betrachtete, eher hart und primitiv zugehen müsste. Doch da hatte er sich geirrt. Die Luft war frisch und das Essen auch.

Beim Abendessen konnte er zwischen Fisch und Lamm wählen. Er entschied sich für den Fisch. Es schmeckte besser als jedes Fischgericht, das er je zuvor gegessen hatte. Das Leben hier war eindeutig besser als »gar nicht so schlecht«. Es war gut. Er fand sogar einen kostenlosen Wi-Fi-Hotspot für sein Handy.

Nach dem Essen gingen sie in Bex' Zimmer. Irgendwie hatte sie es geschafft, die große schwarze Hartplastikkiste die Treppe hinaufzuschleppen. Jetzt lag sie offen auf ihrem Bett. Darin befanden sich Stiefel, die entfernt aussahen wie Wanderstiefel, die mit Riemen, Metallbändern, Drähten, Schnüren und straff gespannten Gummibändern umgeben waren.

»Die finde ich überhaupt nicht cool«, bemerkte er misstrauisch.

»Wir müssen in die Satellitenkontrollstation gelangen«, entgegnete Bex und holte einen der Stiefel aus der Kiste. »Und zwar so: Das hier sind Exo-Stiefel. Bradley konnte von einem Bekannten zwei Paar besorgen.« Sie deutete auf eine halsbandartige Lederschlinge, die mit dem Stiefel verbunden war, aber höher, knapp unter dem Knie, angelegt werden würde, wie Kieron vermutete. »Wenn man sie anlegt, fungieren diese Gummidinger wie elastische Bänder. Sie verzehnfachen die Kraft, die du beim Laufen aufwendest. Und siehst du das hier? Das sind Kolben, die von Treibstoffzellen in den Absätzen angetrieben werden. Sie geben dir noch mehr Power, sodass du schneller und weiter laufen kannst als jeder Olympiasieger. Das ist, als hättest du Motoren in den Beinen.«

»Die Iron-Man-Sparversion«, stellte Kieron fest. »Und stell dir vor, wie viele Knochen mehr man sich brechen kann als normal, wenn man damit stürzt«, fügte er hinzu, während er sich in Gedanken alles Mögliche ausmalte, was damit schiefgehen konnte.

»Keine Angst, dazu gibt es Handschützer, Knieschoner, Ellbogenschützer und gepolsterte Helme. Damit können wir querfeldein laufen und uns der Satellitenstation über die Felder nähern anstatt über die einzige Straße, die dorthin führt. Wenn im Kontrollzentrum etwas nicht stimmt – wenn sie zum Beispiel jemand übernommen hat –, dann werden sie die Straße beobachten. So können wir sie überraschen.«

»Oder eher erschrecken«, meinte Kieron. »Wenn sie uns damit kommen sehen, lachen sie sich tot.« Er nahm auch einen Stiefel aus der Kiste und untersuchte ihn kritisch. »Wenn die Dinger Treibstoffzellen und Kolben haben, müssen sie doch eine Menge Lärm machen. Werden uns die bösen Jungs, die vielleicht im Kontrollzentrum sitzen, nicht kommen hören?«

Bex schüttelte den Kopf. »Du weißt doch, dass es geräuschreduzierende Kopfhörer gibt, die die Umgebungsgeräusche verringern, wenn man Musik hört oder einfach nur eine Weile seine Ruhe haben will.«

»Ja«, antwortete Kieron. »Sie nehmen die Geräusche auf und spielen sie phasenverschoben wieder ab, sodass sie die Originalgeräusche aufheben.«

»Nun, bei diesen Stiefeln ist ein ähnliches System eingebaut. Dadurch werden die Geräusche der mechanischen Teile eliminiert. Sie sind vollkommen geräuschlos.«

»Na toll. Darf ich nur noch eins anmerken? Minenfelder!«

»Kein einziges zwischen der Stadt und dem Satellitenkontrollzentrum.«

»Hast du die Karten überprüft?«

»Zweimal.«

»Und wenn es da Minenfelder gibt, die nicht in der Karte verzeichnet sind?«

Bex schüttelte den Kopf und lächelte geduldig. »Gibt es nicht.«

»Aus der Nummer komme ich wohl nicht mehr raus, was?«, seufzte Kieron.

»Keine Chance. Schlaf jetzt etwas. Ich wecke dich, sobald es im Hotel ruhig genug geworden ist, dass wir uns auf den Weg machen können.«

Vier Stunden später wurde Kieron von einem gedämpften Klopfen aus einem tiefen, traumlosen Schlaf geweckt. Es war Bex, die die beiden Paar Exo-Stiefel und die dazugehörige Schutzausrüstung in den Händen hielt. Einen Satz davon reichte sie Kieron und bedeutete ihm, ihr zu folgen.

Unten schlüpften sie leise aus der Vordertür und hielten sich auf ihrem Weg durch die Stadt möglichst in den Schatten. Nach Sonnenuntergang schien in Port Stanley nichts mehr los zu sein. Abgesehen von einem einzigen Mann, der seinen Hund Gassi führte, trafen sie niemanden. Glücklicherweise war der Hund nur daran interessiert, welche Botschaften andere Hunde an den Laternenpfählen hinterlassen hatten, und kümmerte sich nicht um Bex und Kieron.

Fünfzehn Minuten später lagen die Häuser hinter ihnen und vor ihnen das weite Land unter dem Sternenhimmel. Beim Blick nach oben entdeckte Kieron mehr Sterne am Himmel, als er je im Leben gesehen hatte. Er konnte sogar die Milchstraße erkennen: die Galaxie, in der die Erde und ihre Sonne lagen und die sich quer über den Himmel zog. Er hatte nie zuvor begriffen, wie irre viele Sterne es eigentlich gab.

Bex half Kieron, die Stiefel anzuziehen und die Gurte anzulegen, mit denen die mechanischen Teile verbunden waren. Während sie ihre eigenen Stiefel anzog, hüpfte er versuchsweise auf und ab. Es war wie auf einem Trampolin, stellte er fest, nur dass er selbst das Trampolin an den Füßen hatte. Es könnte möglicherweise sogar Spaß machen. Allerdings fühlte er sich ein wenig wackelig auf den Beinen – als stehe er auf einer Gummikiste.

Bex gab ihm eine kleine Fernbedienung. Sie war rundherum mit Gummi gepolstert und hing an einem Schlüsselband.

»Klips dir die an den Gürtel«, riet sie ihm. In der Stille der Nacht klang ihre Stimme verhältnismäßig laut. »Mit dem großen roten Knopf schaltet man die Stiefel ein und mit den beiden Pfeiltasten kannst du sie stärker oder schwächer einstellen. Am besten fängst du mit der schwächsten Einstellung an, bis du dich daran gewöhnt hast. Also, lauf du voraus, ich bleibe hinter dir, bis ich sehe, dass du damit klarkommst. Vorn an deinem Helm ist eine Lampe, damit du siehst, wohin du trittst. Wir können über die AR-Geräte kommunizieren und navigieren – im Moment befinden wir uns in einem aktiven Fenster.«

Vorsichtig ging Kieron los. Die ersten paar Schritte fühlten sich merkwürdig an – als versuche er, mit einer Mischung aus Wanderstiefeln und High Heels zu laufen. Doch bald gewöhnte sich sein Körper daran und er begann zu rennen. Die Exo-Stiefel verstärkten seine Bewegungen, sodass er sich vorkam wie ein Superheld. Kalte Luft pfiff an seinem Kopf vorbei und rauschte ihm in den Ohren. Die Landschaft um ihn herum begann zu verschwimmen. Das machte richtig Spaß!

Auf einmal blieb er mit dem rechten Fuß in einem Grasbüschel hängen und wäre fast gestürzt, brachte aber im letzten Moment den Fuß noch nach vorn, um sich abzufangen. Ernüchtert ließ er es etwas langsamer angehen, um nicht erneut zu stolpern. Trotz der Polster und des Helms konnte man sich sicherlich das Genick brechen, wenn man bei dieser Geschwindigkeit stürzte.

Er sah über die Schulter zurück. Bex war ein paar Meter hinter ihm und wedelte übertrieben mit den Armen, während sie durch die Gegend hüpfte. Kieron sah sie breit grinsen. Ihr machte es offenbar auch Spaß.

Hinter ihr konnte er die Lichter von Port Stanley gerade noch am Horizont erkennen. Sie waren viel schneller vorangekommen, als er gedacht hatte.

Er bremste auf Schritttempo ab und sah auf das Kartendisplay in seiner AR-Brille, das schwach über der Landschaft lag. Sie hatten jetzt etwa ein Viertel der Strecke zum Satellitenkontrollzentrum zurückgelegt. Er schätzte, dass sie in circa zwanzig Minuten dort sein würden.

Während er noch die Karte studierte, überholte Bex ihn. Offensichtlich traute sie ihm nun zu, dass er mit den Exo-Stiefeln zurechtkam. Oder vielleicht konnte sie auch nur nicht anhalten.

Kieron begann wieder zu laufen und tat, was er konnte, um mit Bex Schritt zu halten, ohne sie zu überholen. Unvermittelt schreckten die beiden Eindringlinge einen

Vogel auf, der aus einem Ginsterbusch aufflog. Er nahm dieselbe Richtung, in die sie liefen, und in den paar Sekunden, bevor er abdrehte, rannte Kieron mit der gleichen Geschwindigkeit, wie der Vogel flog. Neben ihm laufend beobachtete er, wie die Flügel sich hoben und senkten und die Federn sich sträubten. Der Vogel stand scheinbar still in der Luft, obwohl er flog. So etwas hatte Kieron noch nie zuvor erlebt und er genoss den wunderbaren Augenblick mit angehaltenem Atem.

Dann bemerkte er einen dumpfen Schmerz in seinen Waden und Oberschenkeln von der ungewohnten Bewegung seiner Muskeln. Seine Wangen und seine Ohren waren taub von der Kälte und seine Fingerspitzen brannten wie Feuer. Innerhalb von Minuten verstärkten sich die Schmerzen in seinen Beinen zu einem konstanten Stechen. In seinen Schultern begann sich ein ähnliches Gefühl auszubreiten, weil er so übertrieben mit den Armen wedeln musste, um beim Rennen das Gleichgewicht zu halten. Mit einem Schlag verlor dieses Abenteuer einiges von seinem Reiz.

Bex vor ihm wurde langsamer. Mit der Hand gab sie ihm ein Zeichen, ebenfalls abzubremsen. Nach ein paar Hundert Metern kamen sie zum Stehen.

Am Horizont konnte Kieron die Satellitenschüsseln des Kontrollzentrums erkennen, die sich vor den Sternen als dunkle Umrisse abzeichneten.

»Wir sind fast am Zaun«, erklärte Bex knisternd über den Kopfhörer in seinem Ohr. »Lass uns langsamer gehen. Wir wollen schließlich keinen Fuchs aufschrecken oder etwas Ähnliches. Lass uns lieber die Exo-Stiefel ganz ausziehen. Damit können wir uns schlecht hinter Büschen verstecken oder Bodensenken ausnutzen.«

»Endlich!«, seufzte Kieron erleichtert. »Und ich dachte schon, wir würden damit über den Zaun springen.«

»Oh, gute Idee!«, erwiderte Bex nachdenklich. »Daran habe ich noch gar nicht gedacht!« Doch als sie Kierons entsetztes Gesicht sah, musste sie leise lachen. »Keine Sorge, das würde ich nicht von dir verlangen. Das ist viel zu riskant. Wenn du falsch aufkommst, kannst du dir jeden Knochen im Leib brechen. Und um ehrlich zu sein, ich mir auch.«

Sie ließen die Exo-Stiefel unter einem großen Felsen liegen und markierten die Stelle auf der Karte in der AR-Brille. Danach schlichen sie leise und geduckt nebeneinander her auf den Zaun und die Gebäude dahinter zu.

Etwa zehn Meter vor dem Zaun blieb Bex stehen. Auch Kieron hielt an und spähte in die Dunkelheit. Das schwache Licht seiner Stirnlampe beleuchtete einen Maschendrahtzaun, der zwischen zehn Meter hohen Pfosten gespannt war. Kieron sah, dass die Drähte dort, wo sie an den Pfosten vorbeigeführt wurden, durch Keramikisolatoren verliefen.

»Elektrisch geladen!«, flüsterte er.

»Das war zu erwarten«, sagte Bex. »Wahrscheinlich eher dafür, um Tiere abzuhalten als Menschen, aber wenn wir den Stromkreis unterbrechen, werden wir wohl einen Alarm auslösen.«

»Und was machen wir jetzt?«

»Wir unterbrechen den Stromkreis eben nicht.«

Er wollte gerade fragen, was sie meinte, da kroch Bex weiter. Als sie den Zaun erreicht hatte, richtete sie sich auf die Knie auf und nahm etwas aus ihrer Jacke. Was sie dort machte, konnte Kieron nicht erkennen, weil der Teil des Zauns von ihrem Körper verdeckt wurde.

Er sah sich um. Um sie herum war es stockdunkel. Das Licht seiner Stirnlampe reichte nur ein kleines Stück weit, bevor es zu schwach wurde, besiegt von der undurchdringlichen Dunkelheit.

Ihm stellten sich die Nackenhaare auf und er schauderte. Plötzlich hatte er das übermächtige Gefühl, beobachtet zu werden. Er schaute zu Bex, doch die arbeitete immer noch am Zaun. Panisch sah er sich erneut um. Nichts. Und doch wusste er, dass ihn irgendjemand oder irgendetwas beobachtete.

Er schloss einen Moment die Augen und versuchte, seine Atmung zu kontrollieren, während er gleichzeitig der Empfindung nachspürte, aus welcher Richtung er wohl beobachtet wurde. Es musste von irgendwo weiter oben sein, ein Stück rechts vor ihm.

Er machte die Augen auf und starrte in diese Richtung.

Oben auf einem der Zaunpfähle saß ein Vogel. Wahrscheinlich ein Falke: Er hatte einen Krummschnabel und schwarze Augen, die im schwachen Schein von Kierons Lampe blitzten. Ohne zu blinzeln oder sich zu rühren, starrte er ihn an. Vielleicht überlegte er, ob er sich hinunterstürzen und seine Krallen in Kierons Nacken schlagen sollte.

Bex winkte ihm, zu ihr zu kommen. Er warf ihr einen kurzen Blick zu, und als er zurück zu dem Falken sah, war dieser verschwunden. Panisch sah er sich um und suchte den Himmel ab, verzweifelt hoffend, dass der Raubvogel nicht lautlos über ihm kreiste und sich auf ihn stürzte, weil er seinen Nacken für eine besonders leckere Maus hielt. Doch er konnte ihn nicht entdecken. Der Vogel war weggeflogen. Zumindest hoffte er das.

Immer noch nervös kroch Kieron zu Bex hinüber. Er sah, dass sie ein Loch in den Zaun geschnitten hatte, indem sie mehrere der horizontalen und vertikalen Drähte durchtrennt hatte. Doch sie hatte die Enden der Drähte mit längeren Drahtstücken, die sie mitgebracht hatte, überbrückt und diese mit Federklemmen am blanken Metall befestigt. Durch die längeren Drahtstücke lief der Strom weiter, sodass kein Alarm ausgelöst wurde, aber die Lücke war groß genug, dass sie beide hindurchkriechen konnten.

»Na, das soll ein Fuchs erst mal hinkriegen.« Sie grinste.

»Also, um fair zu sein, man muss zugeben, dass sie ganz schön schlau sind«, gab Kieron zurück.

Sie krabbelten unter dem Zaun hindurch und schlichen auf die futuristischen Gebäude zu. Nach fünf Metern hob Bex die Hand und hielt im Schutz einiger niedriger Büsche inne. Dann deutete sie vor sich, wo weitere Pfosten aus dem Boden ragten. Doch zwischen diesen spannte sich kein Zaun, vielmehr waren Kameras an den oberen Enden angebracht. Einen Augenblick lang fragte Kieron sich, was die nachts wohl nutzten. Doch dann erinnerte er sich daran, was Bex zuvor über Infrarotkameras gesagt hatte. Sie konnten im Dunkeln sehen! Wie sollten sie daran vorbeikommen?

Bex nahm ein flaches Paket aus ihrer Jacke und reichte es Kieron. Als er es auspackte, entpuppte es sich als ein übergroßer Overall aus einer Art weichem grauem Plastik. Am Rücken verlief ein Plastikreißverschluss und das Material fühlte sich warm an.

»Zieh ihn an«, verlangte Bex leise.

»Wofür ist der?«

»Der schirmt deine Körperwärme ab, damit dich die Kameras nicht entdecken. Wir müssen sie nur tragen, bis wir an den Pfosten da vorbei sind.«

Schnell schlüpfte er in den Overall. Er war so groß, dass er alle Sachen anbehalten konnte. Eine Kapuze bedeckte den gesamten Kopf und vor dem Gesicht lag eine durchsichtige Plastikfolie. Atmen konnte er durch kleine Löcher, allerdings nicht sehr gut, und ihm begann sofort warm zu werden.

»Jetzt! Schnell!«, verlangte Bex und schlüpfte in ihren eigenen Anzug. Gleich darauf krabbelten sie hinter den Büschen hervor auf die Kameras zu. Gespannt wartete Kieron, ob ein Alarm ausgelöst wurde, doch nichts geschah. Nach kurzer Zeit wurde es im Anzug durch die reflektierte Körperwärme ziemlich heiß. Schweißtropfen bildeten sich auf Stirn und Rücken. Auf halbem Weg zu den Pfosten spürte er, wie sie ihm über die Schläfen und am Körper entlangrannen. Das Atmen war genauso anstrengend wie das Kriechen. Seine Hände waren feucht und die Handschuhe des Anzugs wurden dadurch ebenfalls nass. Das T-Shirt klebte ihm am Körper, und seine Knie machten schmatzende Geräusche, wenn sie sich gegen den Stoff des Overalls pressten. Es war grauenvoll.

Und dann waren sie endlich an den Pfosten und den Kameras vorbei und sowohl er als auch Bex streiften schnell die Anzüge ab. Bex' Haar klebte ihr an der Stirn und ihr Gesicht war gerötet. Kieron vermutete, dass er genauso aussah.

»Das machen wir aber nicht noch mal«, stöhnte er,

faltete den Overall zusammen und versteckte ihn zusammen mit dem von Bex unter einem Busch.

Plötzlich ließ ein Geräusch vor ihnen sie innehalten. Es war kein natürliches Geräusch, sondern klang wie Metall auf Metall. Bex duckte sich und Kieron folgte ihrem Beispiel.

In der Dunkelheit leuchtete ein kleines, erschreckend helles weißes Licht auf. Ein paar Sekunden war Kieron geblendet, und er musste ein paarmal blinzeln, bevor sich seine Augen daran gewöhnt hatten. Dann erkannte er das Gesicht einer Frau etwa zehn Meter vor ihnen, das vom Schein eines Handybildschirms beleuchtet wurde. Sie sah irgendetwas darauf nach. Ihre Züge kamen Kieron asiatisch vor. Japanisch oder koreanisch.

»Oi, hikari keshite!«, rief eine Stimme. Das war definitiv Japanisch: Er erkannte den Klang der Sprache, wenn er auch die Worte nicht verstand. Er hatte genug Anime-Filme online gesehen.

»Hai«, antwortete die Frau. Das Licht des Handys verschwand, als sie es in ihre Jacke steckte. Dabei beleuchtete es die dunkelgrüne Tarnfarben-Jacke, die sie trug. Mit einem Schauer erkannte Kieron auch eine schwarzmetallene Waffe, die an einem Schulterriemen um ihren Körper hing. Sie wirkte wie eine klobige schwarze Pistole mit langem zylindrischem Lauf, doch vor dem normalen Griff war ein zweiter montiert, direkt unter dem Lauf, sodass sie fast wie eine Maschinenpistole aussah.

»Interessant«, stellte Bex leise fest. Ihre Stimme war fast unhörbar, doch durch die AR-Geräte wurde sie auf Kierons Brille übertragen, sodass er sie deutlich hören konnte.

»Es gibt keinen Grund, dass hier keine Japaner arbeiten sollten«, entgegnete Kieron. »Und das hier ist ein streng geheimes Gelände. Da haben wir doch mit Wachen gerechnet, oder?«

»Nicht mit solchen, die eine Minebea-PM-9-Maschinenpistole tragen«, erklärte Bex. »Das ist nicht Standard bei der britischen Armee, beim MI6 oder sonst einer Organisation, die diese Einrichtung hier bewachen sollte. Ich glaube, dass das Kontrollzentrum übernommen wurde.«

Kapitel 8

Bex dachte fieberhaft über diese neuen Informationen nach.

»Gehen wir mal davon aus, dass die Station übernommen wurde«, sagte sie leise, halb zu sich selbst und halb zu Kieron, »und dass es sich bei den Angreifern um Japaner handelt, weil zumindest zwei von ihnen diese Sprache sprechen. Über das Warum können wir uns später den Kopf zerbrechen. Und nehmen wir mal an, dass die Techniker, die hier normalerweise arbeiten, gefangen genommen wurden, aber nicht getötet. Man wird zumindest einige von ihnen brauchen, um die Geräte zu bedienen, also um die PEREGRINE-Satelliten abzuschalten und dem MI6 und dem Verteidigungsministerium in Großbritannien Statusberichte zu schicken, damit sie nicht misstrauisch werden. Das bedeutet, dass wir hineingehen und die Crew befreien müssen, damit sie die Satelliten wieder in Betrieb nehmen können. Wir wissen, dass hier draußen mindestens eine bewaffnete Wache herumläuft. Sie soll entweder regelmäßig das Gelände abgehen, oder es gibt noch andere

Wachen, und das hier ist ihr Posten. Letzteres ist wahrscheinlicher. Ich bin mir nicht sicher, wie viele andere es noch gibt. Das hängt davon ab, wie groß das Angreiferteam ist. Wahrscheinlich sind es mindestens vier, an jeder Seite einer.« Sie schüttelte den Kopf. »Wache zu schieben, ist nachts schwierig. Läuft man herum, konzentriert man sich leicht zu sehr auf das Geräusch der eigenen Schritte und Atmung. Steht man an einem bestimmten Posten, wird man schnell mit der Umgebung vertraut – man weiß, wie sie im Dunkeln aussieht und welche Geräusche man hört –, sodass man Veränderungen leicht bemerkt. Allerdings friert man leichter, es wird einem auch schnell langweilig, und man muss sich anstrengen, wachsam zu bleiben. Zum Glück trägt sie kein Nachtsichtgerät – sonst hätte sie uns gesehen, bevor wir sie bemerkt hätten.« Bex zögerte einen Moment und überlegte sich, wie sie vorgehen sollten. »Okay. Ich gehe allein. Ich schleiche mich an der Wache vorbei. Ihr ist anscheinend langweilig und sie ist unaufmerksam.«

»Wirst du sie … k. o. schlagen?«, fragte Kieron.

Bex vermutete, dass er »Wirst du sie töten?« hatte sagen wollen, sich aber gerade noch hatte zurückhalten können.

»Nein«, entgegnete sie. »Sie muss sich wahrscheinlich regelmäßig bei ihrem Befehlshaber melden. Wenn sie es nicht tut, wird Alarm ausgelöst. Nein, ich schleiche mich einfach an ihr vorbei. Du bleibst hier und versorgst mich mit Informationen über die AR-Brille. Bleib unten und verhalte dich so leise wie möglich.«

»Ich will mit dir kommen!«, murrte Kieron.

»Auf keinen Fall«, erklärte Bex geduldig, aber bestimmt. »Diese Leute sind bewaffnet, und ich vermute, sie sind bereit, ihre Waffen zu benutzen. Ich bin für deine Sicherheit verantwortlich. Außerdem bin ich in Dingen wie Nahkampf ausgebildet und du nicht.« Sie legte ihm die Hand auf die Schulter und fuhr fort: »Und wenn das deine Meinung noch nicht ändert, dann denk daran, dass ich auf deine Hilfe angewiesen bin. Du kannst mir die Grundrisse der Gebäude zeigen und mich auf mögliche Gefahren aufmerksam machen. In Ordnung?«

»In Ordnung«, erwiderte er, doch sein Ton gefiel Bex ganz und gar nicht.

»Sag nichts zu mir, solange ich auf die Gebäude zugehe, es sei denn, du willst mich auf eine Gefahr aufmerksam machen. Wenn ich in der Nähe der Wachen bin, könnten sie ansonsten deine Stimme aus dem Kopfhörer der Brille hören.«

Kurz drückte sie seine Schulter, dann ging sie geduckt und leise weiter, wobei sie hoffte, unbemerkt an der Wache vorbeizukommen. Zum Glück war der Frau vorhin langweilig gewesen, und sie hatte auf ihr Handy gesehen – zum Glück, weil das bedeutete, dass Kieron und Bex sie rechtzeitig bemerkt hatten, aber auch, weil das helle Licht des Bildschirms ihre Nachtsicht gestört hatte und es ungefähr zwanzig Minuten dauern würde, bis sie im Dunkeln wieder gut sehen konnte. Offensichtlich war sie kein Profi.

Beim Weitergehen tastete Bex vorsichtig das Gelände vor ihr mit dem Fuß nach möglichen Hindernissen ab. Immer wenn sie den vorderen Fuß abstellte, verlagerte sie ihr Gewicht nur langsam nach vorn und fing die Bewegung in Knien und Knöcheln ab. Indem sie nur mit dem Fußballen auftrat, pufferte sie ihre Schritte ab. Sie ging geduckt und streckte ihre Arme auf Hüfthöhe seitlich aus, um Büsche und kleine Bäume zu bemerken, bevor sie lautstark raschelten, wenn sie versehentlich dagegenstieß. Sie atmete flach und langsam und möglichst durch den Mund, da man, gerade wenn man versuchte, möglichst leise zu sein, beim Atmen durch die Nase gern mal quiekende oder schnaufende Geräusche machte. Es dauerte ewig und Bex hörte das regelmäßige Schlagen ihres Herzens ganz deutlich. Darüber hinaus nahm sie die Geräusche der Nacht wahr: das ferne Heulen einer Eule und ein leises Flappen, das vielleicht von Fledermäusen kam, die über ihrem Kopf schwirrten und Insekten jagten.

Die Wache räusperte sich. Das Geräusch erklang hinter Bex. Auch das kennzeichnete sie als Amateur. Profis konnten mit gewissen Techniken verhindern, zu husten, zu niesen oder ähnliche Geräusche von sich zu geben. Hustenbonbons waren eine Möglichkeit, Asthmamittel oder Nasenspray weitere.

Die Gebäude waren jetzt näher: Sie hoben sich tiefschwarz vom Sternenhimmel ab. Die Satellitenschüsseln ragten hoch über Bex auf. Als sie noch näher kam, hörte sie weitere Geräusche: gedämpfte Stimmen, das leise Pochen eines Generators, klassische Musik aus einem Radio.

Plötzlich flammte hinter Bex wieder helles weißes Licht auf und warf ihren Schatten vor ihr ins Gras. Sie erstarrte, unterdrückte aber den Impuls, sich zu ducken oder auf den Boden zu werfen, um nicht entdeckt zu werden. Das Licht würde zwar die Wache selbst erneut blenden, aber jemand anders – ein zweiter Wächter oder jemand, der aus einem Fenster in einem der Gebäude sah – könnte Bex im Schein des Handybildschirms sehen. Allerdings würde man eine Bewegung eher bemerken. So blieb sie lieber stehen und hoffte, dass man sie für einen Busch hielt. Aber sie hob die Hände, um ihr weißes Gesicht damit zu bedecken. Sie zählte ihre Herzschläge und wartete darauf, dass die Frau ihr Handy wieder ausschaltete. Zehn … fünfzig … einhundert … Bei 118 verschwand das Licht wieder. E-Mails oder soziale Medien. Diese Frau war leicht abzulenken.

Endlich konnte Bex die Ecke eines der Gebäude mit der Hand berühren. Es fühlte sich glatt und kühl an. Es fühlte sich an wie emailliertes Metall. Möglicherweise waren es Fertigbauten, die mit dem Schiff hergebracht worden waren und nur noch mit Wasser- und Stromleitungen ausgestattet werden mussten. Falls es in den Außenwänden Fenster gab, waren sie so gut abgeschirmt, dass kein Licht hinausdrang.

»Kieron?«, sagte sie leise.

»Ja«, antwortete er durch die in ihrer AR-Brille eingebauten Lautsprecher. Er klang nervös. »Alles in Ordnung?«

»Ich bin bei den Gebäuden. Jetzt brauche ich deine Hilfe. Hast du die Pläne gefunden?«

»Ich musste mich in den Hauptcomputer des Verteidigungsministeriums einhacken, was ziemlichen Spaß gemacht hat. Und ich habe gefunden, was du brauchst.«

»Gut, dann lass hören.«

»Es sind insgesamt sechs Gebäude, alle ziemlich gleich groß. Vier davon stehen in einem Viereck, mit etwas Abstand zueinander, sodass man in die Mitte gelangen kann. Du stehst jetzt an einer dieser Ecken. Die anderen beiden Gebäude stehen in der Mitte dieses

Vierecks. Wenn du zwischen den Gebäuden durchgehst, stehst du vor einem dieser mittleren Gebäude. Das verläuft dann von dir aus gesehen nach rechts, das andere liegt dahinter. Dann gibt es noch drei unterschiedlich große Satellitenschüsseln, aber die liegen auf einem anderen Gelände rechts von dir.«

»Gut, verstanden.« Sie überlegte kurz und fragte dann: »In welchem Gebäude ist die Kontrollzentrale?«

»Weiß ich nicht. Die Gebäude sind nicht bezeichnet. Tut mir leid.«

»Sind die Strom- und Datenkabel eingetragen?«

»Jaa ...«, erwiderte er gedehnt, während er nachsah.

»In welches Gebäude führen die meisten Leitungen?«

»Oh, gute Idee.« Nach einer kurzen Pause fuhr er fort: »Es ist das hintere der beiden mittleren Gebäude.«

»Gut. Danke.«

Sie trat durch den Durchgang, von dem aus sie die beiden Gebäude neben ihr und das vor ihr eher spüren als sehen konnte. Sie waren einstöckig und fühlten sich glatt und kalt an. Vertikale Verstärkungen verliefen im Abstand von etwa drei Metern über die Außenwand – wahrscheinlich irgendwelche Konstruktionsstreben. Dazwischen gab es Fenster. Hier waren die Vorhänge nicht so dicht; es drang ein wenig Licht durch die Ritzen und erhellte den Platz zwischen den Bauten. Dadurch konnte sie die Grasbüschel sehen, die unten an den Wänden wuchsen, und die Trampelpfade, die im Laufe der Jahre zwischen den einzelnen Häusern ausgetreten worden waren. Einerseits wollte sie nicht in die Fenster sehen, damit ihre Nachtsicht nicht beeinträchtigt wurde, andererseits musste sie sich sowieso irgendwann einen Überblick darüber verschaffen, was drinnen vor sich ging. Also konnte sie sich auch am besten gleich an das Licht gewöhnen.

Sie kam an einer geschlossenen Tür vorbei zur Ecke des Gebäudes und spähte durch einen Spalt zwischen dem Vorhang und dem Fensterrahmen in den Raum. Es war ein Schlafsaal mit vielleicht zwölf Betten. Es war niemand darin zu sehen, weder schlafend noch wach. Aus ihrem Blickwinkel konnte sie nicht erkennen, ob die Tür, an der sie eben vorbeigekommen war, in diesen Raum führte oder zu einem anderen Raum oder zu einem Gang dazwischen. Was sollte sie tun? Wenn sie sicher wäre, dass die Tür direkt in den leeren Schlafsaal führte, könnte sie das Risiko eingehen und sich reinschleichen. Doch möglicherweise landete sie in einem voll besetzten Speisesaal oder Aufenthaltsraum.

Während sie noch überlegte, ging die Tür plötzlich auf.

Zwei Dinge retteten Bex: Erstens, dass die Tür nach außen und nicht nach innen aufging, und zweitens, dass Bex beim Öffnen von der Tür verdeckt wurde. Sie drehte sich so, dass sie zuschlagen oder zutreten konnte, falls jemand herauskam und sie bemerkte, doch es kam niemand. Nur der Inhalt einer Kaffeetasse wurde hinausgekippt und die Tür dann wieder geschlossen.

Bex atmete auf.

Sie beschloss, dieses Gebäude lieber nicht zu betreten. Stattdessen schlich sie leise weiter, am Fenster vorbei und zu dem Zwischenraum zwischen diesem Gebäude und dem ersten der beiden Mittelbauten. Sie blickte über die freie Fläche, doch es war niemand zu sehen. Dann sprintete sie zum ersten Mittelbau und presste sich flach an die Wand des Gebäudes. Nichts geschah.

»Alles okay?«, fragte Kieron in ihrem Ohr.

»Bis jetzt schon.«

Mit dem Rücken zu der weiß emaillierten Metallwand glitt Bex an dem Gebäude entlang, schob sich an den hervorstehenden Streben vorbei und duckte sich, wenn sie an ein Fenster kam. An der nächsten Ecke sah sie sich kurz um, und als sie niemanden entdeckte, glitt sie rasch die kürzere Wand entlang bis zur nächsten Ecke. Dahinter lag das zweite der mittleren Gebäude: die Leitzentrale. Vielleicht konnte sie hier ja etwas Nützliches herausfinden.

»Kieron, ich bin jetzt am Kontrollzentrum – dem Gebäude mit den ganzen Daten- und Stromkabeln. Ist es in mehrere Räume unterteilt oder ist es nur ein einziger?«

»Soweit die Pläne es zeigen, ist es nur ein einziger großer Raum«, antwortet Kieron.

»Gut. Halte dich bereit, ich werde dich gleich brauchen.«

Sie holte aus einer ihrer vielen Jackentaschen eine Schachtel heraus, der sie einen kleinen batteriebetriebenen Bohrer entnahm. Sie wählte aus dem Bohrersatz rasch einen Bit mit Diamantspitze aus und setzte ihn ein. Der Bohrer war eine Spezialanfertigung, der mit viel Kraft und langsamer Rotation bohrte, wodurch er mit minimalem Lärm Löcher in eine Wand bohren konnte. Die Diamantspitze minimierte auch die Vibration, was zusätzlich die Geräusche reduzierte, während die besonders starke Batterie dafür sorgte, dass die Leistung nicht schwächer wurde. Damit konnte sie durch die Metallwand bohren, ohne dass man es von innen hören würde.

Sie setzte den Bohrer an die Wand des Gebäudes und schaltete ihn ein. Er drehte sich langsam, aber da sie sich mit ihrem Gewicht dagegenlehnte, biss sich die Diamantspitze sofort in das Metall. Dünne Metallspiralen traten wie bizarre mechanische Würmer aus dem Loch hervor. Als sie merkte, dass sich der Bohrer schneller voranbewegte, zog sie ihn zurück. Sie war durch die Wand durch, und zwar hoffentlich unbemerkt.

Bex zog den Bit ab und packte den Bohrer sorgfältig wieder weg. Ordnung war wichtig für einen Agenten. Dann holte sie ein weiteres Gerät hervor – ein Bleistiftmikrofon, das dünn genug war, um durch das Loch zu passen, das sie gebohrt hatte. Sie schob es hindurch und hoffte, dass sie mit dem Bohrer nicht etwa hinter einem gerahmten Bild herausgekommen war, das sie jetzt Stück für Stück von der Wand wegschob. Das würde bestimmt jemand merken.

An ihrem Ende des Mikrofons hing ein dünnes Kabel, das sie an ihre AR-Brille anschloss.

»Kieron, ich habe ein Mikrofon in den Kontrollraum eingeführt. Ich nehme an, dass die Leute drinnen – falls überhaupt jemand da ist – japanisch sprechen werden. Kannst du mir eine Simultanübersetzung dazu besorgen?«

»Mach ich«, antwortete Kieron nervös.

Bex aktivierte das Mikrofon mit einem Schalter an dem Ende, der auf ihrer Seite aus der Wand ragte.

Plötzlich hörte sie eine Stimme in ihrem Ohr. Nicht Kierons, sondern die eines älteren Mannes, der japanisch sprach.

»Shisutemu no stehtasu wa?«, fragte er. Dann wurde seine Stimme plötzlich leiser und von einer anderen,

offenbar computergenerierten ruhigen, männlichen Stimme überlagert, die sagte: »Wie ist der augenblickliche Status des Systems?«

Im Gebäude antwortete eine weibliche Stimme, und ein paar Sekunden später hörte Bex die Übersetzung über die AR-Brille, dieses Mal von einer synthetischen weiblichen Stimme. Bex zwang sich, nicht den japanischen Worten zu lauschen, sondern sich auf die Übersetzung zu konzentrieren.

»Alle PEREGRINE-Satelliten sind jetzt abgeschaltet.«

»Gut«, sagte der Mann. »Dann ist unsere Arbeit hier beendet.« Die computergenerierte Stimme klang nicht zufrieden, aber das lag nur an der Software. »Es wird Zeit, hier zu verschwinden. Akitsugu, mach die Bombe scharf. Ich will, dass sie in dreißig Minuten hochgeht. Bis dahin sind wir schon auf halbem Weg zum Schiff.«

Bombe! Ihr Gehirn konzentrierte sich augenblicklich auf dieses Wort. Mit einer Bombe hatte sie nicht gerechnet.

»Ich verstehe ja, dass wir die Geräte zur Satellitensteuerung zerstören müssen«, wandte eine andere männliche Stimme ein. Die japanische Version, die Bex versuchte, nicht zu hören, klang wesentlich jünger. Die AR-Übersetzung erfolgte durch dieselbe Stimme wie zuvor, wodurch es klang, als würde der erste Mann mit sich selbst diskutieren. »Anderenfalls könnte jemand unsere Arbeit ungeschehen machen, auch wenn wir alles mit Passwörtern gesichert haben. Ich verstehe auch, warum wir den Systemcodierer mitnehmen müssen – damit wir von unserer Basis in Shinjuku auf die Satelliten zugreifen können. Aber ist es wirklich notwendig, die ganzen Techniker zu töten? Das sind keine bösen Menschen. Einer von ihnen spricht sogar etwas japanisch. Nicht gut, aber er versucht es immerhin.«

»Werd jetzt bloß nicht weich«, unterbrach ihn der erste Mann. »Sie haben unsere Gesichter gesehen. Außerdem müssen wir alle Fingerabdrücke und DNA-Spuren beseitigen, und dazu ist eine Explosion am besten geeignet, wenn sie stark genug ist. Wer weiß, vielleicht gibt man die Schuld daran sogar irgendeinem elektrischen Defekt. Dann erfährt nie jemand, dass wir überhaupt hier waren.«

»Ja, natürlich. Ich gehorche.«

»Nashiko, ruf die anderen über Funk und sage ihnen, sie sollen zum Parkplatz kommen und die Wagen anlassen. Wir kehren nach Shinjuku zurück.«

Durch das Mikrofon hörte Bex, wie Leute umherliefen, dann mehrere Pieptöne. Das, vermutete Bex düster, war wohl die Bombe, die scharf gestellt wurde. Dreißig Minuten.

»Bex?« Kieron klang ängstlich. Sie konnte es ihm nicht verdenken.

»Ja?«

»Eine Bombe?«

»Ich weiß.« Ihr Gehirn schien auf einmal auf Hochtouren zu arbeiten. Eine Bombe mit einem Zeitzünder, der ihr gerade mal eine halbe Stunde Zeit ließ, um die Techniker zu finden. Und dafür musste sie fünf Gebäude durchsuchen – das Kontrollzentrum ausgenommen. Und möglichst noch die Bombe entschärfen. Das war nicht gut. Überhaupt nicht gut.

Bex hörte, wie sich auf der anderen Seite des Gebäudes eine Tür öffnete und mehrere Leute herauskamen. Sie lauschte, um zu erfahren, wohin sie gingen. Sie selbst befand sich an der schmalen Seite des Gebäudes, und die Tür lag auf der langen Seite, die nach außen zu den anderen Gebäuden zeigte. Mit etwas Glück würden die japanischen Terroristen – als solche betrachtete sie die Leute mittlerweile – sich von ihr entfernen und zu einem der Durchgänge an den Ecken gehen, um nach draußen zu dem erwähnten Parkplatz zu gelangen.

Die Schritte mehrerer Personen entfernten sich. Erleichtert atmete sie auf. Sie war nicht entdeckt worden.

Dann öffnete sich eine Tür in dem Gebäude vor ihr – dem ersten, das sie untersucht hatte, als sie in das »Viereck« gelangt war.

Verzweifelt sah sie sich um. Mithilfe der Fensterbretter aufs Dach klettern? Würde zu lang dauern und sie würde den Terroristen den Rücken zuwenden müssen. Wegrennen? Dasselbe Problem. Ihr einziger Vorteil war, dass sich deren Augen erst an die Dunkelheit gewöhnen mussten.

Bex warf sich auf den Boden und presste sich so dicht in die Ecke wie möglich – an die kalte Metallwand und an den kalten Boden. Sie trug dunkle Kleidung. Wenn sie Glück hatte, würde man sie nur für einen Schatten halten und nicht für einen Menschen.

Ein Grashalm kitzelte sie in der Nase. Sie versuchte ein Niesen zu unterdrücken.

Weitere Schritte. Eine Tür wurde zugeknallt. Die Schritte entfernten sich. Keine Rufe, kein Anzeichen von Überraschung.

»Karo-san wa gijutsu-sha o korosu tsumori desuka?«, fragte eine weibliche Stimme. Das Mikrofon in Bex' AR-Brille musste die Stimme aufgefangen haben, denn gleich darauf hörte sie die tonlose synthetische Über-

setzerstimme: »Will Karo es wirklich durchziehen und die Techniker umbringen?«

»Kare wa sono mokuteki o shinjiteru«, erwiderte eine zweite männliche Stimme. »Er glaubt an die Sache«, lautete die Übersetzung.

»Watashitachi wa min'na mokuteki o shinjite imasu. Demi shinjinai hito o koros anakereba naranai wakede wa arimasen.« – »Wir glauben alle an die Sache. Das bedeutet aber nicht, dass wir alle umbringen müssen, die es nicht tun.«

»Karo ni wa anata ni iwa semasu.« – »Erzähl das mal Karo.«

Die Schritte entfernten sich um die Ecke.

Bex zählte bis zehn und schob sich dann hoch.

Ein Stück weiter weg wurde ein Auto angelassen, dann noch eines. In der stillen Nacht dröhnten die Motoren überlaut.

»Bex, du hast noch neunundzwanzig Minuten, um die Techniker herauszuholen und weit genug von den Gebäuden zu verschwinden«, mahnte Kieron nervös.

»Ich weiß. Aber da gibt es ein Problem. Wenn die Bombe hochgeht, können wir die Kontrolle über das Satellitennetzwerk nicht wiedererlangen. Wer auch immer diese Leute sind, sie können es dann von einem anderen Ort aus steuern.« Sie seufzte. »Aber als Allererstes müssen wir die Techniker in Sicherheit bringen.«

»Wir wissen doch gar nicht, wo sie sind!«

»Stimmt.« Sie überlegte einen Augenblick. »Alle Gebäude zu durchsuchen, würde zu lange dauern. Uns muss etwas Besseres einfallen.« Sie überlegte fieberhaft, und in ihrem Kopf wirbelten Fakten, Vorschläge und Möglichkeiten durcheinander, ohne dass sich etwas herauskristallisierte. Schließlich holte sie tief Luft und zwang sich mit all ihrer Willenskraft, den Gedankenfluss zu verlangsamen, sodass sie in der Lage war, Verbindungen und Muster zu erkennen. Und es funktionierte. »Gut, Kieron, wir machen Folgendes: Du besorgst mir eine Namensliste aller Angestellten dieser Einrichtung und ihre Mobiltelefonnummern. Mit den AR-Geräten wirst du gleichzeitig so viele von ihnen anrufen wie möglich.«

»In Ordnung«, antwortete er unsicher. »Bin schon dabei. Aber wenn sie telefonieren könnten, hätten sie doch bestimmt schon Hilfe angefordert?«

»Darum geht es nicht«, sagte Bex. Sie schloss die Augen und konzentrierte sich auf das, was sie hören konnte. Die Nacht war sehr ruhig, aber jetzt, wo sie bewusst darauf lauschte, fielen ihr mehrere deutliche Geräusche auf. Am lautesten waren die Autos der japanischen Terroristen, als sie losgefahren waren, doch dieser Lärm wurde mit jeder Sekunde leiser. Irgendwo weiter weg hörte sie ein Radio oder einen MP3-Player, außerdem den Wind und das Flattern der Fledermäuse und über allem das Geräusch ihres eigenen Atems und ihres Herzschlags.

»Hab sie«, verkündete Kieron plötzlich erschreckend laut. »Ich rufe sie gerade an.«

»Okay.« Bex konzentrierte sich.

Dann hörte sie ein Handy klingeln. Und dann noch eines. Und noch eines.

Das Klingeln kam von rechts. Sie folgte den Geräuschen an den beiden Mittelgebäuden vorbei auf eines der Gebäude zu, die die Außenseiten des Vierecks bildeten. Jetzt klingelten wohl ein Dutzend Telefone, alle mit unterschiedlichen Klingeltönen. Doch nach und nach verstummten sie.

»Der Anrufbeantworter«, sagte Kieron. »Bei allen.«

»Spielt keine Rolle, ich habe sie gefunden.«

Da sie sicher war, dass die japanischen Terroristen alle weg waren, lief sie, ohne zu zögern oder sich zu verstecken, auf das Haus zu und riss die Tür auf.

Es war eine Kantine. Im größeren Teil des Raumes standen Tische und Stühle, die durch einen Tresen von einem Küchen- und Zubereitungsbereich getrennt waren, wo mehrere Herde, Kühltruhen und ein großer Kühlschrank zu sehen waren. Etwa ein Dutzend Menschen – Männer und Frauen – waren in der Küche mit Handschellen an die schweren Öfen gefesselt. Sie sahen Bex gespannt und ängstlich entgegen, als sie eintrat. Irgendwo spielte Musik. Etwas Unpassendes – ein Strauß-Walzer, glaubte sie.

»Ich bin ein Freund«, sagte sie schnell und hob ihre unbewaffneten Hände. »Wer hat hier das Sagen?«

Ein Mann mittleren Alters mit angegrautem Bart hob die Hand, soweit das mit den Handschellen um seine Handgelenke ging.

»John Petersen. Wer sind Sie? Gehören Sie zu …?«

»Ich bin ihre letzte und beste Hoffnung, hier lebend rauszukommen«, antwortete Bex. Sie wollte ihnen nicht ihren Namen nennen, für den Fall, dass der MI6 oder Avalon Richardson in England davon hörten.

»Unsere Handys haben alle auf einmal geklingelt. Waren Sie das?«

»Ja. Ich musste Sie finden.«

»Was ist überhaupt los?«, fragte eine dunkelhaarige Technikerin. »Wir wurden vor drei Tagen alle mit vorgehaltener Waffe zusammengetrieben und hier eingeschlossen. Bis von ein paar Minuten wurden wir noch bewacht, doch jetzt scheinen alle fort zu sein.«

»Um es kurz zu machen: Das waren Terroristen, aber jetzt sind sie weg. Ich bin hier, um Sie zu retten, und im Kontrollzentrum ist eine Bombe.«

»Wie lange noch, bis …?«, fragte eine andere Technikerin.

Sie klang nervös, aber nicht panisch. Das war gut, dachte Bex. Sie musste sich darauf konzentrieren, die Geiseln zu befreien und die Bombe zu finden und möglichst zu entschärfen. Sie hatte keine Zeit dafür, sich um hysterische Reaktionen zu kümmern.

»Etwas mehr als zwanzig Minuten.« Sie sah sich um. »Ich bezweifle, dass die Terroristen so nett gewesen sind, die Schlüssel für die Handschellen liegen zu lassen. Gibt es hier Werkzeug?«

»Ein Bolzenschneider, neben der Kühltruhe«, sagte Petersen und deutete mit dem Kopf hinüber.

Schnell ging Bex hin. Der Bolzenschneider stand aufrecht neben der Kühltruhe, mit langen Griffen und dicker, scharfer Schneide.

»Ich will ja nichts sagen«, meinte sie, als sie ihn nahm und zu Petersen ging, »aber wozu haben Sie einen Bolzenschneider in der Küche?«

»Wir mussten ein tiefgefrorenes Lamm zerteilen, damit es schneller auftaut, und das war das einzige Werkzeug, das es geschafft hat. Wir haben nur vergessen, den Bolzenschneider wieder in die Werkstatt zu bringen.« Er nickte zu den anderen. »Befreien Sie zuerst sie und zuletzt mich.«

Innerhalb weniger Minuten hatte Bex bei allen die

Handschellen durchtrennt, aber sie war sich schmerzlich der Tatsache bewusst, dass irgendwo der Countdown einer Bombe tickte. Als sie Petersen befreit hatte, sagte sie: »Bringen Sie die Leute hier weg, ich muss die Bombe finden.«

»Vergessen Sie die Bombe«, drängte er sie. »Das ist eine Satellitenleitzentrale. Das ist es nicht wert, Ihr Leben zu riskieren.«

»Ich muss es versuchen«, entgegnete sie.

Petersen wandte sich an einen der Techniker. »Bring alle raus zur Straße!«, ordnete er an und wandte sich dann wieder Bex zu. »Dann komme ich mit Ihnen.«

Bex starrte ihn an, doch seine Miene sagte ihr, dass es sinnlos wäre, mit ihm darüber zu diskutieren.

Vor dem Gebäude liefen alle Techniker in eine andere Richtung weg, während Bex und Petersen auf das Kontrollzentrum zurannten.

»Sind Sie sicher, dass die Bombe dort ist?«, knurrte Petersen atemlos.

»Da würde ich sie jedenfalls anbringen. Genau neben den Geräten, die ich in die Luft jagen will.«

Der Kontrollraum wurde von einem riesigen Bildschirm beherrscht, auf dem eine digitale Weltkarte zu sehen war, über die sich die Bahnen der Satelliten in sinuskurvenartigen Wellen zogen. An den Wänden summten Computerserver in weißen Gehäusen leise vor sich hin und verströmten eine unangenehme Hitze. Auf mehreren Tischen standen Hightech-Computer.

Ein Schreibtisch war abgeräumt und genau in die Mitte des Raumes geschoben worden. Darauf lag eine Bombe. *Die* Bombe.

Es war ein einfaches Päckchen, das mit Paketklebeband umwickelt war. Ein Schaltkreis und eine Antenne waren mit Gummibändern angebracht worden. Vom Schaltkreis zum Paket verliefen mehrere schwarze Drähte. Das sah sehr grob und selbst gebastelt aus, aber Bex ließ sich nicht täuschen. Das war eine funktionsfähige Bombe, und wenn es sich um Plastiksprengstoff handelte, dann reichte die Menge, um alle Häuser und wahrscheinlich auch die Satellitenschüsseln zu zerstören.

»Ist sie das?«, fragte Kieron in ihrem Ohr.

»Scheint so«, antwortete sie, starrte sie an und überlegte, wie sie sie wohl am besten entschärfen konnte.

»Reden Sie mit sich selbst?«, erkundigte sich Petersen.

»Eine schlechte Angewohnheit.« Bex schnüffelte. Sie glaubte, einen leichten Geruch nach Motoröl wahrzunehmen. C4-Sprengstoff? Entweder das oder Semtex, aber das würde sie nur herausfinden, wenn sie einen Schnitt in die Hülle des Pakets machte, es aufzog und nachsah. C4 war grau-weiß, während Semtex orange war. Nicht dass das eine Rolle gespielt hätte. Sprengstoff war Sprengstoff.

»Mir fällt auf, dass die Drähte alle dieselbe Farbe haben«, meinte Petersen nervös.

»Nur im Film haben sie unterschiedliche Farben, damit man zwischen dem roten und dem blauen Draht wählen muss«, erklärte Bex. »In Wirklichkeit schneidet ein Bombenbauer nur einfach Drahtstücke von einer Rolle ab. Deshalb haben alle dieselbe Farbe.«

»Damit wären einige Filme für mich ruiniert«, bekannte Petersen und fuhr nach einer kleinen Pause fort: »Und einen großen Timer, der runterzählt, kann ich auch nicht sehen. Ist das normal?«

Bex beugte sich vor und fuhr mit einem Finger über die einzelnen schwarzen Drähte. »Auch das gibt es nur im Film. Kein Bombenleger würde je einen hübschen, leuchtend roten Timer auf die Bombe setzen. Ich meine, wozu denn?«

Sie sah, dass alle Drähte durch kleine Schnitte im Klebeband ins Innere des Pakets führten. Am Ende jedes Drahtes saß ein kleiner Zünder – im Grunde eine kleine Sprengladung, die durch einen Stromstoß ausgelöst werden würde. Wenn der Schaltkreis der Meinung war, dass eine halbe Stunde um war, würde eine kleine elektrische Ladung durch die Drähte zu den Sprengladungen geleitet werden. Sie würden hochgehen – kleine Explosionen, die kaum mehr als ein leises »Plopp« von sich geben würden. Aber dadurch würde der bis dahin stabile Sprengstoff aktiviert werden, was deutlich schlimmer war.

»Wer würde schon darauf achten?«, fuhr sie fort. »Der Bombenbauer ist längst weg. Wer je einen Timer auf einer echten Bombe sieht, sollte sich fragen, ob der Bombenbauer ihn nicht angebracht hat, um einen zu täuschen und einem völlig falsche Informationen zu geben. Das würde ich jedenfalls machen. Den Timer so einstellen, dass noch eine halbe Stunde Zeit ist, die Bombe zu entschärfen, während sie tatsächlich nach zehn Minuten schon hochgeht.«

»Na gut.« Petersen klang jetzt wirklich nervös. »Sie wissen also nicht, welchen Draht sie durchschneiden müssen, und auch nicht, wie lange wir noch bis zur Explosion haben. Was werden Sie tun?«

»Das!«

Sie griff nach den schwarzen Drähten, die in das dick

eingewickelte Paket Plastiksprengstoff führten, und zog daran. Sie glitten heraus – Drähte und die röhrenförmigen Sprengzünder, die ungefähr die Größe und Form von fünf Zigaretten hatten.

Bex hörte, wie Petersen und gleichzeitig auch Kieron nach Luft schnappten.

»Ist die jetzt wirklich ungefährlich?«, fragte Petersen.

»Total«, antwortete Bex. »Man entschärft eine Bombe, indem man ihre Komponenten trennt. Am wichtigsten ist es, den Sprengstoff vom Zünder zu trennen. Ganz einfach. Ich habe den Kurs dazu besucht.«

»Aber …«, er klang fast enttäuscht, »mal ernsthaft, was ist mit dem ganzen Kram, den sie im Fernsehen machen? Die Überlegungen und das Durchschneiden der Drähte und das alles?«

»Das soll nur die Spannung erhöhen.« Bex atmete aus. Ihr wurde bewusst, dass sie trotz ihrer äußerlichen Ruhe den Atem angehalten hatte. »Fairerweise muss man sagen, wenn der Bombenbauer glaubt, dass man seine Bombe findet, dann baut er vielleicht Tricks und Fallen ein – Berührungsschalter zum Beispiel, die feststellen können, ob eine Bombe bewegt wird, oder Drähte, die so angebracht sind, dass sie den Sprengstoff aktivieren, wenn sie herausgezogen werden. Aber diese Leute hier haben nicht mit mir gerechnet, und sie waren sich sehr sicher, dass sich keiner der Techniker würde befreien können. Sie haben nicht erwartet, dass jemand die Bombe entdecken würde. Also gab es keine Fallen, und ich konnte einigermaßen sicher sein, dass ich die Drähte einfach herausziehen kann.«

»Einigermaßen?«, fragte Kieron.

»Ziemlich sicher.« Schnell löste sie die Gummibänder

und brachte Schaltbrett, Antenne, Drähte und Zünder vom Plastiksprengstoff weg und legte sie auf einen anderen Tisch.

»Ziemlich?«

»Sozusagen.« Sie wandte sich an Petersen. »Ich muss gehen«, erklärte sie. »Ich schlage vor, Sie rufen Hilfe. Ich nehme an, die Wachstube in der Basis bei Mount Pleasant ist rund um die Uhr besetzt. Und machen Sie sich keine Sorgen, wenn Sie in etwa einer Viertelstunde fünf kleine ›Plopps‹ von diesem Ding hören. Die Bombe wird nicht detonieren, dafür habe ich gesorgt.«

Er sah sie mit einer Mischung aus Ver- und Bewunderung an und sagte: »Danke, wer immer Sie auch sind.«

»Nicht der Rede wert«, gab Bex zurück und wollte gehen. Doch dann drehte sie sich noch einmal um und sagte: »Das meine ich ganz ernst. Reden Sie nicht darüber. Mit niemandem. Sagen Sie nur, die Terroristen hätten die Bombe nicht fertig gebaut und Sie hätten es geschafft, an Ihre Handys zu kommen.«

Bevor er noch etwas sagen konnte, war sie verschwunden.

Sie lief zu der Stelle zurück, an der sie Kieron zurückgelassen hatte. Jetzt musste sie sich keine Sorgen mehr machen, ob sie gesehen wurde. Die Terroristen waren weg, und selbst wenn die Infrarotkameras etwas aufzeichneten, wäre das egal. Kieron und sie drehten ihnen den Rücken zu. Niemand würde ihre Gesichter zu sehen bekommen.

Sie zog Kieron unter dem Busch hervor, unter dem er sich versteckt hatte, und gemeinsam rannten sie zu dem Loch im Zaun. Die frische, kalte Nachtluft ließ Bex' Wangen brennen. Sie schien die Anspannung und Sorge der letzten halben Stunde wegzublasen und ihre Gedanken klarer werden zu lassen.

»Und jetzt?«, fragte Kieron.

»Jetzt«, erklärte Bex grimmig, »werde ich diese Terroristen verfolgen. Ich will wissen, wo sie hinwollen.«

Hinter dem Zaun suchten sie ihre Exo-Stiefel und legten sie rasch an.

»Bereit für einen Sprint?«, erkundigte sich Bex atemlos. »Das könnte gefährlich werden.«

»Du hast gerade eine Bombe entschärft!« Kieron grinste. »Da kann ich es wohl riskieren, auf die Nase zu fallen. Das ist ja wohl das Mindeste!«

Als Bex mit den Exo-Stiefeln, die ihre Schritte um ein Vielfaches verlängerten, die Führung übernahm, fühlte sie sich wie die beste olympische Sprinterin der Welt. Die kargen Wiesen und die Büsche der Falklandinseln rasten an ihr und Kieron vorbei, während beide um das Gelände der Satellitenkontrollstation herum zu der einspurigen Straße spurteten, die die Fahrzeuge der Terroristen kurz zuvor genommen hatten.

»Glaubst du, dass ich einen Pinguin zu Gesicht bekommen werde?«, fragte Kieron atemlos.

»Was?«

»Einen Pinguin. Glaubst du, dass ich einen sehen werde?«

Bex musste lachen. Die Frage war in diesem Moment so unwichtig. »Ich habe keine Ahnung, Kieron.«

Sobald sie die Straße erreicht hatten, ging es viel leichter. Sie war kaum mehr als eine dreckige Schotterstraße, platt gewalzt von den vielen Reifen im Laufe der Jahre, aber man konnte dort viel besser rennen als über das unwegsame Gelände.

Die nächsten zehn Minuten kamen ihnen vor wie zehn Sekunden. Bex begann trotzdem langsam das Brennen in ihren Beinmuskeln zu spüren. Das Benutzen der Exo-Stiefel war nicht sonderlich anstrengend, es war eher so, als würde sie ihre Muskeln anders benutzen als sonst, und ihre Beine protestierten dagegen. Sie hörte Kieron laut in ihrem Ohr keuchen: Er wurde müde. Vielleicht sollten sie es lassen. Die japanischen Terroristen hatten möglicherweise schon einen zu großen Vorsprung, als dass sie sie noch einholen konnten. Möglicherweise hatten sie auch einen anderen Weg eingeschlagen, einen Pfad, den sie übersehen hatte.

Es ging jetzt einen leichten Abhang hinunter auf einen Grat zu, hinter dem das Gelände steil abzufallen schien. Bex konnte nicht sehen, was dahinterlag, doch Kieron hatte anscheinend mit der AR-Brille auf der Karte nachgesehen, denn er sagte plötzlich: »Wir laufen auf den Strand zu!«

Plötzlich wurde der Umriss des Grats orange erhellt. Der Sonnenaufgang? Bis dahin waren es aber noch Stunden. Dann mussten es Flammen sein.

»Was ist das?«, fragte Kieron nervös.

»Die Terroristen haben ihre Fahrzeuge in Brand gesteckt«, erklärte Bex grimmig, als sie den Grat erreichten und die Böschung dahinter zum Sandstrand halb hinunterrannten und halb hinunterstürzten. Vor ihnen auf dem Sand standen zwei Minibusse, aus deren Fenstern Flammen schlugen. Die Terroristen hatten offenbar keinen Grund gesehen, sie mitzunehmen, wollten aber auch keine Beweise zurücklassen. Ein Stück weiter entdeckten sie im Licht der Flammen ein Schiff. Es war größer als ein Fischkutter, aber kleiner als eine Autofähre. Als schwarze Silhouette auf den glitzernden Wellen fuhr es auf den Atlantik hinaus.

»Wir haben sie verloren«, stellte Bex entmutigt fest und wurde langsamer. Die Sohlen der Exo-Stiefel blieben im Sand stecken, sodass sie stolperte.

»Aber wir können ...«, begann Kieron, dann brach er ab. »Wie wäre es ...« Wieder konnte er den Satz nicht beenden.

»Hast du gehört, was sie gesagt haben, bevor sie den Kontrollraum verließen?«, fragte Bex enttäuscht. »Sie haben die Kontrolle des PEREGRINE-Netzwerks auf ihre Basis in Japan übertragen. Wir haben versagt! Sie können die Satelliten immer noch kontrollieren, und sie können sie vernichten, wann immer sie wollen, oder sie für ihre eigenen Zwecke einsetzen. Wir haben die AR-Geräte für immer verloren.«

»Aber irgendwas müssen wir doch tun können«, wandte Kieron ein. »Ich bin sicher, es gibt etwas.«

»Wir haben verloren«, murmelte Bex düster.

Kieron seufzte, doch dann schnappte er überrascht nach Luft.

»Bex ...!«

Sie sah ihn forschend an, doch er starrte auf den Strand. Als sie seinem Blick folgte, bemerkte sie ein Stück weiter mehrere Hundert Pinguine, die sie und die brennenden Autos beobachteten.

»Zumindest habe ich jetzt Pinguine gesehen«, sagte Kieron. »Wir können also wieder nach Hause fliegen.«

Kapitel 9

Kieron flog von den Falklandinseln zurück. Nur er. Allein.

Es war beunruhigend. Bisher war er immer mit Bex oder Bradley oder Sam zusammen geflogen. Einerseits kam er sich zwar sehr erwachsen und wichtig vor, allein durch die Sicherheitsscanner am Flughafen zu gehen, die Flugbegleiter um einen weiteren Orangensaft zu bitten und seinen Pass zur Überprüfung dem Beamten von der Einwanderungsbehörde zu überreichen, andererseits hatte er bislang immer seine Freunde als Unterstützung dabeigehabt. Dieses Mal war er ganz auf sich allein gestellt. Er hatte Angst, etwas falsch zu machen und entweder aus Versehen in einem anderen Land zu landen oder auf einem fremden Flughafen festzusitzen, weil er irgendein Formular nicht richtig ausgefüllt hatte und die Landessprache nicht beherrschte und das Missverständnis daher nicht aufklären konnte.

Doch er schaffte es. Bex hatte ihn am Flughafen von Mount Pleasant abgesetzt und er kam problemlos durch die Sicherheitskontrollen. Als er gefragt wurde, warum er nach nur einem Tag wieder abreise, gab er die mit Bex vereinbarte Antwort: »Meine Mutter ist krank geworden, und ich muss nach England zurück, um bei ihr zu sein.« Und als man ihn fragte, ob er bei der Landung abgeholt werden würde, sagte er einfach Ja. Auf dem Flug zur Himmelfahrtsinsel schlief er die meiste Zeit, von dort aus nach England spielte er Spiele oder sah sich auf seinem Handy Filme an. Die Zeit schien stillzustehen, und immer wenn er auf die Zeitanzeige seines Tablets oder auf die Uhr sah, dauerte es eine Weile, bis die Zahlen dort einen Sinn für ihn ergaben.

Wenn er schlief, dann immer nur kurz und unruhig. Er träumte davon, schnell und dicht über die raue Landschaft der Falklandinseln zu fliegen. Doch seine Träume endeten immer damit, dass er um das Satellitenkontrollzentrum kreiste und hilflos zusehen musste, wie es explodierte und brannte. Aber das war nicht geschehen. Er und Bex hatten die Techniker gerettet und Bex hatte die Bombe entschärft. Seine Träume, in denen alles schieflief, waren wahrscheinlich nur eine Reaktion auf den Stress und die Erschöpfung.

Als er und Bex nach ihrem Abenteuer ins Hotel zurückgekehrt waren, wollte er nur noch in sein Zimmer und schlafen, doch sie hatte ihn beiseitegezogen.

»Wir müssen uns trennen«, hatte sie leise erklärt. »Wir wissen, dass ihre Basis in Shinjuku liegt, das ist ein Stadtteil von Tokio. Deshalb werde ich dort hinfliegen und versuchen herauszufinden, wo diese Terroristen – oder was immer sie auch sind – stationiert sind, und sie daran hindern, das PEREGRINE-Netzwerk vollständig zu übernehmen. Und du fliegst zurück nach Newcastle.«

»Aber …«, hatte er begonnen.

Sie hatte ihm den Finger an seine Lippen gelegt. »Keine Widerrede. Wenn deine Mutter von ihrem Spa-Wochenende zurückkommt, musst du zu Hause sein. Sonst wird sie sich fragen, was passiert ist, und dann kommt alles raus. Also wirst du nach Hause fliegen.«

»Versprichst du mir, dass du mich nicht nur vor möglichen Gefahren schützen willst?«

»Das ist es nicht. Du hast dein Können und deinen Mut immer wieder bewiesen. Ich weiß, dass ich dir vertrauen und mich auf dich verlassen kann«, erklärte sie ihm. »Aber jetzt müssen wir getrennte Wege gehen. Es ist schwer, Anweisungen zu befolgen, wenn man mit ihnen nicht einverstanden ist, aber so müssen wir es machen.«

Als das Flugzeug zum Landeanflug auf die Air-Force-Basis Brize Norton ansetzte, starrte Kieron düster aus dem Fenster. Der blaugraue Ozean wurde von den Feldern und Wäldern Südenglands abgelöst, angestrahlt von der aufgehenden Sonne, die lange Schatten über das Land warf. Auf einmal verspürte er einen Anflug von Heimweh. Wenn er sonst von einem Abenteuer nach Hause gekommen war, hatte er einerseits Freude darüber verspürt, dass sie allen Erwartungen zum Trotz erfolgreich gewesen waren, und andererseits Bedauern, wieder nach Hause zu müssen. Doch diesmal sehnte er sich danach, wieder zur Normalität zurückzukehren. Vielleicht wurde er ja erwachsen. Vielleicht war es an der Zeit, diesen Teil seines Lebens hinter sich zu lassen und etwas Vernünftiges zu tun, sich einen Job zu suchen oder aufs College zu gehen. Oder mit Sam zusammen diese Computerreparaturwerkstatt zu gründen.

Die Air-Force-Basis Brize Norton war genau so, wie er sie in Erinnerung hatte: eine Kombination aus extrem teuren Hightech-Militärflugzeugen neben Gebäuden, die in den 1970er-Jahren stecken geblieben zu sein schienen. Keine mobilen Gangways, die an die Flugzeugtüren geschoben wurden und es den Passagieren erlaubten, im Warmen und Trockenen zur Gepäckausgabe zu gelangen. Wie auf den Falklandinseln kamen die Passagiere auch hier in den Genuss, eine alte, rollbare Treppe hinuntersteigen und über den gerissenen Beton ins Ankunftsgebäude laufen zu dürfen.

Er sah auf die Uhr. Es war neun Uhr morgens. Ein neuer Tag hatte begonnen, doch seinem Körper kam es vor, als sei die Zeit stehen geblieben.

Er setzte die AR-Brille auf und aktivierte sie, während er in der Ankunftshalle auf sein Gepäck wartete. Doch er sah nur eine einfarbige Fläche, blau wie das Meer, auf das er aus dem Flugzeugfenster herabgesehen hatte, nur dass in der Mitte in weißer Schrift stand:

Verbindung unterbrochen.
Keine Verbindung zum zweiten AR-Gerät möglich.
Bitte Verbindung prüfen.

Als Kieron sein Gepäck hatte und in die Ankunftshalle trat, wurde er von Bradley empfangen. Bradley fuhr ihm durch die Haare, nahm seinen Rucksack und ging voraus zum Parkplatz.

»Ich habe schon von Bex ein wenig darüber gehört, was passiert ist«, sagte Bradley, als sie die Air-Force-Basis verließen. »Aber du kennst sie ja. Sie erzählt mir nie die spannenden Details. Also musst du mir alles ganz genau berichten. Und lass nichts aus!«

In der nächsten halben Stunde während der Fahrt erstattete Kieron Bradley Bericht. Der nickte ein paarmal, unterbrach ihn aber nicht. Als Kieron fertig war, überlegte er ein paar Minuten und sagte dann: »Okay, also, im Grunde ist es so, dass diese schlimmen Jungs das PEREGRINE-Netzwerk auf den Falklandinseln ausgeschaltet haben. Die Codes haben sie an ihre Einrichtung in Shinjuku übertragen, sodass sie die Kontrolle darüber haben und andere daran hindern können, die Satelliten zu nutzen. Sie haben den Zugang zum Netzwerk von allen anderen untergeordneten Kontrollzentren wie dem in Edinburgh gesperrt, und sie sind der Meinung, dass sie die Hauptleitzentrale auf den Falklandinseln in die Luft gesprengt haben, damit sie die Einzigen sind, die Zugriff auf die Satelliten haben. Aber Bex hat die Falkland-Einrichtung vor der Zerstörung bewahrt, und das Personal dort bemüht sich augenblicklich darum, wieder die Kontrolle über die Satelliten zu erlangen. Während sie noch damit beschäftigt sind, fliegt Bex nach Tokio und versucht die Leitzentrale zu finden und eventuell so zu zerstören, wie sie die auf den Falklandinseln zerstören wollten. Ist das in etwa richtig?«

»Bex und ich«, sagte Kieron. »Ich war auch dort.«

»Bex und du, sorry. Aber sonst stimmt es?«

»Ganz genau. Wie sieht es mit dem AR-System aus? Ich konnte nach der Landung noch nicht nachsehen.«

»Es funktioniert nur noch zu etwa fünfzig Prozent«, informierte Bradley ihn.

Kieron bemerkte, dass Bradley alle paar Sekunden in den Rückspiegel sah. Der Angriff auf ihn und Bex auf der Autobahn hatte ihn geschockt, und er war offensichtlich besorgt, dass so etwas noch einmal geschehen könnte.

»So wie ich das sehe, ist das eine Art Zweikampf. Die Jungs auf den Falklandinseln bringen einen Satelliten wieder online und eine halbe Stunde später wird er von den Japanern wieder deaktiviert. Es ist eine Pattsituation.«

An einer Raststätte an der M1 kauften sie sich etwas zu essen, und Kieron nutzte die Gelegenheit, seine Mutter anzurufen.

»Hi, mein Junge!«, rief sie fröhlich.

»Hi, Mum. Wo bist du?«

»Ich bin zu Hause. Wir haben heute Morgen aus dem Spa-Hotel ausgecheckt und sind zurückgefahren.«

»Und, hat es dir gefallen?«

»Es war großartig«, antwortete sie. »Aber was ist mit dir? Hast du auch vernünftig gegessen?«

»Ja«, antwortete er geduldig. »Ich habe vernünftig gegessen.«

»Ich meine, Gemüse. Tomatensoße und Jalapeños auf einer Pizza zählen nicht als Gemüse.«

»Ich habe vernünftig gegessen«, wiederholte er und erinnerte sich an das Abendessen im Hotelrestaurant in Port Stanley. »Vorgestern Abend habe ich Fisch gegessen. Frischen Fisch, keinen tiefgefrorenen.« Die grauenvolle Pasta, die er während des Fluges vorgesetzt bekommen hatte, erwähnte er lieber nicht.

»Fisch? Das ist gut. Ich sollte öfters mal Lachs vom Supermarkt mitbringen.« Sie zögerte kurz und berichtete dann: »In diesem Spa-Hotel haben wir wirklich gut gegessen. Du weißt doch, dass Tyler Koch ist – und sogar er war beeindruckt. Und er kocht hervorragend.«

»Ist alles … okay?«, fragte Kieron vorsichtig.

»Alles perfekt!«, antwortete sie, und an ihrem Tonfall erkannte Kieron, dass sie es auch so meinte.

»Das freut mich.«

»Wo bist du denn? Du bist nicht hier.«

»Offensichtlich, denn ich telefoniere mit dir.«

»Ich nehme mal an, du bist wahrscheinlich bei Sam?«

Am steigenden Tonfall zum Ende des Satzes hin erkannte Kieron, dass es eine indirekte Frage war. Er wusste, was seine Mutter eigentlich wissen wollte, aber nicht zu fragen wagte. »Keine Angst, Mum, ich war nicht bei Beth zu Hause, und sie war auch nicht bei uns.«

»Es geht mich auch gar nichts an«, sagte seine Mum schnell. »Solange du glücklich, gut aufgehoben und vorsichtig bist.«

Plötzlich tauchte das Bild einer brennenden Satellitenleitzentrale vor seinen Augen auf.

»Ja, ich bin vorsichtig«, versicherte er ihr. »Also, ich besuche jetzt Beth noch, und dann komme ich nach Hause, und wir können uns etwas zu essen kommen lassen. Oder du kannst Lachs machen, wenn du willst. Du kannst sogar Gemüse machen und ich werde es essen. Nur keinen Spargel – der ist eklig.«

»Das klingt gut«, erwiderte seine Mutter. »Bis später!«

»Hab dich lieb!«

»Ich dich auch.«

Er blieb einen Augenblick lang mit dem Handy in der Hand stehen.

»Alles in Ordnung?«, fragte Bradley schließlich.

»Ich glaube schon«, erwiderte Kieron. »Es ist nur … Die Dinge in meinem Leben scheinen sich zu verändern, und ich bin mir nicht sicher, in welche Richtung.«

»Das«, stellte Bradley fest, »ist das Leben. Das Leben ist Veränderung. Wenn sich nichts verändert, lebt man nicht.« Er runzelte die Stirn. »Ich glaube, das habe ich mal in einem Glückskeks in einem Chinarestaurant gelesen oder in einer Zeitschrift. Ist auch egal, jedenfalls ist es wahr.«

Am frühen Nachmittag kamen sie in Newcastle an.

»Soll ich dich zu Hause absetzen?«, fragte Bradley. »Ich muss möglichst schnell in unsere Wohnung. Bex hat eine Zwischenlandung in Australien und wir wollten miteinander telefonieren.«

»Dann lass uns zusammen in die Wohnung fahren«, entschied Kieron. »Ich würde gern Bex' Stimme hören und erfahren, wie es ihr geht.«

In der Wohnung empfing sie Sam. Bradley hatte ihn angerufen und er erwartete sie mit Kaffee und Sandwiches mit Schinken und Käse. Während sie auf Bex' Anruf warteten, erzählte Kieron zum zweiten Mal von seinen Abenteuern. Sein Freund hörte zu und nickte nur gelegentlich. Als Kieron geendet hatte, sah er Bradley fragend an. »Diese Exo-Stiefel ... Besteht die Möglichkeit, dass ich so ein Paar zu Weihnachten bekomme?«

»Auf keinen Fall«, sagte Bradley bestimmt.

Fünf Minuten später klingelte Bradleys Handy. Er legte es auf den Couchtisch und schaltete den Lautsprecher ein.

»Hi, Bex!«, begann er. »Du bist auf Lautsprecher, damit die Jungen mithören können. Außerdem sind die AR-Geräte nur die Hälfte der Zeit brauchbar.«

»Gute Idee. Aber wenigstens arbeiten sie zeitweise. Wer ist denn da?« Kieron fand, dass sie müde klang, aber das war kaum überraschend. Er selbst war ja auch müde.

»Kieron, Sam und ich«, antwortete Bradley. »Wo bist du denn?«

»Sydney Airport. In einer halben Stunde ist das Boarding für meinen Weiterflug nach Tokio.«

»Ich habe dir ein Hotel gebucht und am Flughafen holt dich ein Wagen ab. Ich dachte mir, du bist zu müde für öffentliche Verkehrsmittel.«

»Da hast du recht. Ich nehme an, sie erwarten Chloe Drewe?«

»Das ist der Name, den ich ihnen genannt habe. Weißt du schon, was du tun wirst, wenn du in Tokio bist?«

Kieron hörte Bex seufzen. »Nein. Ich habe lange darüber nachgedacht, aber ich habe noch keinen Plan.«

»Wie ich es von hier aus beurteile, versuchen die Leute, die ihr auf den Falklandinseln gerettet habt, die Satelliten wieder zum Laufen zu bringen, während die Japaner versuchen, sie abzuschalten«, sagte Bradley. »Das ist eine Art Pattsituation. Wie beim Schachspiel.«

»Nur dass die Japaner, soweit ich das beurteilen kann, im Vorteil sind«, merkte Bex an. »Sie verfügen über die Technologie, die Zugriffscodes für die Falklandinseln zu ändern. Der einzige Grund, warum sie das noch nicht getan haben, ist, dass sie geglaubt haben, die Bombe würde das für sie übernehmen. Wir müssen sie daran hindern, es zu tun, wenn sie ihre eigene Leitzentrale erreicht haben.« Bradley wollte etwas sagen, doch Bex fuhr fort: »Mein Flug wird gerade aufgerufen. Ich muss los. Ich habe das ungute Gefühl, dass ich mir einen Wettlauf mit den Japanern liefere. Ich rufe euch wieder an, wenn ich in Tokio gelandet bin.«

»Okay«, sagte Bradley. Er schaltete das Handy aus, sah Kieron und Sam an und holte tief Luft. »Na gut, ich muss noch den falschen Kontrollraum in Edinburgh abbauen lassen und ein Auge auf Scott Bailson haben, um sicherzugehen, dass er sich nicht an die Geschehnisse erinnert, die wir ihn haben durchleben lassen. Das meiste davon kann ich von hier aus veranlassen, aber es wird eine Menge Zeit und Aufmerksamkeit erfordern. Wie ist es mit euch beiden? Was habt ihr vor? Kieron, du solltest etwas schlafen. Du hast wahrscheinlich einen Jetlag.«

Kieron zuckte mit den Achseln und meinte: »Ich bin zwar müde, aber ich bin mir nicht sicher, ob ich auch schlafen kann. Mein Körper weiß wohl nicht so recht, wie spät es ist. Ich glaube, ich bleibe noch eine Weile wach und sehe mal, wie gut oder schlecht das AR-System arbeitet – ob in dem Rennen wir oder die Japaner vorn liegen.« Er zögerte ein wenig. »Und außerdem muss ich nach Hause zu meiner Mutter.«

»Ich sollte wohl ins Bett«, warf Sam ein. »Ich war ziemlich lange wach.«

»Hast du gewartet, um zu wissen, ob es Bex und mir gut geht?«, fragte Kieron, gerührt von Sams Sorge.

»Nein«, warf Bradley ein, »er hat Computerspiele gespielt.«

Sam sah ihn entrüstet an. »Ja, aber ich war innerlich total besorgt!«, protestierte er. »Ich habe nur gespielt, um mich abzulenken.«

Kieron und Sam gingen gemeinsam. Die Hälfte der Strecke zu ihren jeweiligen Wohnungen war die gleiche, dann winkten sie einander wortlos zu und liefen in verschiedene Richtungen weiter.

Kierons Mutter bereitete gerade ein frühes Abendessen zu, als er zurückkam. Und ja, es war Lachs. Sie aßen und unterhielten sich, und er bemerkte, dass sich, während er weg gewesen war, die Dinge irgendwie verändert hatten. Irgendwie hatte sich ihrer beider Leben zueinander ein wenig verschoben. Es war nicht mehr eine Mutter, die mit ihrem Sohn sprach – jetzt waren sie zwei Erwachsene, die sich darüber unterhielten, was passiert war, was ihnen gefallen hatte, und teilten gemeinsame Erinnerungen. Sie sprachen über seinen Vater, ihren Ehemann, und darüber, was in der Familie falsch gelaufen war, lange bevor es einer von ihnen gemerkt hatte. Er erzählte von Beth und sie ihm von Tyler. Sie lachten beide und sie weinten beide auch ein bisschen. Kieron trank sogar ein Glas Wein, während seine Mutter *nur ein* Glas Wein trank. Es war, dachte er, als er Teller und Besteck in die Küche brachte, um sie in die Spülmaschine zu räumen, ein perfekter Abend. Irgendwie schienen sie während der letzten paar Tage ihre Beziehung zueinander neu ausgerichtet zu haben, ohne sich dessen wirklich bewusst gewesen zu sein. Aber es war eine gute Veränderung.

Als er wieder ins Wohnzimmer kam, stand seine Mutter auf und umarmte ihn lange und wortlos.

»Du bist ein toller Junge«, sagte sie schließlich. »Mehr als das – du bist zu einem tollen Menschen geworden. Und ich weiß, dass ich nicht so oft für dich da war, wie ich es hätte sein sollen …«

»Du warst genau so viel für mich da, wie nötig war, dass ich mich geborgen und geliebt fühle«, unterbrach er sie. »Du hast nichts falsch gemacht. Nur ich, ich war launisch und pubertär.«

»Stimmt, aber das ist etwas, was sich nicht vermeiden lässt.« Sie ließ ihn los, hielt ihn auf Armeslänge von sich und sah ihm intensiv in die Augen. »Die Teenagerjahre sind ein langer dunkler Tunnel«, fuhr sie fort. »Man betritt ihn im Alter von etwa vierzehn Jahren auf der einen Seite und verlässt ihn am anderen Ende mit ungefähr achtzehn. In diesem Tunnel können alle möglichen Dinge geschehen – manches davon ist gut, manches schlecht, manches gefährlich und manches ungefährlich. Als deine Mutter kann ich nur am weit entfernten Ende des Tunnels stehen und dir »Nach links!« oder »Pass auf, wo du hintrittst!« zuschreien. Ich kann dich nicht daran hindern, den Tunnel zu betreten – das sollte ich auch gar nicht –, und ich kann auch nicht mit dir zusammen hineingehen – hauptsächlich, weil ich selbst vor Jahren dort hindurchmusste. Ich kann nur beten, dass du unbeschadet am anderen Ende herauskommst.«

»Mum, ich …«

»Ruhe, jetzt rede ich.« Sie holte tief Luft und sagte: »Ich bin stolz auf dich. Ich glaube zwar nicht, dass du schon aus dem Tunnel raus bist, aber du hast es durch den größten Teil geschafft, ohne zu stürzen oder in Schwierigkeiten zu geraten.«

»Na ja, ich wusste ja, dass du am anderen Ende stehst und auf mich wartest.« Er sah zu Boden, verlegen und unfähig, sie anzusehen. Verzweifelt versuchte er, das Thema zu wechseln, und erkundigte sich: »Hat Tyler Kinder?«

»Ja. Er ist geschieden und hat eine Tochter.«

»Aber nicht Beth, oder?«, fragte Kieron erschrocken.

Seine Mutter lachte. »Nein. Sie ist neun Jahre alt.«

»Bin ich froh.« Er sah sie an und hatte das Gefühl, direkt in ihr Herz sehen zu können. »Du vermisst ihn schon, nicht wahr?«

Sie nickte. Jetzt war sie an der Reihe, verlegen zu

sein. »Ich weiß, dass ich mich erst heute Mittag von ihm verabschiedet habe, aber ja, ich vermisse ihn. Kieron, ich glaube, er ist der Richtige.«

»Dann ruf ihn doch an. Vielleicht will er ja, dass du auf ein oder zwei Glas Wein zu ihm kommst. Ich bin sicher, er freut sich über deinen Anruf. Er ist nur zu schüchtern, um selbst anzurufen.«

Sie riss erstaunt die Augen auf. »Glaubst du, das wäre in Ordnung?«

»Vollkommen.«

»Würde er das nicht zu aufdringlich finden?«

»Ich glaube, es würde ihm gefallen. Nimm eine Blu-Ray mit. Setzt euch aufs Sofa und seht euch gemeinsam einen Film an.«

Während er im Bad war und sich die Zähne putzte, hörte er, wie sie Tyler anrief. Als er wieder herauskam, hatte sie ihren Mantel an.

»Du hattest recht – er hatte gerade vorgehabt, mich anzurufen. Ich war nur schneller. Bist du sicher, dass es okay ist?«

»Ganz bestimmt. Ich komme schon klar. Wir sehen uns morgen.«

Er setzte die AR-Brille auf, sobald sich die Wohnungstür hinter ihr geschlossen hatte. Er wollte den Status des PEREGRINE-Netzwerks überprüfen, bevor er sich schlafen legte. Beziehungsweise bevor er stundenlang wach lag und sich wünschte, er könnte schlafen.

Das AR-System schien in einer seiner aktiven Phasen zu sein. Bex war wahrscheinlich noch in der Luft oder gerade in ihrem Hotel in Tokio angekommen und eingeschlafen. Aus irgendeinem Grund hatte sie ihr Gerät jedenfalls nicht eingeschaltet. Kieron verbrachte eine halbe Stunde damit, über verschiedene virtuelle Bildschirme eine Reihe von Testprogrammen und Diagnosen laufen zu lassen, um sicherzugehen, dass die Brille noch so funktionierte, wie sie sollte.

Irgendwann stellte er fest, dass die virtuellen Bildschirme vor seinen Augen verschwammen und dass er sich nur noch mühsam darauf konzentrieren konnte. Vielleicht war es doch Zeit, ins Bett zu gehen.

»Hi.«

Das war Bex' Stimme. Er wandte den Kopf, denn er konnte nicht glauben, dass sie hier in seinem Wohnzimmer stand.

Doch da war sie.

Er konnte es nicht glauben. Er hatte immer versucht, die verschiedenen Teile seines Lebens – Schule, Zuhause, Bex und Bradley – voneinander getrennt zu halten, doch jetzt schienen sie aufeinanderzuprallen.

»Bex! Solltest du nicht in Tokio sein?«

»Ich weiß«, sagte sie. Sie sah ihn ernst, fast emotionslos an, mit einer Intensität, die er höchst beängstigend fand. »Ich brauche deine Hilfe.«

»Sicher, aber …«

»Kümmere dich nicht darum, warum ich hier bin oder wie ich hierhergekommen bin. Es gab einen Unfall. Etwas Schlimmes ist passiert.« Sie legte die Hand an den Kopf. »Auf dem Weg vom Flughafen wurde mein Taxi von einem anderen Auto gerammt. Ich glaube, es war Absicht. Ich glaube, jemand wollte uns rammen.«

Er stand abrupt auf, und als sein Blickfeld unerwartet ins Schwanken geriet, wurde ihm schwindelig. Bex' Gestalt schien sich leicht zu verschieben, während seine Augen sich anpassten. »Geht es dir gut?«

»Ich habe den Unfall überlebt, aber ich wurde am Kopf verletzt.« Beschwörend streckte sie die Hände aus. »Ich kann mich an nichts erinnern! Du musst mir sagen, wer ich bin und was ich hier mache!«

Kieron hatte das Gefühl, als würde seine Welt auf den Kopf gestellt und er mit ihr. »Aber du musst ins Krankenhaus! Du musst dich untersuchen lassen!«

Sie schüttelte den Kopf. »Nein. Ich muss erst eine Mission beenden – ich kann mich nur nicht daran erinnern, für wen.«

Auf einmal kam sich Kieron wie ein kleines Kind vor, das mit etwas konfrontiert wird, was sonst nur Erwachsene bewältigen können. »Ich muss Bradley darüber informieren. Er wird wissen, was zu tun ist.«

»Bradley wer?«

»Bradley Marshall. Erinnerst du dich nicht an ihn?«

»Ich erinnere mich an gar nichts.«

»Okay.« Er holte tief Luft. Er würde das schaffen. »Da sind Bradley Marshall und Sam Rosenfelt und …«

Plötzlich hielt er inne. Da stimmte etwas nicht.

»Bex, was hast du denn da an?«

Verwundert runzelte sie die Stirn. »Was spielt das für eine Rolle?«

»Weil das aussieht wie die Sachen, die du auf den Falklandinseln anhattest. Als wir in die Satellitenleitzentrale eingedrungen sind.«

»Ja. Was ist damit?«

»Solche Sachen trägst du bei einem Einsatz: dunkel und unauffällig. Aber so ziehst du dich nicht an, wenn du reist.« Er überlegte, wann er sie das letzte Mal gesehen hatte. Es war am Flughafen Mount Pleasant gewesen, als sie ihn abgesetzt und dann den Mietwagen abgegeben hatte. »Und das hast du auch nicht getragen, als wir uns verabschiedet haben. Da hattest du Jeans und eine türkisfarbene Bluse mit einer grauen Jacke darüber an. Warum hast du dich umgezogen?«

»Das spielt keine Rolle.« Mit einer ungeduldigen Handbewegung wischte sie seine Bedenken beiseite. »Was hast du gesagt? Bradley Marshall, Sam Rosenfelt und du. Aber wer bist du? Wie ist dein Name? Und wie lautet *mein* Name? Du sagst, ich heiße Bex – ist das richtig? Bex, und wie weiter?«

»Das ergibt überhaupt keinen Sinn.« Auch wenn es einem Klischee entsprach, zwickte er sich in den Arm, um zu sehen, ob er nicht vielleicht träumte. Der Schmerz überzeugte ihn davon, dass es die Wirklichkeit war.

Ihm fiel eine mögliche Erklärung ein, doch die war zu bizarr und ihre Konsequenzen zu schrecklich, als dass er darüber nachdenken wollte. Aber er musste sicher sein.

Er bewegte den Kopf leicht und richtete seinen Blick auf den Türrahmen neben Bex.

Ihr Körper schien einen Moment lang zum Türrahmen zu gleiten, als schwebe sie über den Teppich. Dann glitt sie wieder an ihre alte Position zurück.

»Was ist los?«, fragte sie. Ihre Stimme war immer noch so ernst und emotionslos wie am Anfang. Doch jetzt erkannte er, dass es nicht nur das war. Sie war tonlos. Sie beherrschte ihre Gefühle nicht, sie hatte gar keine.

Er wischte sich mit einer Handbewegung die AR-Brille vom Kopf.

Bex verschwand. Der Türrahmen war leer.

Er setzte die Brille wieder auf.

Da stand sie wieder.

»Du bist nur eine Illusion, die in die AR-Brille projiziert wird«, stellte er fest. »Du bist Avalon Richardson oder jemand, der für sie arbeitet.«

Ihr Gesichtsausdruck änderte sich auch jetzt nicht, aber sie erklärte: »Ich würde sagen, du bist sehr klug. Allerdings hast du drei fatale Fehler begangen.«

»Welche?«, fragte er automatisch.

»Zunächst hast du Mr Marshall erwähnt, was bestätigt, dass ich mit jemandem rede, der Mr Marshall und Miss Wilson kennt. Außerdem hast du Avalon Richardson erwähnt, was bestätigt, dass Miss Wilson und Mr Marshall herausgefunden haben, wer ihr Feind ist. Und zum Dritten hast du Sam Rosenfelt erwähnt. Den Namen kannte ich noch nicht. Das ist eine nützliche Information. Danke dafür.«

Jetzt endlich veränderte sich Bex' Miene. Sie begann zu lächeln, allerdings ziemlich humorlos. So lächelte man nicht, wenn man etwas Lustiges gehört hatte. So lächelte man, wenn man wusste, dass man gewonnen hat.

Abrupt flackerte die Gestalt und verschwand. Der Türrahmen war leer.

Kieron riss sich die Brille wieder runter und warf sie weg. Sie war vergiftet. Er konnte ihr nicht mehr trauen. Alles, was sie ihm zeigte, konnte eine Lüge sein.

Er überlegte fieberhaft. Was genau hatte er Avalon erzählt? Was konnte es ihr nutzen?

Wenn es Avalon Richardson gewesen war und nicht die Leute aus Japan, die das AR-System benutzten und ihm ein gefälschtes Bild von Bex geschickt hatten, dann hatte sie die Namen von Bex Wilson und Bradley Marshall bereits gekannt. Da hatte er ihr also nichts Neues verraten. Die Wohnung in Newcastle hatte Bradley sicher unter falschem Namen gemietet, denn so tickte er. Daher würden Avalons Leute ihre Basis nicht so einfach aufspüren können.

Doch Sam Rosenfelts Namen kannte sie jetzt. Ihn konnten sie finden.

Als Kieron erkannte, dass er unbeabsichtigt das Leben seines Freundes in Gefahr gebracht hatte, hatte er das Gefühl, als würde ihm der Boden unter den Füßen weggezogen. Ihre Feinde konnten feststellen, wo in England ein Samuel Rosenfelt lebte. Sie würden seine Adresse und Angaben zu seiner Familie finden. Und dann konnten sie Sam gefangen nehmen und ihn als Druckmittel benutzen, damit Bex sie nicht weiter verfolgte!

Kieron musste so schnell wie möglich zu Sam.

Er schnappte sich sein Handy und rief Sam über die Kurzwahl an. Es klingelte und klingelte und klingelte. Ungeduldig sprang er von einem Fuß auf den anderen.

Anrufbeantworter.

Kieron rannte los. Er musste vor ihren Feinden bei Sam sein. Sonst war sein Leben in Gefahr und auch das seiner Familie …

Kapitel 10

Den Flug von Mount Pleasant auf den Falklandinseln bis nach Punta Arenas in Chile verschlief Bex vom Start bis zur Landung. Sie hatte ein kleines Flugzeug erwartet, möglicherweise eine Propellermaschine – etwas, was flach über Berge und Meer fliegen würde, aber sie flog mit einem sehr bequemen Airbus A321.

Punta Arenas hatte einen überraschend modernen Flughafen. An einem Stand in der Transit-Lounge holte sie sich südamerikanisches Essen, das sie neben der riesigen Skulptur eines Eiskristalls verspeiste, die aussah wie die Requisite aus einer der Science-Fiction-Serien, die sich Bradley stundenlang reinziehen konnte. Aus den großen Fenstern konnte sie schneebedeckte Berge sehen. Es sah kalt aus – was nicht weiter verwunderlich war, schließlich lag der Flughafen an der Südspitze von Südamerika. Noch nie war sie dem Südpol so nah gewesen. Sie ließ sich von der Landschaft und der bekannten und doch fremden Umgebung der Flughafen-Lounge beruhigen und versuchte, nicht darüber nachzudenken, was sie eigentlich vorhatte.

Mit dem nächsten Flug, wieder mit einem Airbus, ging es nach Norden, nach Santiago de Chile. Der Flug brachte sie zu dem schmalen Streifen Land zwischen dem Pazifik auf der einen und den Anden auf der anderen Seite. Das war Chile: 4300 Kilometer lang, aber an der breitesten Stelle nur 360 Kilometer breit. Wieder schlief sie die meiste Zeit. Die Rettung der Satellitentechniker vor den japanischen Terroristen hatte sie erschöpft – besonders das viele Laufen mit den Exo-Stiefeln über das unebene Gelände der Falklandinseln.

Und alles umsonst. Immer wenn sie wach wurde, spukte ihr dieser Gedanke im Kopf herum. Das PEREGRINE-System war immer noch beschädigt, obwohl sie hoffte, dass die Techniker das beheben konnten. Das Problem war nur, dass sie die Japaner hatte sagen hören, sie hätten alles, was sie getan hatten, mit Passwörtern geschützt. Sie hatten die Kontrolle der Satelliten an ihre Einrichtung in Japan übertragen. Die ganze Reise, der Stress und die Mühe, die sie und Kieron hinter sich hatten, war umsonst gewesen.

Nun, vielleicht nicht ganz. Wären sie und Kieron nicht gewesen, wären die Techniker jetzt tot, von der Bombe getötet, und niemand wüsste, wer die Satelliten jetzt kontrollierte. Zumindest wusste Bex, dass ihr nächstes Ziel Japan war.

Doch zunächst musste sie schlafen, um Kräfte zu sammeln.

In Santiago konnte sie sich gerade lang genug wach halten, um in eine Boeing 747 umzusteigen, die sie nach Sydney in Australien bringen würde. Im Flugzeug aß sie zu Abend und schlief dann weiter. Jedenfalls glaubte sie, dass es Abendessen war, denn ihre innere Uhr schien komplett stehen geblieben zu sein. Nicht zum ersten Mal stellte sie fest, dass Hölle bedeutete, stets zu reisen, ohne je irgendwo anzukommen.

In Sydney hatte sie zwei Stunden Aufenthalt. Sie aß etwas, obwohl sie nicht hungrig war, und konnte übers Handy ein paar Minuten mit Bradley, Kieron und Sam sprechen, was sie beruhigte. Wenigstens war Kieron gut zu Hause angekommen und die Techniker auf den Falklandinseln schienen sich mit den Terroristen einen Wettlauf zu liefern. Doch wenn ihre Feinde es mit dem Systemcodierer nach Tokio schafften und ihn mit ihrem System verbanden, dann war alles verloren.

Nach dem Gespräch mit Bradley sah sie auf und betrachtete die Menschen im Terminal. Ihr Kopf fühlte sich so leer an. Wo war sie? Offensichtlich auf einem Flughafen, aber sie hatte plötzlich vergessen, an welchem Ort der Welt sie sich gerade befand. Sie versuchte, von den Gesichtern, den Sprachen und Akzenten um sie herum Hinweise zu erhalten, aber in einem Umkreis von fünfzig Metern machte sie zehn verschiedene Hautfarben aus und noch zehnmal mehr verschiedene Sprachen. Die Abflugtafeln waren auf Englisch, das war ein Hinweis. Sie versuchte, sich zu erinnern, wo sie hergekommen war, aber es wollte ihr nicht einfallen. Panische Angst begann ihr die Brust zuzuschnüren. Die Durchsagen! Auch sie waren englisch, und zwar mit einem Akzent. Einem *australischen* Akzent!

Australien! Sydney! Mit einem Mal kehrte die Erinnerung zurück. Sie war von den Falklandinseln nach Chile geflogen, dann mit einem Inlandsflug nach Santiago, von dort aus nach Sydney, und demnächst würde sie auf dem Weg nach Tokio sein! Der kurzfristige

Gedächtnisausfall beunruhigte sie. Sie hatte während der verschiedenen Flüge zwar viel geschlafen, aber es war eben kein tiefer Schlaf gewesen, nur ein leichtes Dösen, unterbrochen von den Lautsprecheransagen im Flugzeug oder dem Flugpersonal, das ihr Saft oder Sandwiches anbot. Sie musste unbedingt acht Stunden in einem richtigen Bett schlafen. Im Moment waren ihre Reflexe und ihre geistigen Fähigkeiten am Boden.

Das Boarding für den Flug nach Tokio begann. Schnell besorgte sie sich in einer Apotheke am Flughafen Ohrenstöpsel, eine Schlafmaske und ein paar Schlaftabletten auf Kräuterbasis – auf Kräuterbasis, weil sie ihren Körper einerseits nicht mit pharmazeutischen Drogen vollpumpen wollte, andererseits, weil sie sich von normalen Schlaftabletten beim Aufwachen wahrscheinlich wie erschlagen fühlen würde.

Die Ohrenstöpsel und die Schlafmaske halfen ihr, die Sinneseindrücke im Flugzeug auszublenden, und die Kräuterpillen entspannten sie, sodass sie ziemlich gut schlafen konnte, solange das Flugzeug in der Luft war. Ihre Uhr hatte sie schon auf japanische Zeit umgestellt, sodass sie sich bereits daran gewöhnen konnte, wenn sie zwischendurch auf die Uhr sah. Durch all diese Maßnahmen fühlte sie sich bei der Landung in Tokio überraschend gut.

Wie Bradley versprochen hatte, erwartete sie nach den Einreisekontrollen und der Gepäckausgabe in der Ankunftshalle ein Fahrer. Er trug einen schwarzen Anzug und hielt ein Schild mit dem Namen *Chloe Drewe* hoch. Auf dem Weg zu ihm sah sie sich diskret um, ob nicht noch jemand auf eine Chloe Drewe wartete. Sie hielt es zwar für unwahrscheinlich, dass ihre Feinde wussten, dass sie kam *und* dass sie ihren Decknamen kannten, aber es war nur vernünftig, sich zu vergewissern, so wie man nie das erste Taxi nehmen sollte, das man sah. Sie nickte dem Fahrer zu und lächelte. Er verneigte sich leicht. Chloe erwiderte die Verneigung. Ja, sie war definitiv in Japan.

Bradley hatte ihr ein Hotelzimmer im Bezirk Shinjuku in Tokio gebucht. Der Chef der Japaner hatte gesagt, dass sie dorthin wollten, als er seinem Team im Kontrollzentrum auf den Falklandinseln Befehle erteilt hatte. Shinjuku war zwar nicht groß, aber sehr dicht besiedelt. Ihre Recherche hatte ergeben, dass der Bezirk nur achtzehn Quadratkilometer groß war, aber fast dreihundertfünfzigtausend Einwohner hatte. Da der Bahnhof von Shinjuku anscheinend einer der größten und belebtesten Bahnhöfe der Welt war, war Bex froh, dass sie dort nicht mit öffentlichen Verkehrsmitteln ankam.

Sie sah während der Fahrt aus dem Fenster und versuchte einen Eindruck davon zu bekommen, wo sie war. Die Stadt selbst erinnerte sie an New York oder Central London – hohe Bürohäuser und Wolkenkratzer in unterschiedlichen, unpraktischen Formen –, doch dahinter ragten schneebedeckte Berge auf, die seltsamerweise denen ähnelten, die sie am Flughafen in Chile gesehen hatte. Nur die Schilder waren anders. Jedes Straßenschild, jedes Werbeplakat und jeder Laden hier trug Schriftzeichen, die sie nicht entziffern konnte.

Vor ein paar Jahren hatte Bex überlegt, ob sie Japanisch lernen sollte, zusätzlich zu den anderen Sprachen, die sie sich im Laufe der Jahre angeeignet hatte. Doch sie musste schnell feststellen, dass es in Japan drei verschiedene Schriftsysteme gab: *Kanji,* wo ein einzelnes Zeichen für ein ganzes Wort stand, *Hiragana,* bei dem ein Zeichen für eine Silbe stand und wo ein Wort aus verschiedenen Zeichen zusammengesetzt wurde, und *Katakana,* ein Silbensystem ähnlich wie *Hiragana,* das aber nur für englische Wörter wie »Computer« oder »Soda« benutzt wurde. Während der langsamen Autofahrt durch den dichten, zähen Verkehr von Tokio erinnerte sie sich daran, wie sie versucht hatte, Kanji zu meistern, und mit Entsetzen feststellen musste, dass es über fünfzigtausend Zeichen gab. Das hatte sie gänzlich abgeschreckt, die Sprache zu lernen. Als sie jetzt die Fülle von Informationen um sie herum sah, bedauerte sie es, dass sie nicht weitergemacht hatte. Das Auffälligste war die Werbung, die anders als in New York oder London eher vertikal an den Gebäuden verlief als horizontal. Es war früher Abend, und als die Sonne hinter den Gebäuden unterging, wurde es langsam dunkel. Die tiefen, geometrisch ausgerichteten Häuserschluchten versanken schnell im Schatten, doch die Werbung leuchtete und ergab ein schimmerndes Bild in allen nur erdenklichen Farben. Sie hatte mit Bradley zusammen einige Science-Fiction-Filme gesehen, doch erst jetzt wurde ihr klar, wie viele der futuristischen Stadtlandschaften an Tokio und besonders an den Bezirk Shinjuku angelehnt waren.

Das Auto setzte sie vor einem Hotel in einem Wolkenkratzer ab, in dessen Untergeschoss sich nur die Lobby, die Bar und ein Restaurant befanden. Es gehörte zu einer amerikanischen Kette, was bedeutete, dass die Lobby und die Bar zwar im japanischen Stil gehalten waren, das Personal aber perfekt Englisch sprach. Da die AR-Geräte versagten und nicht mehr für sie übersetzen konnten, war das auf einmal sehr wichtig.

Schnell checkte sie ein und ging auf ihr Zimmer. Es lag im zweiundzwanzigsten Stock und bot einen unglaublichen Blick über neunzig Prozent der anderen Gebäude von Shinjuku bis zur Bucht von Tokio – die in der tief stehenden Abendsonne rot glitzerte – und bis zu den Lichtern der Stadt Chiba auf der anderen Seite. Abgesehen davon war das Zimmer ziemlich klein, aber Platz war in Tokio nun mal Mangelware.

Sie überprüfte die AR-Brille, doch obwohl das System augenblicklich zu arbeiten schien, konnte sie Kieron nicht erreichen. Sein Ende des Systems war tot. Das war merkwürdig und geradezu beunruhigend. Er wusste, wann sie in Tokio gelandet war – oder zumindest Bradley wusste es –, und normalerweise sollte er online sein, um sie zu unterstützen. Aber im Augenblick gab es keine Verbindung.

Sie überprüfte die Nachrichten auf dem »Chloe Drewe«-Handy und fand etwas von Bradley, das er vor fünf Stunden geschickt hatte.

Ich hoffe, du hattest einen guten Flug. Falls das AR-System ausgefallen ist, habe ich hier einige Informationen für dich. Ich habe den Verkauf von Satelliten, Tracker-Geräten und High-End-Kommunikationsgeräten in Japan gecheckt. Ich gehe davon aus, dass die Terroristen ihr eigenes Kontrollzentrum einrichten mussten, und so etwas kann man nicht online von einem normalen Händler beschaffen. Die Einzige, die so etwas kürzlich gekauft hat, ist seltsamerweise eine religiöse Organisation namens

Ahmya. Das bedeutet übrigens »Schwarzer Wind« auf Japanisch. Viel ist über sie nicht bekannt, aber ich habe ihre Adresse. Sie lautet 11 Nakatomi, Shinjuku, Tokio 160-0014. Sie wurde vor zwanzig Jahren von einem japanischen Erfinder gegründet, der sein Vermögen mit Robotertechnik gemacht hat. Sein Name ist Ito Aritomo. Ich habe mir die Website und die sozialen Medien von Ahmya angesehen und festgestellt, dass es bei ihnen tatsächlich mehrere Mitglieder mit den Namen Akitsugu und Nashiko gibt. Du und Kieron habt doch erzählt, der Anführer der Mission hätte diese Namen erwähnt. Viel Glück – und sei vorsichtig!

Bex legte sich aufs Bett und spürte, wie der Stress und die Anstrengung der Reise und der letzten paar Tage von ihr abfielen und wie schmelzendes Eis aus ihrem Körper zu tröpfeln schienen. Eine religiöse japanische Organisation? Das musste nicht unbedingt etwas Gutes sein. Bex fiel bei diesen Worten als Erstes die berüchtigte Aum-Shinrikyo-Sekte ein, die vor fünfundzwanzig Jahren einen Nervengas-Anschlag auf die Tokioter U-Bahn verübt hatte – in dem irrwitzigen Versuch, das Ende der Welt herbeizuführen, und zwar so, dass nur die Mitglieder der Sekte überleben würden. Damals waren dreizehn Menschen umgekommen und über sechstausend durch das Gift erkrankt. Mehrere Mitglieder der Sekte, einschließlich ihres Anführers, wurden von den japanischen Behörden hingerichtet. Die Sekte selbst hatte sich in der Folge in zwei kleinere Gruppierungen aufgespalten, die unter strenger Beobachtung der japanischen Polizei standen.

Sekten. Interessant. Unwillkürlich dachte sie an die faschistische Organisation Blut und Boden, durch die sie und Kieron quasi erst zusammengefunden hatten. Es schien einen gemeinsamen Nenner zu geben. Verbündete sich Avalon Richardson mit Sekten und faschistischen Gruppierungen auf der ganzen Welt oder agierte diese Ahmya-Sekte eigenständig und hatte es auf etwas ganz anderes abgesehen? Etwas, wozu sie das PEREGRINE-Netzwerk brauchten? Bevor sie nicht einige Nachforschungen angestellt hatte, konnte sie nichts Eindeutiges dazu sagen.

Seufzend setzte sie sich auf. Sie hätte so gern die nächsten acht Stunden geschlafen, doch dazu hatte sie keine Zeit. Sie musste herausfinden, wohin der Systemcodierer gebracht worden war und warum. Sie hatte nur Zeit für eine Dusche, dann musste sie raus auf die Straßen von Tokio.

Eine halbe Stunde später verließ sie das Hotel und begab sich in das chaotische, verrückte Treiben der Stadt, geleitet von der Navigationsfunktion ihres Handys. Die AR-Brille war ihr noch immer keine Hilfe, also musste sie es auf die herkömmliche Art und Weise machen.

Die Gehwege von Tokio waren schmal und trotz der späten Tageszeit voller Menschen. Die meisten von ihnen hielten Handys hoch – nicht an die Ohren, sondern so, dass sie auf den Bildschirm sehen konnten. Ob sie FaceTime verwendeten, sich Karten oder Filme ansahen, konnte Bex nicht erkennen. Viele von ihnen trugen Atemmasken vor den Gesichtern, taschentuchartige weiße Stofffetzen über Nase und Mund, die von weißen Bändern am Hinterkopf gehalten wurden. Bei ihrem Anblick musste Bex wieder an Aum Shinrikyo denken und schauderte. Doch sie nahm an, dass diese Masken nur die verschmutzte Luft filtern sollten, für die die vielen Taxis und Privatautos verantwortlich waren, die sich im Schneckentempo über die breiten Straßen wälzten.

Sie lief den Gehweg entlang. Die Fußgänger um sie herum schienen sich in konstanter Bewegung zu befinden: Es gab zwei Ströme in entgegengesetzte Richtungen. Wollte man den Menschenstrom zwischen sich und einem Laden, Hotel oder Restaurant durchqueren, musste man aufpassen, mit niemandem zusammenzustoßen. Unterwegs nahm Bex Hunderte verschiedene süße, scharfe und würzige Gerüche aus den vielen Restaurants wahr und stellte plötzlich fest, dass sie Hunger hatte. Riesengroßen Hunger. Doch zum Essen hatte sie jetzt keine Zeit.

Sie kam an mehreren Kapselhotels vorbei und dankte Bradley im Stillen dafür, dass er sie nicht dort, sondern in einer etwas besseren Unterkunft untergebracht hatte. Kapselhotels waren etwas, was nur Japaner hatten erfinden können. Sie hatten statt Zimmern »Kapseln«, die etwa so lang und breit waren wie ein normales Bett und gerade hoch genug, dass der Gast hineinkriechen und darin sitzen konnte. Sie bestanden normalerweise aus Plastik und die Wände waren steril weiß. Manche verfügten über einen Fernseher und Steckdosen, aber sie hatten keine Toilette, kein Bad, Dusche oder Waschbecken. Wenn man duschen wollte, konnte man das in einer Gemeinschaftsdusche wie der eines Fitnesscenters tun, und wenn man ein Bad nehmen wollte, dann konnte es sein, dass man mit zehn anderen Menschen zusammen in einem Gemeinschaftsbad landete. In einem Kapselhotel musste man bei der Ankunft seine Kleidung abgeben und eine traditionelle japanische Yukata-Robe anziehen, die einem zur Verfügung gestellt wurde. Aber Bex war überzeugt, dass das Schlimmste daran war, dass die Kapseln nicht nur eine neben der anderen lagen, sondern in Reihen übereinandergestapelt waren. Um an die höheren zu gelangen, musste man also über Leitern hochsteigen. So musste es sein, in einem Bienenstock zu leben, dachte sie schaudernd. Sie nahm an, dass die Kapselhotels vor allem von Geschäftsleuten, Studenten und sparsamen Reisenden genutzt wurden, doch ihr kamen sie vor wie die Hölle auf Erden. Menschen, die aufgestapelt wurden wie Waren in einem Lagerhaus. Sie erwartete von ihrer Unterkunft zumindest etwas Privatsphäre und Bequemlichkeit.

Endlich zeigte ihr Handy an, dass sie an ihrem Bestimmungsort angekommen war. Sie sah auf. Zwischen einer Nudelbar und einem Handy- und Computertablet-Laden sah sie eine Tür mit einem Schild darüber, auf dem in Englisch stand: Ahmya. Nur dieses eine Wort, sonst nichts.

Nett von den bösen Jungs, ihren Aufenthaltsort zu beschildern. Das machte alles so viel einfacher. Das musste an der traditionellen japanischen Höflichkeit und ihrem Eifer liegen, gefallen zu wollen.

»Möchten Sie einen Gratis-Persönlichkeitstest machen?«, fragte eine Stimme neben ihr.

Sie drehte sich um. Neben ihr stand ein japanisches Mädchen, vielleicht ein paar Jahre jünger als sie selbst. Um sie beide herum schien sich eine Art Blase gebildet zu haben. Die Menschenströme zogen zu beiden Seiten in entgegengesetzte Richtungen an ihnen vorbei, doch sie waren irgendwie isoliert. Das Mädchen hielt einen

Tabletcomputer in der Hand. Sie hatte schwarzes, kurz geschnittenes Haar und ihr Gesicht schien von innen heraus zu leuchten. Vielleicht war sie auch nur sehr geschickt und sehr kompetent geschminkt worden, um diesen Eindruck zu erwecken. Sie trug ein Abzeichen mit der Aufschrift »Ahmya« und einem Logo mit einem einzelnen schwarzen Wassertropfen sowie ihrem Namen »Midori«. Mit einem schnellen Blick stellte Bex fest, dass noch fünf weitere junge Japaner mit ähnlichen Tablets in der Nähe standen. Wahrscheinlich *en gros* nebenan gekauft, dachte Bex. Sie fingen Passanten ab.

»Oh«, sagte Bex und versuchte, überrascht zu klingen. »Das wäre schön!«

Sie hatte mit etwas in der Art schon gerechnet. Es gab zweierlei Arten von Sekten: die, die unter sich blieben und ihre Mitgliederzahlen dadurch vermehrten, dass sie eine Menge Babys produzierten, die sie in ihrem Sinne großzogen, und die, die neue Mitglieder von der Straße rekrutierten. Diese Rekrutierungsprozesse begannen häufig mit einem Persönlichkeitstest oder etwas Ähnlichem. Aber immer zielten sie darauf ab, der Person, die ihn machte, einzureden, es gebe eine Leere in ihrem Leben, die nur die Sekte füllen konnte.

Midori lächelte noch breiter. »Fangen wir an«, sagte sie und tippte mit dem Finger auf ihr Tablet. Dann fragte sie: »Kauen Sie an den Fingernägeln oder am Ende ihres Bleistifts oder Kugelschreibers?«

»Ja, warum?«, erwiderte Bex.

Das stimmte zwar nicht, aber sie wollte wissen, wohin dieser Test führen würde.

Midori setzte einen Haken auf dem Tablet. »Sprechen Sie für gewöhnlich eher langsam oder schnell?«

»Langsam«, antwortete Bex.

Eigentlich hatte sie keine Ahnung, mit welcher Geschwindigkeit sie normalerweise sprach, aber sie hatte das Gefühl, dass ihre Antworten nicht wirklich wichtig waren. Egal, was sie sagte, Midori würde behaupten, sie hätte Persönlichkeitsprobleme und sollte hereinkommen, um mit jemandem darüber zu reden. So funktionierte das Ganze. Und irgendwann, wenn sie schließlich am Haken zappelte, würde sie jemand um einen finanziellen Beitrag zum Fortbestand der Sekte bitten. Eine Weile später, wenn sie völlig indoktriniert und von der realen Welt abgeschnitten wäre, würde man sie auch nach einer Bankvollmacht fragen. So weit würde sie es jedoch natürlich nicht kommen lassen.

»Finden Sie, dass Sie in Ihrem Leben ständig darum kämpfen müssen, Ihre Ziele zu erreichen?«

Bex dachte an die letzten sechs Monate ihres Lebens und antwortete ganz ehrlich: »O ja.«

So ging es weiter. Manche Fragen waren trivial, manche absurd und manche sehr persönlich.

Schließlich sah Midori von ihrem Tablet auf und sagte: »Damit ist der Test abgeschlossen. Möchten Sie das Ergebnis erfahren?«

»Ja, bitte«, antwortete Bex. Sie bemühte sich, möglichst neugierig und gleichzeitig verletzlich zu klingen.

Midori drehte den Bildschirm so, dass Bex ihn sehen konnte. Er zeigte eine Grafik, in der eine waagerechte rote Linie verlief und eine gezackte schwarze, die gelegentlich über die rote hinausging, meist aber darunter blieb. »Die rote Linie zeigt eine normale, gesunde Person in einem ausgeglichenen Seelenzustand«, erklärte Midori. Es klang, als lese sie von einem Script ab. »Die schwarze Linie sind Sie. Wie Sie sehen können, haben Sie einige Probleme bei Interaktionen mit Ihrer Umwelt. Wahrscheinlich kennen Sie das schon: Sie fühlen sich vielleicht unsicher, haben Angst oder sind grundlos unglücklich?«

Sind wir das nicht alle?, fragte sich Bex. Aber sie musste zugeben, dass das klug eingefädelt war. Sie spielten mit den existenziellen Ängsten der Menschen. Wahrscheinlich zeigten sie allen dieselbe Grafik. Das war wie bei den Horoskopen in der Zeitung: Da konnte man ein und dasselbe Horoskop Leuten mit jedem beliebigen Sternzeichen zeigen, und alle würden eine Verbindung zu ihrer eigenen Geschichte und ihren eigenen Problemen herstellen.

»Wenn Sie möchten, können Sie hereinkommen und mit einem unserer Berater sprechen«, bot Midori ihr an. »Sie können Ihnen einige Ratschläge geben, wie Sie Ihr Leben positiv verändern können.«

Und den Prozess in Gang setzen, mich an die Sekte zu binden und mich mehr und mehr davon abhängig zu machen, dachte Bex zornig, denn sie wusste, dass einige Menschen – vor allem leicht zu beeinflussende Teenager, aber auch Leute mittleren Alters, die in einer Lebenskrise steckten – sehr schnell in solche Organisationen hineingezogen wurden, nur weil jemand Interesse an ihnen zeigte.

»Das ist völlig kostenlos«, versicherte ihr Midori, die Bex' Zögern für Unsicherheit hielt. »Wir im Orden von Ahmya möchten, dass die Menschen ein glücklicheres Leben führen. Das ist unser Ziel und unsere Freude.«

»Das klingt toll«, fand Bex und unterdrückte ihren

Zorn. Sie musste die Rolle eines möglichen Opfers spielen und machte eine hoffnungsvolle Miene.

»Hier.« Midori steckte ihr ein laminiertes Pappschild an die Jacke. Es war blau und trug unter dem Ahmya-Logo die Worte: »Nur Erdgeschoss«. »Damit kommen Sie ins Gebäude. Jemand wird Sie zu einem Berater bringen. Ich bin sicher, er kann Ihnen helfen, sich besser zu fühlen, und Ihnen Hoffnung für die Zukunft geben.« Sie verneigte sich.

»Danke schön«, erwiderte Bex und verneigte sich ebenfalls. Dann ging sie auf die Tür zu, allerdings langsam, als wäre sie immer noch unsicher. Zwei Männer gingen vor ihr und versuchten auf dem Gehweg, an ihr vorbeizukommen: Einer von ihnen trug ein blaues Abzeichen wie ihr eigenes, der andere ein rotes. Im Vorbeigehen versuchte sie die Worte auf dem roten zu lesen. »Alle Etagen«, stand unter dem schwarzen Tropfen.

Das war es, was sie brauchte: Zugang zu allen Geschossen des Sektenhauptquartiers.

Bex lauschte hinter sich, während sie zum Eingang schlenderte. Vielleicht beobachtete Midori sie, und sie wollte nicht den Anschein erwecken, als wolle sie sich davonmachen. Als sie das Mädchen zu jemandem sagen hörte: »Möchten Sie vielleicht einen Gratis-Persönlichkeitstest machen?«, ließ sie sich in den Menschenstrom gleiten, der an der Tür von Ahmya vorbeifloss, und tauchte in der Menge unter.

Sie ließ sich von der Menge an Schuh- und Modegeschäften, Restaurants und Hotels vorbeitreiben, bis sie einen Copyshop fand, wo man Fotokopien machen lassen oder Dateien von einem USB-Stick ausdrucken lassen konnte. Sie kämpfte sich aus der Menge heraus und betrat den Laden.

»Kann ich Ihnen helfen?«, fragte der Teenager hinter dem Tresen in perfektem Englisch.

Bex hielt das laminierte Schild hoch. »Ich brauche fünfzig davon, aber in Rot und mit anderer Schrift«, erklärte sie und zuckte entschuldigend mit den Schultern. »In einem Hotel in der Nähe findet eine Konferenz statt, zu der wesentlich mehr Leute aufgetaucht sind, als wir erwartet haben. Da hat das Büro total versagt. Ohne diese Abzeichen können wir die Teilnehmer nicht zu den Präsentationen und Workshops schicken, für die sie sich angemeldet haben. Können Sie mir helfen?«

Der Teenager nahm das laminierte Schild und betrachtete es.

»Ich kann es scannen«, sagte er dann. »Dann ändere ich Text und Hintergrundfarbe. Vielleicht bekomme ich die Schattierung nicht exakt hin, aber fast.«

»Das wäre schön!«, sagte Bex erfreut.

Zwanzig Minuten später waren die Schilder ausgedruckt und laminiert. Der Teenager fragte nicht, warum Bex Kopien des Schildes brauchte – entweder hatte ihn ihre Geschichte überzeugt, oder es war ihm einfach egal. Bex brauchte eigentlich nur ein solches Abzeichen … Aber wenn sie nur nach einem gefragt hätte, wäre er vielleicht doch misstrauisch geworden. Sie behielt ein Abzeichen und warf den Rest in einen Mülleimer die Straße runter, nachdem sie den Laden verlassen hatte.

Als sie sich der Tür von Ahmya näherte, tauschte Bex ihr blaues Schild gegen das rote aus und steckte das blaue in die Tasche. Verstohlen sah sie sich nach Midori um. Die hatte gerade einen japanischen Jungen in die Enge getrieben, der von ihr fasziniert schien und sich auf ihr Gelaber einließ. Da das Mädchen abgelenkt war, ging Bex auf die Tür zu und drückte auf den Klingelknopf.

Als die Tür aufging, trat sie ein, als hätte sie jedes Recht dazu.

Hinter dem Eingang lag eine große weiße Lobby mit einem riesigen Empfangstresen und einem Bodyscanner, der eher auf einen Flugplatz gepasst hätte als in den Hauptsitz einer religiösen Organisation. Von der Decke hing ein gigantisches Banner mit dem Foto eines freundlich lächelnden Japaners mit vollem weißem Haar, Bart und Augenbrauen. Sie nahm an, dass es sich um den Erfinder, Robotik-Experten und Gründer der Ahmya-Sekte handelte: Ito Aritomo. Auf der anderen Seite der Absperrung sah Bex eine Nebenlobby mit drei Aufzügen.

Aus den Augenwinkeln nahm sie eine Bewegung wahr. Als sie sich danach umsah, erstarrte sie. Aus zwei Nischen links und rechts des Scanners näherten sich ihr zwei »Dinger«. Einen Augenblick lang musste sie sich bemühen zu erkennen, was sie da eigentlich sah. Dann stellte sie erstaunt fest: Es waren Roboter! Sie sahen ein wenig aus wie mechanische Zentauren, mit vier Beinen und einem gedrungenen Körper wie dem eines Ponys und einem vorderen Ende mit einer Art »Kopf« aus Videokameras und Leuchten. Von den »Schultern« gingen zwei Arme aus, die weit mehr Gelenke zu haben schienen als ein menschlicher Arm. Sie endeten in Geräten, die ein Zwischending zwischen Händen und Klauen darstellten.

Mitten auf der Brust beider Roboter prangte ein rotes Abzeichen mit der Aufschrift »Alle Etagen«.

Bex betrachtete ihre Körper. Sie konnte zwar keine Waffen erkennen, aber es würde sie nicht überraschen, wenn irgendwo welche verborgen wären.

Schließlich war Aritomo Roboterexperte, hatte Bradley in seiner Nachricht geschrieben. Offensichtlich vertraute er Roboter-Sicherheitspersonal mehr als Menschen.

Bex zog ihr rotes Abzeichen ein Stück vom Körper weg und zeigte es den beiden Robotern. Sie senkten die Köpfe, um das Abzeichen durch die Kameralinsen zu betrachten, und kehrten dann an ihren Standplatz zurück.

»Sie dürfen eintreten«, erklärte eine mechanische Stimme. Offensichtlich war der Roboter dazu in der Lage, an ihrem Gesicht zu erkennen, dass sie keine Japanerin war.

Bex ging durch die Sicherheitsschranke, als tue sie das jeden Tag. Es piepte, aber niemand versuchte sie aufzuhalten. Sie hatte weder Waffen noch Sprengstoff bei sich. Vielleicht war der Scanner so eingestellt, dass er auch Abhörgeräte entdecken konnte. Die meisten Sekten hatten ein Problem mit Journalisten, die sich auf der Suche nach Storys bei ihnen einschleichen wollten. Ihr war es egal, sie hatte keine unerwünschten Geräte bei sich.

Hinter der Schranke ging Bex auf die Aufzüge zu. Ein Schild neben den Aufzugtüren mit sowohl japanischer als auch englischer Schrift besagte, dass das »Ahmya Institut« zehn Stockwerke in dem Gebäude einnahm. Im Erdgeschoss befanden sich *Rezeption und*

Sachbearbeitung, in den nächsten drei *Präsentation und Einführung,* im fünften Stock die *Verwaltung,* und die Stockwerke sechs bis acht waren für *Öffentlichkeitsarbeit und Internationale Verbindungen.* Die beiden obersten Stockwerke waren *Leitenden Angestellten und Direktion* vorbehalten.

Wo sollte sie hin? Bex musste weitergehen, sonst würde sie sich verdächtig machen. Um sie herum war jeder gut angezogen, perfekt frisiert und lächelte. Sie lächelten sich gegenseitig an, und sie lächelten einfach so, wenn niemand in der Nähe war. Offensichtlich war das Ahmya Institut ein Ort, an dem man gern war. Oder es gab Strafen, wenn man nicht lächelte.

Verwaltung. Dort begann sie wohl am besten. Sie bestieg den Aufzug ganz links und drückte auf den Knopf für den fünften Stock.

Sie war allein im Lift und nutzte den Augenblick, um durchzuatmen und ein fröhliches Lächeln aufzusetzen, bevor sich die Aufzugstüren öffneten und sie wieder ausstieg. Neben der Aufzugstür stand ein weiterer Sicherheitsroboter und scannte ihr Abzeichen. Er nickte nur kurz mit dem »Kopf« und wandte sich dann wieder ab. Für den Moment war sie sicher.

Auf der Verwaltungsebene befanden sich zahlreiche Schreibtische mit Computern, vor denen junge Leute saßen und arbeiteten. Alle trugen Headsets mit Mikrofonen, und alle trugen die gleiche Kleidung – weiße Bluse oder Hemd und schwarze Hose oder Rock. Die meisten sprachen mit jemandem über ihr Headset. Bex erkannte Japanisch, aber auch noch bestimmt zehn weitere Sprachen, darunter Englisch, Deutsch und Chinesisch. Es wirkte wie eine riesige Spendenaktion. Die

Angestellten an den Schreibtischen riefen wahrscheinlich Menschen in aller Welt an, deren Nummern sie aus einer Datenbank hatten, die Ahmya entweder selbst aufgebaut oder gekauft hatte. Eine Datenbank von Zielpersonen, die möglicherweise bereit wären, etwas für eine religiöse Organisation zu spenden. Menschen, die kürzlich einen Verlust erlitten hatten, die ein Erbe angetreten hatten oder sich ihre Pension hatten ausbezahlen lassen. Traurige und einsame Menschen, die die Gelegenheit, am Telefon mit einem mitfühlenden Menschen zu sprechen, nutzen würden und vermutlich bereit waren, ihre Bankdaten herauszurücken.

Bex hasste es. Sie hasste Leute, die versuchten, trauernde, unsichere oder verletzliche Menschen auf die eine oder andere Art und Weise auszunutzen.

Keine Fotografien, bemerkte sie. Keine Bilder von Eltern, Geschwistern oder Haustieren. Keine Topfpflanzen oder Plastikfiguren aus Filmen, Spielen oder Comics. Überhaupt nichts Persönliches. Jeder Schreibtisch war völlig anonym. Das war wohl ein Open-Space-Büro, in dem sich jeder, wenn er seine Schicht begann, an den erstbesten freien Platz setzte.

Alle Schreibtische waren besetzt. Das war ein Problem. Bex wollte nicht einfach stehen bleiben, bis einer frei wurde.

Sie spürte ein Kichern in sich aufsteigen und unterdrückte es rigoros. Vor ihrem geistigen Auge war das Bild von einem Schichtbeginn aufgestiegen, bei dem die jungen Leute alle gleichzeitig auftauchten und zu den Tischen rannten, wie in einer arbeitsbedingten Version von der »Reise nach Jerusalem«.

Ja, meldete sich die dunklere Seite ihres Geistes, *aber*

was passiert mit dem, der keinen Schreibtisch ergattert? Wird der bestraft?

Sie musste etwas tun, bevor der Sicherheitsroboter misstrauisch wurde. Sie ging zum Ende einer Reihe, wo ein Teenager mit Akne und langem, zu einem Pferdeschwanz zusammengebundenen Haar in sein Mikro sprach. Sie hatte ihn ausgesucht, weil er englisch sprach. Sie tippte ihm auf die Schulter, woraufhin er sich umsah.

»Du wirst in der Einführung verlangt«, erklärte sie bestimmt.

Er sah sie entsetzt an. »Ich? Jetzt? Was habe ich denn falsch gemacht?«

»Das weißt nur du. Geh, sie warten auf dich.«

Er riss sich das Headset ab, sprang auf und lief zum Aufzug. Bex hatte ein schlechtes Gewissen, aber es war notwendig gewesen. In einem autoritären Regime war die beste Möglichkeit zu bekommen, was man wollte, wenn man selbst autoritär auftrat und Befehle gab. Sie würden meist befolgt werden, ohne dass Fragen gestellt wurden.

Bex ließ sich auf den freien Platz gleiten. Ihr blieben vielleicht fünf Minuten für ihr Vorhaben, bevor der arme Junge unten ankam und feststellte, dass ihn dort niemand erwartete.

Sie holte ein kleines USB-Gerät aus der Tasche, das Bradley ihr gegeben hatte. Sie brauchte einen Moment, um die USB-Ports am Computer zu finden – links vom Bildschirm, stellte sie fest. Sie steckte das Gerät ein. Sofort begann ein grünes LED-Lämpchen zu blinken und zeigte an, dass das Gerät so viele Informationen wie möglich vom System aufsaugte. Möglicherweise hatte der Junge nur zu oberflächlichen Ebenen des Computernetzwerkes Zugang, aber da Bex nicht wusste, wonach sie eigentlich suchte, musste sie irgendwo anfangen.

Man sollte das LED-Lämpchen entfernen, dachte sie. Sie würde ein ernstes Wort mit Bradley reden. Sie war sich bewusst, dass das blinkende Licht möglicherweise Aufmerksamkeit erregte, und sah sich nach irgendetwas um, womit sie es verbergen könnte. Doch auf dem Schreibtisch lag nichts. Buchstäblich gar nichts.

Nach einer gefühlten Ewigkeit hörte das Licht endlich auf zu blinken. Das Gerät hatte alle Daten gesammelt, die es finden konnte.

Bex zog es heraus.

Plötzlich legte sich ihr eine Metallhand auf die Schulter.

»Du gehörst nicht hierher«, sagte eine künstliche Stimme.

Bex wandte den Kopf, ohne ihr Lächeln zu verlieren, und fragte: »Gibt es ein Problem?«

Neben ihr stand einer der Roboterwächter. Trotz des starren Gesichtsausdrucks – der aus Metall, Glas und Drähten bestand – kam er ihr *wütend* vor. »Der Ahmya-Orden duldet keine Eindringlinge, Diebe oder Detektive in ihren Räumen. Du kommst mit mir!«

Die Metallhand krallte sich schmerzhaft in die Muskeln an ihrer Schulter. Bex verzog das Gesicht und hoffte, das Ding wusste, wann es aufzuhören hatte. Menschen waren so viel zerbrechlicher als Roboter.

Kapitel 11

Sam wohnte zwanzig Minuten von Kierons Haus entfernt. Wenn man normal lief. Und wenn man rannte? Zehn Minuten? Fünf vielleicht? Kieron bemerkte die Stiche in der Seite schon vor dem Ende der Straße.

Aus dem Biologieunterricht erinnerte er sich vage daran, dass Seitenstechen entstand, wenn mehr Blut durch die Leber gepumpt wurde, als sie verarbeiten konnte. In der Theorie hörte sich das gut an, aber in der Realität hatte er das Gefühl, als hätte ihm jemand auf der rechten Brustseite ein Messer kurz unter die Rippen gerammt. Der Schmerz schien von einer Seite zur anderen und von vorn nach hinten auszustrahlen. Es tat so weh, dass er praktisch schief lief, weil er sich zur Seite neigte, um den Schmerz zu verringern.

Mittlerweile war es Abend. Die Sonne war untergegangen, und am wolkenlosen Himmel glänzten unzählige Sterne, die wie Diamantstaub auf schwarzem Wasser glitzerten. Kieron kam es tatsächlich so vor, als würden die Sterne schwimmen, weil er selbst verschwommen sah und ihm schwindelig wurde. Alles um ihn herum schien immer wieder unscharf zu werden und war irgendwie in Bewegung. Er hatte das ungute Gefühl, gleich ohnmächtig zu werden.

Er wurde langsamer und presste die Hand auf die schmerzende Seite. Das würde nicht passieren, wenn er sich in den Sportstunden etwas mehr angestrengt hätte. Wenn er einer von denen gewesen wäre, die ein Seil bis zur Sporthallendecke emporklettern konnten, beim Geländelauf auf dem Siegerpodest landeten oder das Schwimmbecken mit einem Atemzug durchtauchen konnten, dann würde er sich jetzt nicht so fühlen – so voller Schmerzen und Angst. Insgeheim hatte er die Schüler, die gut im Sport waren, immer verachtet, aber im Augenblick wäre er froh gewesen, nur halb so viel Ausdauer zu haben wie sie.

Er bückte sich und stützte keuchend die Hände auf die Knie. Der Atem pfiff in seiner Lunge. Ein Asthmaspray wäre jetzt gut. Sam hatte eines, aber das half ihm jetzt gar nichts. Zuerst einmal musste er es überhaupt bis zu Sam schaffen.

Kieron sah sich nach irgendetwas um, was ihm vielleicht helfen konnte. Es war niemand in der Nähe. Die Straßenlaternen warfen kleine orange Lichtpfützen um ihre Pfosten herum. Aus den Wohnzimmerfenstern drang das flackernde Licht von Fernsehern. Irgendjemand übte auf einem Schlagzeug und aus einer anderen Richtung erklang indische Tanzmusik. Alles ganz normal. Newcastle eben.

Wenn er so weiterlief, würde er tot sein, bevor er zu Sam gelangte. Er brauchte Hilfe. Er nahm sein Prepaid aus der Tasche und wählte die Nummer von *Tom Drewe*. Ein paar Sekunden später hörte er es klingeln.

»Ja?«, hörte er Bradleys Stimme vorsichtig und unverbindlich.

»Tom?«, keuchte Kieron atemlos. »Hier ist Ryan.« Das war *sein* Tarnname.

»Ryan! Du klingst, als wärst du einen Marathon gelaufen. Was ist denn los?«

»Es geht um Craig.« So lautete Sams Undercover-Name. »Ich glaube, er ist in Gefahr.«

»Okay.« Bradley war keine Panik oder Verwunderung anzumerken. Er verhielt sich sofort professionell. »Wo ist er?«

»Ich bin mir nicht sicher, aber um diese Zeit ist er normalerweise zu Hause. Er hat mir nicht gesagt, dass er noch ausgehen wollte, und so etwas sagt er mir eigentlich immer. Er gibt sogar damit an.«

»Und wo bist du? Keine Einzelheiten, nur so, dass ich es herausfinden kann.«

»Am Ende meiner Straße. Ich versuche zu rennen, aber darin bin ich nicht gut.«

»Und die Gefahr?«

»Die Leute, die du und ...« Er zögerte, weil ihm Bex' Deckname nicht gleich einfallen wollte. »... Chloe nicht mögt. Um die geht es.«

»Ich schicke dir ein Taxi. Bleib, wo du bist. Ich bestelle es online von hier aus. Ich nehme auch eines und wir treffen uns bei Craig.«

»Danke«, sagte Kieron erleichtert.

»Ryan ...«

»Ja?«

»Sei vorsichtig, wenn du da ankommst. Schau dich erst um, ob jemand anderes da ist, bevor du an der Tür klingelst.«

»Okay.«

»Und noch eines: Hast du das … das *Ding* dabei?«

Damit meinte Bradley offensichtlich die AR-Brille.

»Ja.«

»Gut. Es darf nicht in andere Hände geraten, hast du das verstanden?«

»Ja, habe ich.«

Bradley – oder besser »Tom« beendete das Gespräch. Während Kieron auf das Taxi wartete und die Schmerzen in seiner Seite langsam abflauten, setzte er die AR-Brille auf. Er drückte den Knopf an der Seite und wartete darauf, dass sie hochfuhr. Ein paar Sekunden später sah er die durchscheinenden Bildschirme, die auf die Brillengläser projiziert wurden und sich vom dunklen Hintergrund der Straße und der Häuser abhoben. Sie schienen sich in einer der Phasen zu befinden, in denen die Satelliten funktionierten. Schnell wedelte Kieron mit der Hand in der Luft und griff über die in der Fassung eingebauten Sensoren auf die Menüs zu. Gleich darauf hatte er das Menü gefunden, das ihm zeigen sollte, was Bex in Tokio gerade sah, doch es war dunkel. Nicht eingeschaltet. Vielleicht schlief sie oder benutzte nur gerade die Brille nicht. Das ließ sich nicht feststellen. In gewisser Hinsicht war er dankbar dafür. Wäre sie online, hätte er ihr erzählen müssen, was in Newcastle gerade passierte, und dann hätte sie sich Sorgen *darum* gemacht, anstatt sich auf die Mission zu konzentrieren, die sie gerade durchführte.

Er spürte die Besorgnis wie einen stechenden Schmerz, ähnlich wie das Seitenstechen. Bex war ganz allein da draußen, ohne die Unterstützung von Kieron und dem AR-System. Er hoffte, dass es ihr gut ging.

»Alles in Ordnung, Junge?«, erschreckte ihn plötzlich eine Stimme hinter ihm.

Er drehte sich um und setzte die Brille ab.

Der Mann hinter ihm trug einen Anorak und eine Mütze. In der Hand hatte er eine Leine, an deren anderem Ende der wohl traurigste Hund stand, den Kieron je gesehen hatte. Es war irgendein Mischling – vielleicht ein Labradoodle, eine Kreuzung aus Labrador und Pudel, oder ein Cockapoo, bei dem statt des Labradors ein Cockerspaniel ein Elternteil stellte. Er sah traurig aus und der Blick, mit dem er Kieron ansah, schien zu sagen: *Ich will bitte, bitte nach Hause! Meine Pfoten werden auf dem blöden Pflaster eiskalt!* Selbst sein Fell schien traurig herabzuhängen.

»Ja, doch, mir geht es gut. Wirklich.« Kieron versuchte, überzeugend zu klingen, hatte aber das schreckliche Gefühl, dass er die Augen viel zu weit aufriss. Er wollte sie etwas schließen, dachte dann aber, dass er jetzt wohl aussah, als würde er verdächtig blinzeln, also ließ er es lieber bleiben.

»Na gut.« Der Mann machte Anstalten weiterzugehen, hielt dann jedoch inne. »Du hast nur so mit den Armen gewedelt. Ich dachte erst, du würdest tanzen, aber ich konnte keine Musik hören. Und beim Näherkommen konnte ich auch keine Kopfhörer sehen.« Neugierig starrte er Kierons rechtes Ohr an. »Es sei denn, du hast eines dieser drahtlosen Dinger, das so tief im Ohr steckt, dass ich es nicht sehen kann. Das ist aber gefährlich, weißt du? Was ist, wenn es da stecken bleibt?«

»Nein, ich habe nur …« Kieron fiel nichts ein. Was konnte er sagen? Was war wahrscheinlich? Auf jeden Fall nicht: *Ich habe ein streng geheimes Undercover-*

Gerät benutzt. »Ich habe mich bewegt, um mich warm zu halten. Durch Armwedeln. Jede Menge Armwedeln.«

Skeptisch sah der Mann ihn an. »Wenn dir kalt ist, solltest du dich wärmer anziehen. Ihr Kinder zieht euch nie warm genug an. Aber sonst ist alles in Ordnung?«

»Ja, danke, alles bestens.«

Der Mann nickte und ging weiter. Der Labradoodle – oder Cockapoo oder was auch immer – warf Kieron stumm einen vorwurfsvollen Blick zu, dann straffte sich die Leine, und er wurde weggezogen.

Fast lautlos fuhr ein Auto an den Bordstein neben Kieron. Kurz zögerte er und war bereit wegzulaufen, doch es war ein knallgelber Toyota Hybrid. Er konnte sich beim besten Willen nicht vorstellen, dass irgendein Schurke einen knallgelben Hybridwagen fahren würde.

»Tom?«, rief der Fahrer. Es war ein Asiat, jung, mit kurzem Haar und breitem Grinsen.

Kieron wollte schon »Nein« sagen, doch dann fiel ihm sein Deckname wieder ein. »Ja, das bin ich.«

»Steig ein!«

Kieron knallte die Beifahrertür zu und schnallte sich an, bevor der Fahrer losfuhr.

»Tut mir leid, dass es so nah ist«, entschuldigte er sich.

Doch der Fahrer schüttelte nur den Kopf und sagte: »Kein Problem. Meine Mutter hat immer gesagt: Jede Reise beginnt mit dem ersten Schritt und jedes Vermögen mit dem ersten Penny. Mir sind viele kurze Fahrten lieber als eine lange. Ich mag die Abwechslung.«

Fünf Minuten später erreichten sie Sams Haus. Der Wagen hielt ein paar Blocks weiter. Bradley war wirklich vorsichtig.

»Danke«, sagte Kieron beim Aussteigen. Vor sich, hinter Sams Haus, sah er die Lichter eines weiteren Autos kommen.

»Kein Problem. Schönen Abend noch!«

Der Wagen verschwand. Kieron war sich nicht sicher, ob er direkt zu Sams Haus gehen oder auf Bradley warten sollte. Glücklicherweise wurde ihm diese Entscheidung abgenommen, denn das andere Auto hielt hundert Meter weiter, und ein Mann stieg aus. Es war Bradley.

»Okay«, sagte er, als er näher kam, und sah sich vorsichtig um. »Erzähl mir alles.«

Schnell berichtete Kieron von der Phantomversion von Bex, die er mit der AR-Brille gesehen hatte, und was sie gesagt hatte. Als er fertig war, machte Bradley ein finsteres Gesicht.

»Avalon Richardson«, sagte er, und bei ihm klang der Name wie ein Fluch. »Ihr ist jedes Mittel recht, um an uns heranzukommen. Selbst du und Sam.« Wütend schüttelte er den Kopf, dann klopfte er Kieron auf die Schulter. »Du hast genau das Richtige getan. Nun, sehen wir nach, ob es Sam gut geht.«

»Ich versuche es noch mal auf seinem Handy«, sagte Kieron und wählte schnell Sams Nummer. Doch das Handy klingelte und klingelte und klingelte …

»Ja, was ist?«, meldete sich Sam. »Ich sehe mir gerade einen Film an.«

»Alles in Ordnung?«

»Ja, außer dass ich gerade den Film verpasse. Was ist denn los?«

»Warum bist du vorhin nicht ans Handy gegangen?«

»Weil es gerade so eine spannende Stelle war. Was gibt's?«

»Du könntest in Gefahr sein. Wer ist sonst noch bei dir zu Hause?«

»Niemand.« Sam klang verwirrt. »Gefahr? Von wem? Woher denn?«

»Wo sind deine Eltern?«

»Sie sind bei Freunden. Die kommen erst nach Mitternacht zurück. Kieron, du machst mir Angst!«

»Was ist mit deiner Schwester?«

»Die hat ein Date. Keine Ahnung, wann sie wiederkommt. Vielleicht nie.«

Bradley tippte Kieron auf die Schulter. »Sag ihm, er soll zu uns rauskommen.«

»Sam, kannst du …«

Doch plötzlich packte Bradley Kieron an der Schulter, dass dieser zusammenzuckte.

»Nein, warte!« Er deutete die Straße entlang in die Richtung, aus der er gekommen war.

Kieron starrte dorthin und bemerkte ein Auto, das von den Straßenlaternen beleuchtet wurde und leise näher kam. Seltsamerweise waren die Scheinwerfer ausgeschaltet. Kieron fragte sich, wie der Fahrer im Dunkeln überhaupt etwas sehen konnte.

»Ein Observierungsteam«, flüsterte Bradley und starrte in die andere Richtung, aus der Kieron gekommen war. Auch von dort näherte sich ihnen ein Wagen mit ausgeschalteten Scheinwerfern.

Bradley hielt Kierons Schulter weiter fest und zog ihn rückwärts von der Straße.

»Langsam«, flüsterte er. »Wenn wir ganz viel Glück haben, konzentrieren sie sich auf das Haus und bemerken uns nicht.«

»Sam«, sagte Kieron leise, obwohl ihn die Leute in

den Autos gar nicht hören konnten, »geh zur Hintertür. Wir treffen uns in ein paar Minuten in eurem Garten.«

»Okay.« Er verstummte, als Kieron die Verbindung unterbrach.

»Wie sieht dein Plan aus?«, wollte Bradley wissen und sah zwischen den beiden Autos hin und her, die aufeinander zufuhren. Er zog Kieron hinter einen Busch, bevor einer der Wagen die Scheinwerfer möglicherweise doch einschaltete. »Ich nehme an, du hast einen Plan. Es wäre gut, einen Plan zu haben, denn mir fällt im Augenblick nichts ein.«

»Ich«, erklärte Kieron und bemühte sich, zuversichtlich zu klingen, »werde mich um Sams Haus herumschleichen und ihn durch den Garten rausbringen. Der Grund dafür ist, dass *ich* den Garten gut kenne und mich dort im Dunkeln zurechtfinde. *Du* kommst nicht mit, denn wenn wir geschnappt werden, dann haben sie *dich,* aber wenn sie nur mich und Sam erwischen, dann kannst du noch entkommen.« Er zog sich die AR-Brille vom Kopf. »Und du musst die hier nehmen. Die sollte unseren Feinden besser auch nicht in die Hände fallen.«

Bradley verzog das Gesicht, nickte aber zögernd. »Deine Logik ist einleuchtend. Ich wünschte, ich könnte helfen, aber ...«

»Jeder muss das tun, was er am besten kann«, sagte Kieron, doch er hatte das Gefühl, eine große Last zu übernehmen. »Ich kenne das Gelände und ich kenne Sam.« Er zögerte. »Und ich bin ersetzbar. Du nicht.«

Bradleys Hand rutschte von Kierons Schulter, doch gleich darauf streckte er sie wieder aus. Als er Kieron die Hand schüttelte, sagte Bradley: »Du bist ein toller Junge, Kieron. Ich bin stolz darauf, dich zu kennen.

Und du hast unrecht: Du bist nicht ersetzbar. Nur dass du es weißt.«

Als Bradley seine Hand losließ, fuhr das erste Auto auf dem Weg zu Sams Haus an ihnen vorbei. Es war groß und schwarz – vielleicht ein Humvee. Die Scheinwerfer waren ausgeschaltet und die Fenster dunkel getönt. Mit leisem Surren glitt es vorbei – eher ein Elektromotor, kein Benziner. Vielleicht war es ja ein Hybrid, fiel es Kieron ein. Aber wenigstens nicht gelb. Zumindest damit hatte er recht behalten.

Er wandte sich um, weil er etwas zu Bradley sagen wollte, doch sein Freund war bereits weg, lautlos in der Dunkelheit verschwunden. Vermutlich mit Bedauern und gegen seinen eigentlichen Wunsch, aber er war gegangen, wie Kieron es vorgeschlagen hatte.

Mit einem Mal überkam Kieron ein erdrückendes Gefühl der Einsamkeit und Verantwortung. Doch er verdrängte es. Er hatte eine Aufgabe zu erledigen.

Nachdem das erste Auto vorbei war und sich langsam dem zweiten Wagen näherte, lief Kieron schnell auf die andere Straßenseite. Zwei Häuser weiter blieb er stehen. Er wusste, dass rechts von ihm ein schmaler Gang zwischen den Häusern hindurchführte, doch bevor er dort hineinlief, wollte er sehen, was passieren würde, wenn die beiden Autos sich trafen.

Stoßstange an Stoßstange blieben sie vor Sams Haus stehen. Die Fahrer schienen sich nicht darum zu kümmern, dass sie anderen Autos den Weg versperrten. Vielleicht war das so, wenn man beim Geheimdienst arbeitete – da konnte man tun, was man wollte.

Die Türen zu beiden Seiten der beiden Fahrzeuge gingen gleichzeitig auf. Gestalten in schwarzen Overalls und Skimasken stiegen leise aus. Sie hielten etwas in den Händen, und noch während Kieron sich bemühte festzustellen, was es war, schoss aus jedem Gerät plötzlich ein dünner roter Laserstrahl. Kurze Zeit deuteten die Strahlen in alle möglichen Richtungen, einige in die Luft, einige auf den Boden und andere auf andere Häuser, wie ein Strichmuster aus intensivrotem Licht. Auf einen stummen Befehl hin drehten sich die Gestalten alle in eine Richtung, sodass die Geräte, die Kieron jetzt als Sturmgewehre identifizierte, auf Sams Haus gerichtet waren. Die alte Holztür, durch die Kieron unzählige Male gegangen war und deren rote Farbe im Laufe der Zeit durch die Sonne zu Rosa verblasst war, wurde plötzlich das Ziel von bestimmt zehn Laserzielgeräten. Es war wie eine Szene aus einem Thriller, nur dass es real war. Es war Sams Haus!

Wenigstens war seine Familie nicht zu Hause. Kieron hoffte, dass Sam es rechtzeitig hinausgeschafft hatte und im Garten wartete.

Schnell drehte er sich weg und rannte durch die schmale Gasse zwischen den beiden Häusern.

Der Boden war uneben und von Unkraut überwachsen. Brennnesseln klatschten gegen seine Hosenbeine, als er an ihnen vorbeirannte. Hier gab es keine Straßenlaternen, er konnte sich nur auf das Licht der Sterne und die Erinnerung an viele Jahre stützen, in denen er mit Sam in diesen Gassen gespielt hatte. Er sprang über das rostige Gestell eines alten Kinderdreirads – weniger weil er es sah, sondern weil er wusste, dass es dort lag. Er rannte an den zwei Meter hohen Gartenzäunen vorbei, die durch Regen und Sonne der vielen Jahre verzogen und ausgebleicht waren. Am Ende der Gasse lief er fast gegen einen weiteren Zaun, bog jedoch vorher links in die nächste Gasse entlang der Rückseite der Häuser ein, die die Häuser in Sams Straße von denen an der nächsten Straße trennte. Niemand wusste, wem dieses Gelände gehörte, und niemand nutzte es außer spielenden Kindern und einbrechenden Einbrechern. Beim Laufen kamen Kieron bruchstückhaft Kindheitserinnerungen. Dieser schmale Streifen war für die beiden Jungen im Laufe der Jahre so vieles gewesen: Der Äquatorgraben des Todessterns, eine Schlucht, durch die Soldaten des Zweiten Weltkrieges schlichen, der Geheimweg in das Schloss des Bösen Lords aus einer Fantasiewelt, weit, weit entfernt … Es war ihre Kindheit. Dort hatten all ihre Fantasiespiele stattgefunden. Wie oft hatten sie einander dort wohl schon gefangen, die erhobene Hand zur Pistole geformt und »Peng!« geschrien oder den anderen mit einem imaginären Laser beharkt?

Doch jetzt war es real. Jetzt wurden sie von echten Leute mit echten Gewehren gejagt.

Kieron stieg über einen Stapel Ziegel und wich einer Eisenstange aus, die aus irgendeinem Grund in der Erde steckte. Vielleicht war sie früher einmal eines ihrer Schwerter gewesen. Er zählte die Häuser, an denen er vorbeikam. Nummer sechsundvierzig, wo Mrs Merthan lebte, Nummer achtundvierzig, die in Wohnungen aufgeteilt worden war und vier polnische Familien beherbergte, Nummer fünfzig, in der er und Sam einmal eingebrochen waren, als sie klein waren, und nur leere Regale, Kreidekreise und schwarze Kerzen gefunden hatten – bis auf Wachspfützen heruntergebrannt. Und Nummer zweiundfünfzig: Sams Haus. Beziehungsweise das Haus seiner Eltern.

Von der Gasse aus gab es kein Tor zum Garten. Kieron ging weiter zur Nummer vierundfünfzig, in dem eine Musiklehrerin aus einer Schule in der Nähe wohnte. Wenn man ein Stück Draht zwischen Tür und Rahmen schob, konnte man den Riegel anheben. Genau das tat Kieron mit einer gerade gebogenen Büroklammer, die er und Sam zu genau diesem Zweck unter einem Stein versteckt hatten. Leise schlich er in den Garten der Musiklehrerin.

Eine Katze jaulte so, dass Kieron zusammenfuhr, doch sie saß wohl in einem anderen Garten und hatte nichts mit ihm zu tun. Er trat zu einer Lücke im Zaun zwischen diesem Haus und dem von Sam, die vor ein paar Jahren ein Sturm gerissen hatte und die sich nie jemand zu schließen die Mühe gemacht hatte. Unten war ein Brett locker und durch die entstandene Lücke quetschte er sich in Sams Garten.

Immer noch schien nur das Licht der Sterne und Kieron wäre beinahe in den Goldfischteich gefallen. Doch er fing sich, umrundete ihn und schlich zur Hintertür des Hauses.

»Sam?«, flüsterte er.

»Kieron! Was ist denn los?«, kam Sams Stimme aus dem Dunkeln.

»Feinde! Vorn. Wir müssen hier weg!«

»Wie haben die mich gefunden?«, zischte Sam laut.

Kieron fand, dass hier ein wenig Ermessensspielraum zulässig war, und antwortete: »Keine Ahnung. Haben sie einfach. Ich muss dich hier wegbringen.«

»Was ist mit meinen Eltern?«

»Hinter denen sind sie nicht her, nur hinter uns. Oder besser gesagt, hinter dir, im Augenblick. Los, komm!«

Sam trat hinter dem Gewächshaus hervor. Soweit Kieron das beurteilen konnte, wirkte er besorgt.

»Das wird schon wieder«, versicherte Kieron ihm. »Bradley ist bei mir.« Das entsprach zwar nicht ganz der Wahrheit, aber er musste Sam beruhigen, und viel mehr hatte Kieron nicht.

Sie gingen zu der Lücke im Zaun, durch die Kieron gekommen war. Doch auf einmal hörte er in der Nähe eine Tür aufgehen und eine weibliche Stimme sagen: »Na dann geh, wenn es unbedingt sein muss.« Er war sich nicht ganz sicher, was das bedeuten sollte, bis er Pfoten auf dem Pfad hörte. Die Musiklehrerin hatte ihren Hund rausgelassen.

»Okay«, sagte Sam. »Planänderung. Komm mit!«

Er lief zum hinteren Teil des Gartens. Kieron war sich nicht sicher, wo er hinwollte. Dort gab es keine Tür im Zaun, und soweit er wusste, auch keine losen Bretter. Was hatte Sam vor?

Während er noch überlegte, sprang Sam plötzlich hoch und kletterte auf eine niedrige Gartenhütte, in der Sams Vater Gartengeräte aufbewahrte. Kieron folgte ihm, doch Sam war bereits auf das Dach eines höheren Schuppens geklettert, in der größere Dinge wie Spaliere, Holzbretter, die irgendwann mal nützlich sein konnten, oder große Drahtrollen lagerten, die für irgendein nie realisiertes Gartenprojekt angeschafft worden waren. Von dort aus konnten sie über den Bretterzaun gelangen, der den Garten von der Gasse trennte. Sam sprang hinüber und gleich darauf folgte Kieron ihm.

Gerade als er lossprang, hörte er jemanden rufen: »Stehen bleiben oder ich schieße!«

Doch es war zu spät. Kieron sprang über den Zaun,

seinem Freund nach. Im spärlichen Licht der Sterne sah er, noch während er in der Luft war, wie Sam versuchte aufzustehen, und eine schwarze Gestalt, die eine Waffe genau auf Sams Kopf richtete. Ein kleiner roter Punkt glühte auf seiner Schläfe. Die Gestalt lief durch die Gasse, was bedeutete …

Kieron traf ihn im Sprung mit dem Fuß am Kopf.

Die schwarz gekleidete Gestalt wurde zur Seite geschleudert, stürzte gegen den Zaun und prallte davon ab, bevor sie bewusstlos liegen blieb.

»Okay, das ist echt ernst!«, stellte Sam fest, als Kieron neben ihm aufkam und hinfiel. »Welche Richtung?«

Kieron rappelte sich auf und sah sich in beide Richtungen um. »Ist wohl egal. Such dir eine aus.«

Sam deutete nach vorn, in die entgegengesetzte Richtung von der, aus der Kieron gekommen war. »Da lang. Da können wir einen Bus nehmen und zu Bradleys Wohnung fahren.«

»Okay.«

Sam rannte los, und Kieron folgte ihm, nicht ohne die Waffe des Schwarzgekleideten an sich zu nehmen. Die Häuser mit Nummer 54, 56 und 58 flogen an ihnen vorbei. Plötzlich flatterte erschrocken eine Taube auf, als sie vorbeiliefen, und irgendwo begann ein Hund zu bellen.

Vor sich sah Kieron das Ende der Gasse als dunkles Rechteck auftauchen. Dahinter lag die Straße, die im rechten Winkel zu Sams Straße verlief.

Er sah sich um, doch die Gasse war zu dunkel, um zu erkennen, ob ihnen jemand folgte.

Sam rannte zwischen den beiden letzten Häusern der Gasse hindurch auf die Straße. Kieron folgte ihm.

»Bleibt sofort stehen!«, befahl eine männliche autoritäre Stimme, die gewohnt war, dass man ihr gehorchte. »Wenn nicht, werden wir schießen!«

Sam hob die Hände.

Kieron rannte auf die Straße. Rechts und links von ihnen sah er schwarz gekleidete Einsatzkräfte, die sie von beiden Seiten einkreisten – mit Hightech-Waffen ausgerüstet und die Gesichter hinter Skimasken versteckt.

Er starrte auf seine Brust, auf der fünf rote Punkte kreisten wie Insekten auf der Suche nach einem Landeplatz.

Er schaute zu dem Agenten auf, der ihm am nächsten stand. Seine Augen konnte er zwar nicht sehen, weil sie offensichtlich von einem Nachtsichtgerät verdeckt wurden. Also sah er in dessen Linsen.

»Haben Sie meine Katze gesehen?«, fragte er kläglich. »Sie ist uns weggelaufen.«

»Netter Versuch«, entgegnete der Mann. »Ihr beide kommt mit uns.«

Kapitel 12

Bex starrte in das »Gesicht« des Sicherheitsroboters. Sympathie konnte sie hier nicht erwarten. Es gab nichts, was sie hätte ausnutzen können, nur vorprogrammierte Pflichterfüllung. An seine Güte zu appellieren, würde nichts bringen.

Sie stand abrupt auf. Der Roboter stand so dicht hinter ihr, dass sie gegen seine Uniformjacke stieß und das rote »Alle Etagen«-Schild dabei von seiner Brust riss.

»Oh, tut mir leid!«, rief sie.

Bevor der Roboter reagieren konnte, bückte sie sich und hob das Schild auf. Dann richtete sie sich wieder auf und heftete es zurück an seinen Platz.

Allerdings war das nicht das Schild, das heruntergefallen war, sondern das blaue »Nur Erdgeschoss«-Schild, das sie vor dem Haus von Midori bekommen hatte. Glücklicherweise bemerkte der Roboter es nicht.

»Hier entlang«, befahl er und packte ihren Arm fest mit seiner Metallhand, die so groß war wie ihr Kopf.

Draußen in dem Vorraum vor den drei Aufzügen machte sie einen plötzlichen und energischen Schritt weg von dem Roboter. Der wurde überrascht und kurzfristig aus dem Gleichgewicht gebracht, sodass er ihren Arm losließ, bevor er ins Wanken geraten konnte.

Die Türen des mittleren Aufzugs gingen auf. Drei junge Sektenmitglieder mit weißen Hemden stiegen aus. Hinter ihnen stand ein weiterer Sicherheitsroboter und wartete darauf, dass sich die Türen wieder schlossen und der Lift ihn weiter hinauf in das Stockwerk brachte, in dem er arbeitete. Irgendwo auf der Führungsebene.

»He!«, rief sie und sah den Roboter im Aufzug möglichst besorgt an. Dabei musste sie sich nicht besonders anstrengen. »Ich glaube nicht, dass dieses Ding hierhergehört!« Sie deutete auf den Sicherheitsroboter, der sie hierhergeführt hatte, beziehungsweise auf sein Schild.

Der Roboter im Aufzug drückte auf den Knopf zum Öffnen der Türen und sagte laut mit der Automatenstimme der Roboter: *»Kore wa shin'nyu-shadesu!«*

Gleich darauf ging ein Alarm los, und eine Stimme rief über das Lautsprechersystem immer wieder: *»Shin'nyu-sha! Shin'nyu-sha!«* Bex vermutete, dass es das japanische Wort für »Eindringling« war.

Plötzlich verwandelte sich der ruhige Verwaltungsbereich in eine panische, chaotische Szenerie. Die jungen Leute an den Telefonen schalteten alle schnell ihre Computer aus und stellten sich dann so auf, dass sie ihre Schilder gut sichtbar hochhalten konnten. Das mussten sie geübt haben, damit ein Eindringling nicht an Informationen kommen und möglichst schnell identifiziert werden konnte.

Der »Kopf« des Roboters, der Bex festgenommen hatte, drehte sich und legte sich dann schief, sodass er sein eigenes Sicherheitsschild lesen konnte. Bex glaubte, ein leichtes Zucken der Metallschultern und eine Anspannung in den Beinen wahrnehmen zu können. Sie wusste nicht, was im Ahmya-Gebäude mit Eindringlingen passierte, aber sie glaubte nicht, dass man es bei einer strengen Ermahnung belassen und den Betreffenden nur vom Gelände verweisen würde. Es schien schon schwerwiegendere Konsequenzen zu haben. Ihr war nicht klar, wie viel wirkliche »Persönlichkeit« die Roboter hatten – künstliche Intelligenz war nicht ihr Gebiet –, aber dieser hier schien zu erkennen, dass etwas nicht in Ordnung war, und er schien überleben zu wollen. Er begann auf eine Brandschutztür seitlich von ihnen zuzurennen – nun, eigentlich mehr zu trampeln. Wahrscheinlich eine Feuertreppe. Vielleicht versuchte er, ins Erdgeschoss zu gelangen, und hoffte, dass ihn niemand bemerkte, oder er wollte jemanden finden, der für ihn bürgen konnte oder den Fehler erklären. Es war ihr egal. Sie wollte nur selbst hier rauskommen.

Die Türen des linken Aufzugs öffneten sich. Ein weiterer Sicherheitsroboter mit einer Art Taser in der Klaue trat heraus. Bex schlüpfte hinein und drückte auf den Knopf fürs Erdgeschoss. Als sich die Aufzugtüren schlossen, atmete sie erleichtert auf.

Auch im Erdgeschoss war der Alarm zu hören. Sie richtete sich auf, lächelte und ging direkt auf den Ausgang zu. Um sie herum schienen alle durch den gellenden Alarm völlig paralysiert und in Panik zu sein.

Vor der Tür stand Midori auf der Straße und starrte ins Gebäude.

»Bitte, was ist denn passiert?«, fragte sie Bex.

»Sie testen den Feueralarm«, erwiderte Bex gelassen.

»Sie haben mich gebeten, morgen wiederzukommen, wenn nicht so viel los ist.«

Beim Weitergehen verspürte sie ein Jucken im Rücken. *Niemand beobachtet mich,* sagte sie sich. *Niemand verfolgt mich.* Doch der Juckreiz blieb, bis sie um die Ecke war und außer Sichtweite des Ahmya-Gebäudes.

Auf halbem Weg zurück zum Hotel stoppte sie an einer Sushi- und Sashimi-Bar. Zum einen wollte sie sichergehen, dass sie nicht verfolgt wurde, zum anderen musste sie etwas essen. Sie war so hungrig und Sushi war im Moment sicher eine gute Idee. Es war ein kleines Lokal mit nur zehn Sitzplätzen, die an einem Laufband positioniert waren, das aus einer Luke kam und an einer Wand entlanglief, bis es in einer anderen Luke wieder verschwand. Kleine Teller mit klaren Plastikabdeckungen standen darauf. Die Teller hatten unterschiedliche Farben und enthielten kleine Portionen Sushi oder Sashimi. Bex wusste, dass die Tellerfarben unterschiedliche Preise bedeuteten. An der Tür saß eine Frau an der Kasse und zählte die verschiedenen Tellerchen der Gäste, wenn sie gingen. Bex setzte sich, betrachtete die Speisen, die an ihr vorbeizogen, und überlegte, welche sie nehmen sollte. Sie sahen alle so gut aus.

Das Tolle an Sushi war, dass es so schön schnell ging. Sie aß und war fünf Minuten später fertig. Nach weiteren zehn Minuten war sie wieder in ihrem Hotel.

Sie versuchte es noch einmal mit der AR-Verbindung, doch dieses Mal funktionierte das System tatsächlich nicht. Es lag nicht daran, dass am anderen Ende niemand war. Es hatte den Anschein, als müsse sie es diesmal allein machen, auf die altmodische Art.

Ihr Tablet hatte einen USB-Anschluss an der Seite, und Chip und Speicher hatte Bradley so modifiziert, dass sie weitaus leistungsfähiger waren, als das Tablet aussah. Bex hatte außerdem hoch entwickelte Sicherheitsanalyse-Programme aufgespielt, die so auf dem freien Markt nicht verfügbar waren. Sie startete das Tablet und ließ die Programme die gestohlenen Daten analysieren, während sie sich unter die Dusche stellte. Als sie erfrischt wiederkam, waren die Programme fertig und präsentierten ihr stolz ihre Ergebnisse.

Die Software war so konzipiert, dass sie sich Datensätze vornahm und sie auf Muster untersuchte, die sie in sich überlappenden Fenstern darstellte. Im vorliegenden Fall konnte Bex das Organisationsschema der Ahmya-Sekte erkennen, Listen der Mitglieder und welchen Level sie innerhalb der Organisation erreicht hatten, Gebäude und Grundstücke der Sekte, wer irgendwo auf der Welt sie finanziell unterstützt hatte oder es in Zukunft möglicherweise tun würde … Im Grunde war es eine genaue Beschreibung des Aufbaus der Organisation.

Zuerst sah sich Bex die Liste mit den Immobilien an. Das Bürogebäude, das sie eben verlassen hatte, war darauf aufgeführt, ebenso wie mehrere Immobilien in Japan – hauptsächlich in ländlichen Gegenden. Das waren wohl die »Resorts«, in denen neue Mitglieder von ihrem realen Leben und ihrer Familie abgenabelt und an die Sekte gebunden wurden. Fünf Orte waren lediglich als »Betriebsstätten« bezeichnet, ohne weitere Beschreibung. Bei einem davon konnte es sich um den Ort handeln, den Bex suchte. Vielleicht.

Als Nächstes suchte sie nach Kaufverträgen und

Überweisungen, um herauszufinden, ob sie die Geräte zur Satellitensteuerung, über deren Kauf Bradley sie informiert hatte, mit einem dieser Orte verbinden konnte. Aber wenn sie irgendwo aufgeführt waren, dann wohl unter einer allgemeinen Bezeichnung wie »Elektrogeräte« oder »Computerzubehör«, was sich mit nichts verbinden ließ. Sie lehnte sich zurück, um zu überlegen.

Personallisten. Bei dem Team, das die Satellitenleitzentrale auf den Falklandinseln angegriffen hatte, waren Mitarbeiter mit den Vornamen Akitsugu und Nashiko gewesen. Schnell verglich sie die Personalakten der Organisation mit den Listen der Arbeitsstätten für die einzelnen Mitglieder.

In zwei der mysteriösen »Betriebsstätten« arbeiteten Angestellte mit den Vornamen Akitsugu und Nashiko. Aber welche war die, die sie suchte?

Ah! Die geografische Lage. Niemand, der recht bei Verstand war, würde eine Satellitenleitstelle in ein Tal verlegen, weil da der Blick auf den Himmel beschränkt wurde. Satellitenkontrollzentren befanden sich normalerweise auf unbebautem Land wie auf den Falklandinseln. Oder auf Berg- oder Hügelgipfeln.

Bex überprüfte die geografische Lage der zwei Orte. Einer davon lag im Stadtzentrum von Kyoto. Den konnte sie sofort ausschließen. Der andere befand sich auf dem Gipfel eines Hügels in der Präfektur Tochigi, etwa 180 Kilometer entfernt. Es sah wie eine ländliche Bergregion aus. Abgelegen.

Wenn ihr Ziel da nicht lag, dann wusste sie auch nicht weiter.

Sie rief Bradley auf dem Handy an, weil sie ihm gern berichten wollte, was sie herausgefunden hatte, doch er ging nicht ran. Anstatt eine Sprachnachricht zu hinterlassen, schrieb sie ihm schnell eine verschlüsselte E-Mail.

Noch einmal versuchte sie es mit dem AR-System. Seit ihrem letzten Versuch waren einige Satelliten offenbar wieder online. Sie bekam eine Verbindung nach England, aber weder Kieron noch Bradley meldeten sich.

Bex überkam ein ungutes Gefühl, als tauche am Horizont plötzlich ein Tsunami auf, der innerhalb weniger Augenblicke einen ganzen Strand verwüsten konnte. Warum erreichte sie Bradley nicht? Warum saß niemand am AR-Gerät, um sie zu unterstützen?

Sie rief Kieron auf seinem Prepaid-Handy an. Keine Antwort. Sie versuchte es bei Sam – mit demselben Ergebnis.

Die Sache wurde langsam ernst. Ein Schauer überlief sie. Was passierte da gerade in England? Am liebsten hätte sie sofort all ihre Sachen in den Koffer geworfen, sich ein Taxi zum Flughafen genommen und wäre nach Hause geflogen, um herauszufinden, was da los war, aber sie hielt sich zurück. Sie hatte einen Auftrag. Sie musste hier Erfolg haben und darauf vertrauen, dass die anderen ebenfalls eine Lösung fanden.

Sie stellte sich ans Fenster, betrachtete die Lichter auf der anderen Seite der Bucht und versuchte sich zu beruhigen.

Sie dachte nicht oft an die anderen neun Teams, die mit dem AR-System arbeiteten. Sie waren alle Freiberufler wie sie und Bradley, aber es war nicht so, als würden sie alle gemeinsam feiern gehen. Keines der zehn Teams kannte die anderen. Bex und Bradley erfüllten ihre Missionen – natürlich mit den von ihnen selbst entwickelten Geräten –, und die anderen erledigten ihre eigenen Aufgaben. Das Problem war nur, dass sich durch das sabotierte PEREGRINE-System und die zeitweiligen Ausfälle die anderen Teams in derselben Lage befanden wie sie: Agenten, die sich undercover in einer gefährlichen Lage befanden, hatten auf einmal keinen Zugang mehr zu den Informationen, die sie benötigten.

Plötzlich fühlte sich Bex diesen anderen Agenten sehr verbunden und konnte ihre Sorge und ihre Ängste nachfühlen.

Sie schüttelte den Kopf. Das Beste, was sie für alle Beteiligten tun konnte, war, zu diesem geheimnisvollen Ahmya-Betrieb zu fahren und sie daran zu hindern, die Kontrolle über die Satelliten zu übernehmen – und vielleicht sogar herauszubekommen, warum die Organisation das PEREGRINE-Netzwerk überhaupt übernehmen wollte.

Und das ohne das AR-System. Ohne Bradley und Kieron. Ohne jede Unterstützung.

Wie sagte Bradley doch so gern: »Wenn es hart auf hart kommt, wird es hart.«

Zeit, sich zu beweisen. Oder etwas zu beweisen, je nachdem.

Bex nahm alles aus ihrem Rucksack außer ein paar einfachen Werkzeugen und dem Thermoanzug, den sie auf den Falklandinseln getragen hatte, und verließ das Zimmer. Sie war sich nicht sicher, ob sie den Anzug brauchen würde, aber es war besser, ihn dabeizuhaben und nicht zu brauchen, als umgekehrt.

Der Concierge in der Hotellobby buchte einen Mietwagen für sie, der mit typisch japanischer Effektivität zwanzig Minuten später vor der Tür stand – ein schwarzer Toyota RAV4. Der Fahrer stieg aus, gab ihr die

Schlüssel und winkte sich dann ein Taxi heran, das ihn wieder zum Sitz seiner Firma bringen würde. Glücklicherweise fuhr man in Japan links, so wie in England, sodass sie sich nicht umstellen musste. Sie stieg ein und ließ den Wagen an.

Die Autovermietung hatte das Navigationssystem netterweise auf Englisch anstatt Japanisch eingestellt, doch Bex stellte schnell fest, dass es dennoch keine große Hilfe war. Sie versuchte, »Tochigi« einzugeben, doch diesen Namen kannte das Gerät nicht. Vielleicht hatte sie es falsch geschrieben. Sie versuchte es mit »Mount Nantai« und »Mount Nyoho«. Die Berge lagen dem Internet zufolge beide in der Nähe des Ortes, wo sie hinwollte, aber auch diese fand das System nicht. Offenbar übersah sie irgendeine Feinheit der japanischen Sprache. Sie gab auch »Nikko« und »Kanuma« ein, Städte in der Nähe ihres Zielortes, hatte aber auch damit kein Glück. Wie, fragte sie sich verzweifelt, konnte man »Nikko« falsch verstehen? Schließlich entschloss sie sich, die Satellitennavigation ihres Handys zu nutzen, lud aber sicherheitshalber die Karte von der Gegend um Tokio herunter. Die Chancen, irgendwo da draußen im Nirgendwo ein Internetsignal zu empfangen, schienen ihr gering, und sie hatte keine Lust, dass ihr Handy ihr nach zwei Stunden Fahrt mitteilte, dass es keine Ahnung hatte, wo sie sich befand.

Bex verließ Tokio in nördlicher Richtung. Die ersten zwanzig Minuten musste sie an einer Ampel nach der anderen stehen bleiben, doch bald fuhr sie durch Vororte und dann über Land. Sobald sie die Stadt hinter sich gelassen hatte, wurde der Verkehr merklich ruhiger und merkwürdigerweise auch langsam. Selbst auf den

Autobahnen schienen japanische Fahrer sehr vorsichtig und auch sehr höflich zu sein. Die meisten Autos fuhren deutlich langsamer, als es auf ähnlichen Straßen in England oder Amerika der Fall gewesen wäre. Die Autos, die tatsächlich schneller fuhren, wurden meist von Ausländern gefahren. Oder von japanischen Teenagern. Oder von einer frustrierten MI6-Agentin, die unbedingt so schnell wie möglich an ihr Ziel kommen wollte.

Nach fünfundvierzig Minuten stellte sie außerdem fest, dass es Mautstraßen gab – und dass an allen Abschnitten dieser Mautstraßen unterschiedlich abgerechnet wurde. Manchmal musste man an einem Mauthäuschen im Voraus zahlen und bekam einen Stapel Belege, die man an verschiedenen anderen Stellen abgeben musste, um weiterfahren zu dürfen. Bei anderen bekam man nur einen Beleg, den man ungefähr alle 15 Kilometer zusammen mit Geld in einen Automaten stecken musste, bevor es weiterging. Bex musste jedes Mal improvisieren und spürte, wie die Verzweiflung und die Wut an ihr nagten. Die Straßenschilder waren natürlich alle auf Japanisch, daher musste sie sich auf ihr Handy verlassen, um den richtigen Weg zu finden. Während der Fahrt sah sie immer wieder auf den Bildschirm ihres Handys. Doch sie schaffte es auch, die japanische Landschaft zu bewundern. Die dunkelgrünen Wälder, die schneebedeckten Gipfel der Berge in der Ferne, die geometrisch exakten Felder, auf denen Reis, Soja und andere Feldfrüchte wuchsen. Sie kam auch an mehreren religiösen Schreinen und Tempeln vorbei, die wohl zu einer der beiden Hauptreligionen in Japan gehörten – dem Schintoismus oder dem Buddhismus. Dies war eindeutig Japan.

Nach etwa neunzig Minuten erreichte sie das vor den Bergen gelegene Hügelland. Sie hatte Hunger, doch obwohl sie an vielen Straßenständen vorbeikam, an denen Obst, Fisch oder Fleisch verkauft wurde, fuhr sie weiter. Sie hatte eine Aufgabe zu erledigen, bei der möglicherweise jede Sekunde zählte.

Auf der Straße fuhren immer weniger Autos, je weiter sie nach Norden kam, und auch die Zahl der westlichen Gesichter darin hatte abgenommen, bis sie die einzige *Gaijin* auf oder neben dem Weg zu sein schien. Bald wurde die Straße schmaler, und sie fuhr eine Strecke mit Haarnadelkurven empor, die auf ihrer Karte aussah, als hätte jemand etwas auf den Bildschirm gekritzelt, statt wirklich eine Route zu zeichnen. Ab hier war es eine Seltenheit, wenn ein anderes Auto an ihr vorbeifuhr. Sie hatte die üblichen Touristenhighways hinter sich gelassen und befand sich wirklich im Herzen von Japan – mit lediglich einem Satellitennavigationssystem und einem unzuverlässigen Handy-Übersetzerdienst als Hilfsmittel.

Schließlich war sie so hoch, dass sie die Baumgrenze hinter sich ließ und sich fast auf dem Gipfel eines großen Hügels oder kleinen, breiten Berges befand. Aus lange zurückliegenden Erdkundestunden wusste sie, dass die Baumgrenze die größtmögliche Höhe bezeichnete, wo Bäume wachsen konnten. Darüber wuchsen nur noch Büsche und kleinere Pflanzen, bis an der Vegetationsgrenze auch für diese die Klima- und Bodenverhältnisse zu unwirtlich wurden.

Es war neblig geworden oder sie war schon in eine tief hängende Wolke gefahren. Auf jeden Fall konnte sie nicht mehr sehr weit sehen. Was sie allerdings erkennen konnte, war ein Zaun und dahinter ein großes, rundes Gebäude auf dem höchsten Punkt des Hügels. Oder des Berges. Je nachdem. Ihrem Navigationssystem zufolge war das ihr Ziel.

Das Gebäude sah aus wie ein Haufen weißer Teller unterschiedlicher Größe, die verkehrt herum lagen und der Größe nach angeordnet waren: der größte ganz unten und der kleinste ganz oben. Auf dem flachen Dach des obersten, kleinsten »Tellers« sah Bex die Apparate, die wahrscheinlich die Daten zwischen der Station und den Satelliten übertrugen. Anstelle von großen Satellitenschüsseln wie auf den Falklandinseln, die sie erwartet hatte, standen hier fünf große weiße, aus vielen kleineren dreieckigen Elementen zusammengesetzte Kuppeln auf dem Dach. Vielleicht waren die Satellitenschüsseln im Inneren und die Konstruktion sollte ästhetisch wirken oder sie vor dem Wetter schützen. Sie sahen aus wie gigantische Golfbälle, was angesichts der Faszination der Japaner für Golf ironisch wirkte. Wäre der Nebel nicht gewesen, hätte sie in der Umgebung unter sich bestimmt zehn oder fünfzehn Golfplätze entdecken können.

Sie fuhr mit ihrem Wagen wieder unter die Baumgrenze zurück und parkte neben der Straße. Dann verbrachte sie ein paar Minuten damit, Zweige und Äste von den nächsten Büschen abzubrechen und den Wagen damit einigermaßen zu tarnen. Er sollte nicht zu deutlich sichtbar sein. Ihr Atem stieg in Wölkchen vor ihr auf, und sie spürte, wie ihr die Kälte in die Fingerspitzen, Ohren und Wangen kniff. Sie hätte das besser planen sollen, dachte sie bedauernd. Sie hätte aus Tokio wärmere Kleidung mitnehmen sollen. Schon eine Mütze und Handschuhe hätten geholfen. Sie hatte bereits halb beschlossen, den Thermalanzug überzustreifen, den sie in ihrem Rucksack hatte, doch der war wohl zu viel des Guten. Darin würde sie nach einer Viertelstunde vor Hitze eingehen.

Bevor sie losging, versuchte sie es noch einmal mit der AR-Brille. Wieder war das System in einer seiner Offline-Phasen, in der die Satelliten unerreichbar waren. Und irgendwo in diesem Gebäude vor ihr befand sich das, was sie ausschaltete. Es war frustrierend.

Sie versuchte es mit dem Handy, bekam aber kein Signal. Das war hier aber nicht weiter verwunderlich.

Zu Fuß überschritt sie die Baumgrenze wieder und schlich geduckt, mit dem Rucksack auf dem Rücken, auf den Zaun zu.

Die Straße, auf der sie gekommen war, verlief an der Kontrollstation vorbei, nur eine Spur führte zu einem großen Rolltor im Zaun. Der Zaun selbst schien mit Stacheldraht gekrönt zu sein. Da kam sie nicht hinüber, ohne sich Hände und Arme aufzuschlitzen. Wachen oder ein Wachhäuschen konnte sie nicht sehen, überhaupt keinen Eingang. Es gab auch keine Kameras auf Pfosten wie im Kontrollzentrum auf den Falklandinseln. Wie kamen also autorisierte Besucher hinein?

Als sie näher kam, erkannte sie auf einem Pfosten neben dem Tor ein Kästchen. Wahrscheinlich gaben Besucher dort einen Code ein oder es gab eine Sprechverbindung zum Wachpersonal innerhalb des Gebäudes. Würde das AR-System funktionieren und jemand sie unterstützen, könnte sie sich dort einhacken und das Tor öffnen, aber so hatte sie keine Möglichkeit dazu.

Gerade wollte sie sich aus der Deckung wagen und

versuchen, ob sie bei dem Sicherheitszaun den gleichen Trick anwenden konnte wie auf den Falklandinseln, als sie eine Bewegung zu ihrer Linken wahrnahm. Schnell duckte sie sich hinter einen Busch.

Ein Sicherheitsroboter, der genauso aussah wie der im Ahmya-Gebäude in Tokio, trottete am Zaun entlang. Und zwar außerhalb, auf ihrer Seite. Und in den Händen hielt er eine sehr große, sehr leistungsstarke Maschinenpistole.

Kapitel 13

Mit militärischer Präzision verfrachteten die schwarz gekleideten Typen Kieron in den einen und Sam in den anderen ihrer schwarzen Geländewagen. Einer von ihnen durchsuchte Kieron fachmännisch und nahm ihm sowohl sein eigenes Handy als auch das Prepaid weg, mit dem er mit Bex und Bradley sprach. Die Handys würden ihren Entführern nicht viel weiterhelfen. Dumm war nur, dass sie auch Kieron und Sam hatten, und die beiden konnten ihnen eine Menge Informationen liefern.

Wie weit würden sie gehen, um an diese Informationen zu kommen? Würden sie die beiden Jungen verletzen? Würden sie sie foltern oder ihre Familien bedrohen? Kieron war sich nicht sicher, wie viel Schmerz er ertragen könnte, bevor er zusammenbrach und Avalon Richardson alles über Bex und Bradley erzählte – beim Zahnarzt brauchte er immer eine Vollnarkose anstelle der örtlichen Betäubung, und wenn jemand seine Mutter bedrohte, würde er wahrscheinlich sofort einknicken. Ihr durfte einfach nichts geschehen.

Kurz bevor man ihn in den Wagen stieß, sah Kieron zu dem anderen Auto und begegnete Sams Blick. Er sah aus wie Kieron selbst wohl auch: voller Angst, aber auch entschlossen, ihren Feinden das Leben so schwer wie möglich zu machen, bevor alles vorbei war. Wie auch immer es enden mochte.

Er blickte zu den dunklen Häuserfassaden empor. Keine zuckenden Vorhänge, keine Silhouetten, niemand, der hinaussah und sich fragte, was da vor sich ging. Falls jemand vermutete, dass da draußen irgendetwas nicht stimmte, behielt er es für sich.

Der Rest der Truppe kam zurück und die Wagen trennten sich. Bis zum jeweiligen Ende von Sams Straße fuhren sie in schnellem Tempo rückwärts, dann wendeten sie um neunzig Grad und fuhren beide in dieselbe Richtung los, aber auf parallelen Straßen. Offensichtlich wollten sie Newcastle verlassen.

Kieron fiel auf, dass sie ihm nicht die Augen verbunden oder die Ohren verstopft hatten, damit er sie nicht reden hörte. Das war kein gutes Zeichen. Es bedeutete, dass es ihnen egal war, was er hörte oder sah. Und das wiederum bedeutete, dass sie wohl nicht vorhatten, ihn oder Sam wieder gehen zu lassen.

Das war die pessimistische Interpretation. Die optimistische war, dass sie ihnen, wenn sie mit ihnen fertig waren, erklären würden, dass ihre Familien darunter leiden würden, wenn sie irgendetwas ausplauderten oder überhaupt mit irgendjemandem über das Vorgefallene sprachen.

Kieron beschloss, die Sache positiv zu sehen. Vielleicht würden sie ja beide lebend davonkommen.

Aber was war mit Bex und Bradley?

Kierons Wagen fuhr etwa zehn Minuten, dann bog er auf einen Parkplatz ein, der einst zu einem Supermarkt gehört hatte. Der Laden hatte vor ein paar Jahren dichtgemacht und auf dem Parkplatz wuchs Unkraut durch den gerissenen Asphalt. Vor den heruntergelassenen, mit Graffiti besprühten Metallläden des Geschäfts stand das ausgebrannte Skelett eines Autos. Auf der anderen Seite am Zaun, der das Gelände von der Straße trennte, parkte ein großer Sattelschlepper – so einer wie die, die Supermärkte belieferten. Hinter der Fahrerkabine hatte er zwei Anhänger, getrennt durch eine Gelenkstange, damit er um die Kurven kam – obwohl Kieron vermutete, dass das schon recht weite Kurven sein mussten. Enge Kreisel waren wahrscheinlich völlig unmöglich.

Beide Autos blieben stehen und ihre Entführer zerrten die Jungen heraus und stießen sie zum Heck des Lasters. Die Tür war geöffnet worden und eine Metalltreppe führte ins Innere.

Einer der Entführer schubste Kieron zu der Treppe. Als der sich protestierend umdrehte, hob er nur die Waffe und deutete damit erst auf Kieron und dann auf die Stufen. Der Befehl war unmissverständlich.

Kieron stieg in den Wagen. Gleich darauf folgte ihm Sam.

Kieron wusste nicht, was sie drinnen erwartete: in Folie gewickelte Kisten vielleicht? Fleischteile, die an Haken von der Decke hingen? Was er nicht erwartet hatte, war eine Mischung aus einem Konferenzraum und einer Leitstelle, wobei der vordere Teil von zwei Reihen Computern und die hintere Hälfte von einem schmalen, zu beiden Seiten von Stühlen flankierten Tisch eingenommen wurde. An einem Ende des Tisches saß eine Frau und neben ihr standen eine Tasse, eine Thermoskanne und eine Schale mit Zuckertütchen. Sie sah Kieron und Sam nicht an, sondern hatte sich zur Seite gedreht, um auf dem hintersten Computer in diesem Teil des Lasters etwas zu lesen.

»Bitte setzt euch«, forderte sie sie auf, ohne sie anzusehen.

Kieron ging an der einen Seite des Tisches entlang und Sam an der anderen, und sie setzten sich ungefähr in der Mitte hin. Hinter ihnen war nicht viel Platz bis zur Wand des Lasters.

Zwei Soldaten stiegen in den Laster und blieben im hinteren Teil stehen. Die Stufen wurden automatisch eingezogen und die Tür schloss sich. Weiter vorn wurde ein Motor angelassen und die Lichter flackerten kurz.

»Ich glaube, du hast mich schon mal gesehen«, begann die Frau, die immer noch auf den Bildschirm vor ihr sah. »Das war ungefähr vor einem Jahr, im Baltic Centre for Contemporary Art. Wir haben uns damals kurz unterhalten und heute auch.« Endlich sah sie auf und blickte von Kieron zu Sam und zurück. »Ja«, fuhr sie fort und starrte Kieron an. »Das war wohl mit dir. Ich weiß nicht genau, warum, aber du siehst aus, als hättest du das Sagen. Dein Freund wirkt eher wie ein Mitläufer.«

»He!«, protestierte Sam, doch Kieron brachte ihn mit einer Handbewegung zum Schweigen.

»Ja«, lächelte die Frau, als sie sich endlich ganz zu ihnen umdrehte, »genau wie ich es mir dachte.«

Sag ihnen nur Name, Rang und Nummer und sonst nichts! Das sagten sie immer in Kriegsfilmen, wenn jemand vom Feind gefangen genommen wurde. Aber

Kieron wollte ihr nicht mal seinen Namen nennen. Also schwieg er.

Er spürte, wie er zitterte. Mit der linken Hand machte er eine Faust und legte die rechte darum, damit Avalon Richardson nicht sehen konnte, wie viel Angst er hatte.

Der Container, in dem sie saßen, vibrierte leicht. Auch wenn er nicht nach draußen sehen konnte, hatte Kieron das dumpfe Gefühl, als würden sie fahren. Aber wohin? Und warum?

»Ich weiß, dass ihr beide mit Rebecca Wilson und Bradley Marshall zusammenarbeitet«, fuhr die Frau fort. »Ich weiß zwar nicht genau, was ihr für sie macht, außer dass sie euch das AR-Equipment benutzen lassen. Das AR-Gerät ist im Übrigen streng geheim und darf jemandem ohne Sicherheitsfreigabe eigentlich nicht zugänglich gemacht werden.« Sie hielt inne und sah zwischen den beiden Jungen hin und her. »Ich glaube, ihr wisst bereits, dass Rebecca und Bradley den ihnen zugewiesenen Aufgabenbereich weit überschritten haben. Sie sollten sich mit Bedrohungen für Großbritannien befassen. Stattdessen haben sie Amateure eingeschaltet und ihre Aufmerksamkeit auf *mich* gerichtet.«

»Weil Sie eine Bedrohung sind«, entgegnete Kieron. Eigentlich hatte er schweigen wollen, aber etwas an Avalon Richardsons gelassenem Tonfall und der Tatsache, dass sie über seine Freunde sprach, zwang ihn geradezu, etwas zu sagen.

»Blut und Boden«, gab sie zu. »Diese Gruppe faschistischer Rüpel. Dumm, aber nützlich. Ja, ich habe bereits angenommen, dass ihr vier mich mit ihnen in Verbindung gebracht habt. Das Einzige, was ich jetzt wissen muss, ist: Wissen Rebecca und Bradley, wer ich bin?

Kennen Sie meine Identität?« Wieder hielt sie inne. »Nein, das ist gar nicht das Einzige. Ich muss auch wissen, ob sie über meine Pläne für das PEREGRINE-Netzwerk informiert sind. Und wo wir gerade dabei sind, könnt ihr mir gleich sagen, wo sie sich gerade aufhalten – und wo die AR-Geräte sind.«

»Von uns erfahren Sie gar nichts«, erklärte Sam tapfer.

Meine Pläne für das PEREGRINE-Netzwerk. Ihre Worte machten Kieron stutzig. Meinte sie damit das, was auf den Falklandinseln passiert war und was gerade in Japan geschah? Hatte sie etwas damit zu tun? Es kam ihm logisch vor, dass Avalon Richardson mit den Leuten zusammenarbeitete, die die Satellitenleitstelle auf den Falklandinseln angegriffen hatten. Sie hatten das PEREGRINE-Netzwerk für sie übernommen. Aber was bekamen sie dafür von ihr?

»O doch.« Ihre ruhige Gelassenheit ließ Kieron einen Schauer über den Rücken laufen. »Ich habe meine Methoden, euch zum Reden zu bringen. Ich könnte zum Beispiel einem von euch so lange wehtun, bis sich der andere entschließt, mir zu sagen, was ich wissen will. Ich kann eure Familien bedrohen, sodass ihr euch darum streiten werdet, wer mir zuerst die gewünschten Informationen gibt.« Sie zuckte mit den Achseln. »Hätte ich mehr Zeit, würde ich Drogen einsetzen, die euren Willen und eure Widerstandskraft brechen, und ihr würdet mir mit Freuden alles erzählen. Glaubt mir, es gibt keine Foltermethode, die im Laufe der letzten dreitausend Jahre entwickelt wurde, die ich nicht anwenden würde, um zu erfahren, was ich wissen will.«

Kieron sah demonstrativ an ihr vorbei und hielt den

Mund fest geschlossen. Angelegentlich betrachtete er den Computerbildschirm, auf den Avalon Richardson bei ihrem Eintreten geschaut hatte. Er fragte sich, wo Bradley war. Er wusste, dass Bex in Japan war und ihnen nicht helfen konnte. Aber Bradley war in Newcastle.

Doch was konnte er schon gegen Avalon Richardson und ihre Truppen ausrichten? Er war allein. Ein Mann mit einer nur zeitweise funktionierenden AR-Brille.

»Im Augenblick sind eure Möglichkeiten ziemlich begrenzt«, erklärte Avalon Richardson. »Ihr könnt mir entweder jetzt gleich den Aufenthaltsort von Rebecca und Bradley sagen und mir erzählen, wie viel sie über mich wissen, und euch damit eine Menge Schmerzen – und wie ich fürchte, bleibende Schäden – ersparen, oder ihr könnt versuchen, die Mutigen zu spielen. In diesem Fall werdet ihr Schmerzen verspüren wie noch nie zuvor in eurem Leben und diesen Ort mit Verletzungen verlassen, die – wie heißt es in den Nachrichten so schön – ›lebensverändernd‹ sind.«

Um sich von dem inneren Bild abzulenken, das Avalon Richardson bewusst vor ihren Augen entstehen lassen wollte, konzentrierte er sich weiter auf den Computerbildschirm. Das Bild darauf kam ihm irgendwie bekannt vor. Er kniff die Augen zusammen, um besser sehen zu können. Plötzlich überkam ihn die Erkenntnis, und er wurde ganz aufgeregt, als er endlich begriff, woran es lag. Der Bildschirm sah ganz ähnlich aus wie das, was er sah, wenn er die AR-Brille einschaltete. Er schaute zu dem Tisch mit der Tastatur. Ja, gleich neben der Maus lag ein Headset mit Mikrofon, das wohl an den Computer angeschlossen war. Von diesem Terminal aus hatte Avalon Richardson die AR-Brille manipuliert und mit ihm geredet, als er sie vorhin aufgehabt hatte. Oder besser gesagt, einer aus ihrem Team. Kieron glaubte nämlich nicht, dass Avalon Richardsons Computerkenntnisse ausreichten, um einen Avatar von Bex zu erschaffen, der so realistisch war, dass Kieron dazu verleitet wurde, Informationen preiszugeben.

Fieberhaft überlegte er, wie ihm diese neue Information helfen konnte.

Wenn er davon ausging, dass der Computer immer noch mit der AR-Brille verbunden war – die Bradley jetzt hatte –, dann konnte er damit vielleicht dessen Aufmerksamkeit erregen. Falls die Satelliten im Augenblick mal wieder funktionierten. Aber dazu …

Er warf einen Blick hinüber zu Sam. Sein Freund machte ein grimmiges Gesicht, aber Kieron wusste, dass er Angst hatte. Sie kannten sich, seit Kieron denken konnte. Sam war sein bester Freund und er war Sams bester Freund. Sie kannten einander so gut, dass sie ihre Sätze gegenseitig beenden konnten oder sich gegenseitig durch ein einziges Wort, das sie an eine lustige Begebenheit erinnerte, zum Lachen bringen konnten. Manchmal riefen sie sich gegenseitig zur gleichen Zeit an. Wenn sie bei Computerspielen gegeneinander spielten, wussten sie instinktiv, welche Taktik der jeweils andere anwenden würde. Sie hatten eine Verbindung.

Auf diese Verbindung musste er jetzt vertrauen.

Er fing Sams Blick auf. Sam sah ihn an, sah weg und dann wieder hin, als er feststellte, dass Kieron ihn immer noch ansah.

»GamR BlamR«, sagte er geheimnisvoll und hoffte, dass sich Sam an den YouTuber erinnerte, dessen Gaming-Kanal sie vor einiger Zeit fasziniert hatte und den sie vor ein paar Wochen in Venedig getroffen hatten.

Sam nickte vorsichtig.

Avalon Richardson sah Kieron verwundert an, als würde er plötzlich irgendwelche Worte erfinden. Was er ja ihres Wissens nach tat.

»Timeslice!«, fuhr er fort. Avalon Richardson würde das nichts sagen, aber Sam würde das letzte Spiel erkennen, das sie online zusammen gespielt hatten, jeder von seinem eigenen Zimmer aus.

Sam nickte wieder, diesmal fasziniert.

»Plan Omega«, fügte Kieron hinzu. Das war eine der vielen Taktiken, auf die sie sich geeinigt hatten, wenn sie als Team gegen andere Spieler im Internet antraten. Sam ließ seine Figur hervortreten und über das Gelände springen, während Kieron sich versteckte und mit einem Scharfschützengewehr jeden ausschaltete, der auf Sam schoss.

Plan Omega bedeutete: *Sorge für eine Ablenkung!*

Sam grinste, dann stand er plötzlich halb auf und brach zitternd auf dem Tisch zusammen.

Die beiden Wachen am Ausgang hoben ihre Waffen, als befürchteten sie eine Art Angriff, doch Sam ließ sich vom Tisch auf den Boden gleiten und brabbelte laut und zusammenhanglos vor sich hin.

Automatisch sprang Avalon auf und lief zu Sam.

»Was ist los?«, rief sie.

»Er hat eine Hypo!«, schrie Kieron.

»Eine *was?*«

»Eine Unterzuckerung. Sein Blutzucker ist zu niedrig. So was passiert, wenn er gestresst ist. Sie müssen ihm helfen!«

»Du!«, befahl Avalon und deutete auf einen der Soldaten. »Setz ihn wieder auf seinen Stuhl. Wir müssen dafür sorgen, dass er nicht an seiner eigenen Zunge erstickt. Der wird mir hier nicht wegsterben, bevor ich es will!«

Mit offensichtlicher Besorgnis bewegte sie sich auf Sam zu. Kieron fragte sich kurz, ob sie Kinder hatte. Er hatte automatisch angenommen, alle bösen Menschen würden allein leben, in einer beeindruckenden futuristischen Wohnung, aber vielleicht war Avalon verheiratet, hatte zwei Kinder und einen Hund. Beinahe – aber nur beinahe – verspürte er Sympathie für sie, doch das legte sich schnell wieder. Sie hätte ihn mit Freuden gefoltert. Sympathie hatte sie nicht verdient.

Er stand auf und bewegte sich unauffällig auf den Computerbildschirm zu, auf den er gestarrt hatte. Avalon und die beiden Soldaten konzentrierten sich im Moment ganz auf Sam.

Während Avalon um den Tisch herumging, schob Kieron sich an den Computer heran. Er zeigte tatsächlich den AR-Bildschirm. Kieron musterte ihn, ob er irgendwie anders aussah. Das war tatsächlich der Fall, denn das Bild war fest. Kieron war es gewohnt, durch die durchscheinenden Textfelder und Bilder in der AR-Brille hindurchsehen zu können. Doch das ging hier nicht.

Da! Ein Kommunikationsmenü, in dem alle Zeiten verzeichnet waren, in denen das Gerät aktiv gewesen war, und mit wem es kommuniziert hatte. Kieron überflog die Informationen, während er darauf lauschte, was hinter ihm vor sich ging. Es klang, als würde Sam wild um sich schlagen, Stühle umwerfen und irgendwelche Worte ausrufen.

Etwa zwei Stunden zuvor hatte das Programm zehn Minuten lang über PEREGRINE mit AR-1 kommuniziert. So lange hatte Kieron das falsche Bild von Bex in seiner AR-Brille empfangen.

Rasch sah er über die Schulter. Einer der Soldaten zog Sam auf einen Stuhl, während Avalon Richardson Zuckerpackungen aus der Schale auf dem Tisch aufriss und in ihre Tasse leerte. Sie wollte wohl Sams simulierten Diabetesanfall mit einer großen Menge Zucker bekämpfen.

Er wandte seine Aufmerksamkeit wieder dem Bildschirm zu und reaktivierte die Verbindung zu AR-1 über PEREGRINE. Hektisch sah er sich um, wo »Eingabe« stand. Das Feld, das er brauchte, lag hinter einem anderen versteckt, und hastig klickte er darauf, um es in den Vordergrund zu holen. Er wählte »Mikrofon« aus der Liste der Geräte, mit denen er den Computer verbinden konnte, woraufhin sich ein Dialogfenster mit der Frage öffnete: »Lokales Audiosignal über PEREGRINE-Verbindung zu AR-1 übertragen?« Er klickte auf »Ja«, drehte sich dann schnell um und trat näher an den Tisch, falls sich Avalon nach ihm umsehen sollte.

Keine Sekunde zu früh.

Der eine Soldat hielt Sam den Becher mit dem zuckersüßen Kaffee an die Lippen und zwang ihn zu trinken. Avalon Richardson wandte sich gestresst wieder an Kieron.

»Vielleicht hätte ich ihn einfach seinen Anfall durchleben lassen sollen und die Behandlung zurückhalten, bis du mir gesagt hättest, was ich wissen will«, sagte sie knapp.

»Und warum haben Sie nicht?«, entgegnete Kieron

und trat noch einen Schritt zur Seite, während sie zu Sam hinübersah.

Kieron erwartete fast, dass sie so etwas sagte wie, sie selbst habe ein ähnliches Problem – oder eines ihrer Kinder, aber stattdessen erklärte sie ihm: »Zu schwer zu kontrollieren. Wenn ich jemanden foltere, muss ich genau wissen, wie viel Schmerz ich ihm zufügen kann. Mit seinem Zustand bin ich nicht ausreichend vertraut, um zu wissen, wie lange ich eine Behandlung zurückhalten kann.« Sie schüttelte den Kopf. »Genug Verzögerungen, genug Zeitverschwendung! Ich habe noch etwas anderes zu tun.« Sie schnippte mit den Fingern zu dem Soldaten, der sich nicht um Sam gekümmert hatte, und befahl, auf Kieron deutend: »Schnapp dir den da, mach die Tür hinten auf, lass die Treppe halb herunter und lass ihn dicht über die Straße hängen. Ich will, dass er den Asphalt direkt vor der Nase hat!«

Kieron hatte das Gefühl, als würde ihm der Boden unter den Füßen weggezogen. Wollte sie ihm das wirklich antun?

Offensichtlich.

Der Soldat kam auf Kieron zu und zielte mit der Waffe auf seinen Bauch. Er – oder auch sie, das war unter der Skimaske und in dem unförmigen Overall schwer zu erkennen – nickte zur Tür des Lasters hin und trat zur Seite, um Kieron vorbeizulassen. Als er vor der großen Metalltür stand, drückte der Soldat auf einen roten Knopf in einem Kasten neben der Tür.

Die Tür rollte nach oben auf und glitt unter die Decke. Plötzlich war das Reifengeräusch des Lasters viel lauter. Kieron roch Dieselabgase. Unbarmherzig schob sich das Tor weiter auf. Jetzt war es auf Höhe seiner Hüfte, und der Fahrtwind, der am Laster vorbeiwehte und dahinter verwirbelte, zupfte an Kierons Hose und ließ sie um seine Beine flattern. Er spürte die kalte Luft auf seiner Haut. Der Sog, den die Luftverwirbelungen hinter dem Laster verursachten, schien wie ein großes, unsichtbares Tier an ihm zu zerren und ihn ins Verderben reißen zu wollen.

Über die Schulter hinweg sah er Sam an.

»Sag ihr nichts!«, rief er tapfer, obwohl er sich alles andere als tapfer fühlte.

Der Soldat drückte auf einen anderen Knopf am Rolltor und die Metalltreppe fuhr aus dem Boden vor Kierons Füßen aus, bis sie etwa dreißig Zentimeter über der Straße schwebte. Und während das Tor sich immer weiter öffnete, sah Kieron die Straße selbst, die als graues, fleckiges Band unter ihnen wegsauste. Zu seiner Linken sah er weiße Fahrbahnmarkierungen aufblitzen. Weiß – weg – weiß – weg …

Als das Tor ganz oben war, konnte Kieron die Straße hinter dem Laster sehen. Er hatte gehofft, dass ihnen ein Auto folgen würde, dem er ein Zeichen geben konnte, doch die Straße war leer. Avalon Richardson hatte wahrscheinlich absichtlich eine Straße gewählt, auf der kaum Verkehr herrschte. Vielleicht befanden sie sich sogar auf einer verlassenen Armeebasis, abseits der üblichen Straße und verborgen vor neugierigen Blicken. Er versuchte, Gebäude zu erkennen, die an ihnen vorbeihuschten. Doch er konnte nicht sagen, ob es sich um alte Baracken oder die Gebäude eines Bauernhofes handelte.

Der Wind zerrte an seiner Jacke und ließ seine Hände kalt werden. Bis zum Rand des Lasters und zur ersten Metallstufe war es nur ein halber Meter.

Etwas stieß ihn von hinten zwischen die Schulterblätter, sodass er vorwärtsstolperte. Er versuchte sich abzufangen, damit er nicht aus dem Laster fiel, doch es war zu spät. Sein Fuß schoss über den Rand hinaus, und in dem Moment, als er die erste Stufe traf, war sein Gewicht zu weit nach vorn geschossen, als dass er den Sturz hätte verhindern können. Er würde auf der Straße landen und wahrscheinlich sterben, weil er auf dem rauen Asphalt wie eine Tomate auf einer Küchenreibe zermatscht werden würde.

In letzter Sekunde packte ihn eine Hand am Kragen und verhinderte, dass er hinausfiel. Jetzt hing er halb aus dem Laster. Er stellte sich vor, wie sein Körper in einer perfekten Diagonale in der Hand des Soldaten hinter ihm hing. Es ging weder vor noch zurück.

»Wie viel wissen Rebecca Wilson und Bradley Marshall über mich?«, schrie Avalon Richardson gegen den tosenden Fahrtwind an. Kieron konnte sie kaum hören. »Ihr dürft beide antworten.«

Kieron war nicht sicher, ob er überhaupt antworten konnte, selbst wenn er es gewollt hätte. Das Atmen fiel ihm so schon schwer, weil ihm jedes Mal, wenn er den Mund aufmachte, die Luft aus den Lungen gesaugt zu werden schien. Auch wenn er versucht hätte zu sprechen, der Wind hätte ihm die Worte von den Lippen gerissen.

»Ich frage noch einmal«, verkündete Avalon, »und dann zähle ich von zehn rückwärts. Bei null wird sich die Hand vom Kragen deines Freundes lösen und er wird hinausfallen und einen sehr unangenehmen und unschönen Tod sterben. Also sag mir: Wie viel wissen Rebecca Wilson und Bradley Marshall über mich?«

Kieron wollte Sam gleichzeitig anflehen, nichts zu

sagen und alles zu sagen, damit er es nicht selbst tun musste.

»Zehn …«, zählte Avalon ruhig. »Neun …«

Das durfte nicht sein, dachte Kieron verzweifelt. So durfte es nicht enden!

»Acht … sieben …«

Er hatte noch so viel vor. Er wusste zwar noch nicht, was alles, aber er wusste, dass es viele Dinge gab, die er verpassen würde, wenn er jetzt starb.

»Sechs … fünf …«

Und Beth … Er hatte gerade erst eine Freundin gefunden. Die konnte er nicht gleich wieder verlieren!

Plötzlich löste sich der Griff von seinem Kragen. Er stürzte nach vorn und keuchte so, dass er nicht mal schreien konnte. Die Straße vor ihm verschwand.

Doch dann spürte er die Hand wieder an seinem Kragen, der ihn fast erwürgte. Er hing jetzt fast waagerecht und sah auf die Stufen und den grauen Asphalt. Der Soldat, der ihn festhielt, war unglaublich stark. Kieron war sicher, dass er sich an einem Riemen oder einer Stange festhielt.

»Das war nur Spaß«, sagte Avalon. »Jetzt beantwortet meine Frage! Fünf … vier …«

Kieron machte den Mund auf, um die Antwort so laut zu schreien, wie er konnte – und klappte ihn dann wieder zu. Er konnte Bex und Bradley nicht verraten. Nicht mal, wenn es um sein Leben ging. Er wusste – ganz sicher –, dass auch sie ihr Leben für ihn aufs Spiel setzen würden. Da musste er dasselbe tun.

»Zwei … eins …«

Von Sam war auch nichts zu hören. Kieron spürte ein warmes Gefühl, das ihm Kraft gab. Wenn seine letzte

Erinnerung, sein letzter Gedanke ihrer Freundschaft gelten sollte, dann war es eben so. Was für eine Art zu sterben!

Plötzlich wurde das Dröhnen in seinen Ohren noch lauter. Erschrocken sah er auf, als er aus den Augenwinkeln eine Bewegung wahrnahm. Ein Auto – nein, ein Pick-up – war plötzlich aus einer Seitenstraße auf die Straße gebogen, auf der der Laster fuhr. Er setzte sich direkt hinter sie, im Abstand von kaum einem Meter. Kieron starrte die Windschutzscheibe an und erkannte Bradley im Wagen. Sein Gesicht war finsterer und entschlossener, als Kieron es je gesehen hatte.

Die drei hatten keine Möglichkeit, ihre Aktionen aufeinander abzustimmen. Was nun geschah, war eine Kombination aus Zufall und Hoffnung. Drei Menschen arbeiteten unabhängig voneinander auf ein und dasselbe Ziel hin.

Bradley setzte zu einer Schleuderwende an. Mit quietschenden Reifen, dichten Qualmwolken und dem Geruch nach verbranntem Gummi ließ er mithilfe der Handbremse den Pick-up um 180 Grad herumwirbeln und rammte dann den Rückwärtsgang rein, sodass er zwar immer noch hinter dem Laster herfuhr, aber jetzt rückwärts. Wie lange er das durchhalten konnte, war nicht klar. Kieron sah auf die Ladefläche des Pick-ups, eine flache Holzebene mit blauen Seiten. Und die hintere Wand war heruntergeklappt.

Sam musste im gleichen Moment mit voller Wucht gegen den Soldaten gerannt sein, der Kieron festhielt, denn der ließ ihn plötzlich los und traf ihn mit seinem gesamten Gewicht in den Rücken. Er und der Soldat fielen aus dem rasenden Laster …

… direkt auf die Ladefläche des Pick-ups.

Kieron bekam einige Schrammen und blaue Flecke ab, wusste aber genau, was passiert war – und was noch passieren würde, wenn er nicht schnell handelte. Bradley fuhr immer noch rückwärts, aber das war auf Dauer keine wirklich gute Strategie. Er musste wieder wenden, und das bedeutete, dass Kieron abrutschen und auf die Straße fallen würde. Er musste handeln.

Er lag auf dem Bauch und spürte, wie sich Splitter aus der Ladefläche in seine Hände bohrten. Er drehte sich liegend um und bekam einen Schreck.

Direkt vor ihm versuchte der Soldat wieder auf die Füße zu kommen. Rechts von ihm lag Sam und klammerte sich an den seitlichen Holzbrettern fest. Er musste hinter Kieron und dem Soldaten aus dem Laster gefallen sein. Und ein paar Meter weiter sah er Avalon Richardson ungläubig aus dem offenen Sattelschlepper starren.

Kieron tat, was er tun musste. Er trat dem Soldaten mitten in das vermummte Gesicht. Der Mann stürzte nach hinten, wedelte schreiend mit den Armen, doch Bradley bremste jetzt, sodass er in Richtung der Stufen des Sattelschleppers geschleudert wurde. Er prallte davon ab und verschwand seitlich aus ihrem Blickfeld.

Sam robbte auf den Brettern zum Heck des Pick-ups, zog mit einer Hand die hintere Klappe hoch, die automatisch einrastete.

Kieron hielt sich an den Seitenbrettern fest, während Bradley stehen blieb, den Vorwärtsgang einlegte und davonraste. Selbst über das Quietschen der Reifen konnte Kieron noch seinen Triumphschrei hören.

»Bitte sag mir, dass du das gefilmt hast!«, schrie Sam grinsend.

»Nein!«, schrie Kieron zurück. »Aber daran werde ich mich auch so mein ganzes Leben lang erinnern!« Er sah seinen Freund einen Moment lang an und sagte: »Danke, Kumpel!«

»Keine Ursache!« Sam salutierte grinsend mit der freien Hand. »Ich wollte nur beweisen, dass ich dir wirklich den Rücken freihalte!«

Kapitel 14

Hinter dem Busch hockend beobachtete Bex, wie der Roboterwächter an ihr vorbeistampfte.

Er sah aus, als entstamme er einem von Bradleys Science-Fiction-Filmen, als wolle er die Weltherrschaft übernehmen und die gesamte Menschheit auslöschen. Obwohl sie sich sagte, dass es sich nur um einen Haufen zusammengeschraubtes Metall und Plastik handelte, der sich nach den Befehlen eines Computerprogramms bewegte, musste sie unwillkürlich an etwas Lebendiges denken, sogar an einen Alien. Vielleicht lag es daran, wie er ab und zu das Gleichgewicht halten musste, wenn der Metallfuß auf eine rutschige Grasnarbe oder einen wackeligen Stein traf. Vielleicht auch, wie er den Kopf bewegte, um einem Flugzeug über ihm in der Luft nachzusehen, oder wie er zuckte, wenn er das Rascheln von Laub im Wind wahrnahm und sich entscheiden musste, ob er weitergehen sollte oder nicht.

Bex stand vor zwei Problemen. Zum einen musste sie an dem Roboter vorbei – und an seinen Kollegen –, und zum anderen musste sie in das Gebäude hineingelangen.

Lächelnd dachte sie daran, was ihr Vater ihr oft gesagt hatte: »Mein Kind, ein Problem ist oft nur eine Lösung, die man von der falschen Seite betrachtet.« Als Kind hatte sie nicht so recht verstanden, was er damit meinte, aber als Erwachsene erkannte sie die Wahrheit, die darin steckte. Vielleicht war der Roboter ja der Schlüssel dazu, auf das Gelände zu gelangen, und nicht ein Hindernis.

Sie hatte eine Idee, musste sie aber erst ausprobieren.

Als ihr der Roboter auf seinem Weg am nächsten kam, machte sie sich bereit. In einem Moment, als er von ihr wegsah, richtete sie sich auf, warf ihren Rucksack nach ihm und duckte sich schnell wieder. Die Riemen des Rucksacks verfingen sich in den scharfen Metallzacken auf der Rückseite des Roboters, die dafür sorgen sollten, dass ihm niemand auf den Rücken springen konnte, und baumelte dort hin und her. Das plötzliche Gewicht veränderte seinen Schwerpunkt, sodass er ein paar Schritte zur Seite machen musste, um das Gleichgewicht wiederzuerlangen. Aus ihrer Sicht das Wichtigste war, dass er sich gar nicht umdrehte oder den Kopf wandte, um zu sehen, was auf seinem Rücken gelandet war. Wahrscheinlich wusste er nicht einmal, dass da etwas hing. Es gab dort keine Sensoren, die den Aufprall meldeten. Wozu auch?

Sie sah sich um. Es waren keine anderen Wachroboter zu sehen.

Sie nahm einen Stein von der Größe eines Tennisballs und warf ihn über den Kopf des Roboters. Er landete etwa zehn Meter weiter mit einem hörbaren Geräusch auf einem Stein. Besser noch, er schreckte einen Vogel aus einem Busch daneben auf. Der Vogel hob flatternd und mit raschelndem Flügelschlag ab. Der Roboter blieb stehen und drehte den Kopf, um ihm nachzusehen.

Bex nutzte die Gelegenheit, sich währenddessen an ihn heranzuschleichen, sich unter ihn zu rollen und sich mit den Fingern in den Spalt zwischen zwei der Plastikplatten zu krallen, die seine »Haut« bildeten. Dann zog sie sich so hoch, dass sich ihr Gesicht an die »Brust« des Roboters presste, schwang die Beine hoch und legte sie um den »Bauch«. Jetzt hing sie mit ihrem ganzen Körper unter dem Ding.

Der Roboter ging weiter. Durch seinen Vierfüßlergang baumelte Bex hin und her. Sie konnte sich zwar an den Plastikteilen an seiner Seite halten, aber ihre Armmuskeln schmerzten bereits. Glücklicherweise schoben sich die Platten bei der Bewegung nicht zusammen, sonst hätte es ihr die Finger zerquetscht. Das hatte sie zwar bereits aus der Entfernung gesehen, aber das hätte sich durch ihr zusätzliches Gewicht ja ändern können. Gelegentlich musste man eben auf sein Glück vertrauen.

Lange konnte sie nicht so hängen bleiben – das würde sie nicht aushalten. Doch der Roboter würde den Grenzzaun weiter abschreiten, es sei denn, Bex änderte sein Verhalten – und sie glaubte auch schon zu wissen, wie sie das bewerkstelligen konnte.

Direkt neben ihrem Kopf konnte sie das klobige Gelenk des rechten Vorderfußes hinter den Plastikplatten sehen. Daneben verliefen Drähte und Plastikschläuche mit Hydraulikflüssigkeit. Vorsichtig löste sie ihre linke Hand von der Platte, an der sie sich festhielt. Jetzt hing sie nur noch an ihren Beinen und ihrer rechten Hand. Es musste schnell gehen. Sie schob ihre Hand in die

Lücke zwischen den Platten am Gelenk und zerrte schnell einen der Drähte aus seiner Verbindung.

Es sprühten keine Funken, aber durch den ganzen Körper des Roboters lief ein Zucken. Als Kind war Bex geritten. So reagierten Pferde auf Bremsenstiche. Sie hatte den Roboter irritiert.

Er hielt inne, als überlege er.

Bex hoffte, dass irgendwo in seiner Programmierung ein Code aktiviert wurde, der so etwas sagte wie: *Bei Eintritt eines Schadens die Werkstatt zur Reparatur aufsuchen.*

Plötzlich kam ihr der Gedanke, dass es durchaus auch heißen konnte: *Bei Eintritt eines Schadens Alarmsignal senden und auf den Mechaniker warten.* Das wäre dann ein Problem.

Sie hielt sich jetzt wieder mit beiden Händen fest, was ihr rechter Arm mit der dankbaren Meldung quittierte, dass es jetzt nicht mehr *ganz* so wehtue.

Der Roboter blieb stehen … und dann, als hätte er eine spontane Entscheidung getroffen, drehte er um und trabte im Eiltempo zurück zum Haupttor, das auf das Gelände führte.

Der holpernde Gang durch die erhöhte Geschwindigkeit ließ Bex' Arme und Beine schmerzen wie von Schlägen. Ihre Finger spürte sie kaum noch. Sie krallten sich so fest an die Plastikplatten, dass es ihr das Blut abdrückte.

Aus den Augenwinkeln nahm sie eine Bewegung wahr und wandte den Kopf. Neben ihrem Roboter lief ein weiterer. Einen Augenblick lang glaubte sie schon, er hätte sie entdeckt, doch dann hörte sie das Knirschen des Tors und erkannte, dass der zweite Roboter sicherstellen sollte, dass sich niemand hinter dem beschädigten Kollegen durch das Tor schlich. Wenn der wüsste …

Innerhalb des Geländes war das Gras wesentlich kürzer als draußen; offensichtlich wurde es regelmäßig gemäht. Wahrscheinlich von Mährobotern. Der Boden war auch ebener, was bedeutete, dass Bex nicht mehr ganz so hin und her gebeutelt wurde.

Sie sah sich um und versuchte zu erkennen, was geschah. Der Roboter schien auf einen weißen Wandabschnitt in dem zusammengesetzten runden Gebäude zuzusteuern. Beim Näherkommen erkannte sie die Umrisse einer Tür, die aufglitt, um den Roboter einzulassen.

Immer noch hatte sie keinen einzigen lebenden Menschen gesehen.

Sie kamen in einen breiten weißen Gang und hinter ihnen schloss sich die Tür wieder. Die Krallen an den Metallfüßen des Roboters klackerten auf den glänzenden Fliesen, und das Echo, das von den glatten weißen Wänden zurückgeworfen wurde, klang wie ein Schwarm unsichtbarer Grillen. Bex drehte den Kopf und versuchte zu erkennen, ob da noch jemand war, Mensch oder Roboter, aber der Gang schien leer bis auf sie und ihr Reittier. Falls man es ein Reittier nennen konnte, wenn man unter seinem Bauch hing.

Sie sah keinen Grund, dort weiter herumzuhängen. Der Roboter lief sicher zu einer Servicestation und dort wollte sie nicht hin. Sie löste ihren Griff und ließ sich zu Boden fallen. Schnell rollte sie sich zusammen und hoffte, dass der Roboter sie nicht mit seinen Hinterbeinen traf. Doch das tat er nicht, und während er nichts ahnend weiterlief, stand sie auf und versuchte durch Kneten und Reiben wieder Leben in ihre abgestorbenen

Finger zu bringen. Auch ihre Schenkel brannten von der Anstrengung, sich an den Roboter zu klammern.

Sie sah sich um. Keine Menschen, keine Roboter und auch keine Schilder. Nur weiße Wände, weiße Decken und weißer Fußboden, die nicht im rechten Winkel, sondern abgerundet aufeinandertrafen, was bedeutete, dass ihr Blick keinen Perspektivlinien folgen konnte. Auch die Lichtquellen waren verdeckt, sodass alles hell zu leuchten schien. Nirgendwo konnte man sich verstecken. Sie kam sich vor wie eine Kakerlake in einer Neonröhre.

Links von ihr befand sich die Tür ins Freie. Rechts von ihr erstreckte sich der Gang, durch den der Roboter weitergelaufen war. Ihr blieb nicht viel anderes übrig, als ihm zu folgen.

Nach etwa hundert Metern kam sie an eine Kreuzung. Der Roboter wandte sich nach links. Bex starrte in den Gang geradeaus und nach rechts. Immer noch keine Schilder. Nichts, was ihr den Weg wies. Das lief ja nicht gerade gut. Ein Plan wäre schön gewesen. Oder irgendwelche Schilder mit hilfreichen Pfeilen, die von der Decke hingen. Oder bunte Linien am Boden, die zu verschiedenen Zielen führten.

Dieser Ort gehörte ziemlich offensichtlich eher zu Aritomos kommerziellem Roboterimperium als zu seiner Sekte.

Achselzuckend ging sie geradeaus weiter. Viel Auswahl hatte sie ja nicht. Sie konnte in jedem Raum suchen, bis sie die Satellitenleitstelle fand, oder oben aufs Gebäude klettern und die Kommunikationsschüsseln in den geodätischen Kuppeln zerstören. Das wäre eine brutale, aber effektive Lösung. Dann wäre das

PEREGRINE-Netzwerk vor weiteren Manipulationen sicher.

Eine Tür, die vom weißen Leuchten der verdeckten Lampen verborgen gewesen war, glitt plötzlich auf, gerade als sie daran vorbeiging. Sie erstarrte. Ein weiterer Roboter betrat den Gang. Doch diesmal war es ein anderes Modell. Sein Rücken war flach und er hatte keine Waffen wie die Wachroboter. Mehrere mit Klemmen gesicherte Kisten standen auf der Fläche. Ein Transportroboter? Wahrscheinlich. Er trottete an ihr vorbei, ohne Notiz von ihr zu nehmen. Vielleicht gingen die anderen Roboter davon aus, dass man befugt war, hier zu sein, wenn man erst mal an den Wachrobotern vorbei war.

Bevor sich die Tür lautlos wieder schließen konnte, warf Bex einen Blick ins Innere des Raumes. Es schien sich um eine vollautomatische Produktionsstätte zu handeln. Von der Decke hingen Roboterarme, die etwas bauten. Sie holten sich Teile aus Regalen an der Wand und setzten sie zusammen. Es sah aus, als stellten sie einen Roboter her. *Roboter, die Roboter bauten … War das die Zukunft?*, dachte sie mit einem Schauder. Gab es hier überhaupt noch einen Menschen?

Zehn Meter weiter erhielt sie ihre Antwort. Geräuschlos glitt eine weitere weiße Tür auf, doch dieses Mal traten zwei Wachroboter in den Gang und starrten sie durch ihre gläsernen Linsen an. Sie hoben ihre Waffen und zielten auf sie.

»Ihr könnt hier nicht schießen«, sagte sie und versuchte mutig zu klingen, obwohl ihr gerade das Blut in den Adern erstarrte. »Blut würde die minimalistische Ästhetik ruinieren, die uns hier umgibt.«

»Blut wäre eine Kontamination«, bestätigte eine

Stimme hinter ihr. »Und ich mag keinerlei Kontamination.«

Bex drehte sich um – langsam.

In der gegenüberliegenden Wand hatte sich eine Tür geöffnet und *etwas* war herausgekommen. Einen Moment lang war sie nicht sicher, ob es sich um einen Roboter oder einen Menschen in einer Art Fahrzeug handelte, doch dann sah sie, dass es beides war.

Der Mann vor ihr war ungeheuer fett, so fett, dass er wohl ohne Hilfe nicht mehr laufen konnte. Das musste er auch nicht, denn er saß im Schneidersitz in einer transparenten Blase, die von einem Robotermodell getragen wurde, das Bex bisher noch nicht gesehen hatte. Dieses Modell hatte acht Beine wie eine Spinne und keinen Kopf. Im Prinzip war es nur eine Plattform auf Beinen. Sein Passagier hatte weißes Haar, das hinter seinem kürbisgroßen Kopf zusammengebunden war, und einen weißen Bart, der ihm bis auf die Brust hing. Er trug ein weißes Gewand mit einem schwarzen Tropfen an der Stelle, wo sein Herz saß. In der Hand hielt er etwas, was aussah wie ein komplizierter Gamecontroller, über den er vermutlich mit einem Hauptrechner irgendwo im Gebäude und mit den Robotern verbunden war.

»Ito Aritomo, nehme ich an«, sagte Bex und sah sich um. »Ihr minimalistisches Design gefällt mir.«

»Rebecca Wilson«, erwiderte Aritomo. Seine Stimme war hoch und dünn wie eine Trillerpfeife. »Man hat mich schon gewarnt, dass Sie herkommen würden.«

»Sie versuchen, das PEREGRINE-Satellitennetzwerk zu übernehmen«, sagte Bex. Wie beiläufig schob sie ihre Hände in die Taschen. Vielleicht fand sie dort etwas

Nützliches. »Mein AR-Netzwerk hängt vom Betrieb der PEREGRINE-Satelliten ab. Ich kann nicht zulassen, dass Sie das System zerstören.«

»Ich versuche gar nicht, es zu zerstören«, erklärte Ito und sah sie neugierig an. »Ich versuche, es zu benutzen.«

Das Einzige, was Bex in ihren Taschen fand, war die AR-Brille. Da das Netz sowieso nicht arbeitete und weder Kieron noch Bradley am anderen Ende aktiv gewesen waren, hatte sie sie nicht aufgesetzt. Aber vielleicht, vielleicht standen die Sterne ja günstig, vielleicht war sie auf ihrem Weg an genügend vierblättrigen Kleeblättern vorbeigekommen, und sie waren jetzt für sie da. Also setzte sie mit einer möglichst beiläufigen Bewegung die Brille auf.

»Verzeihung«, sagte Aritomo und hob die Hand. »Da ist etwas, um das ich mich kümmern muss. Das ist jetzt vielleicht ein wenig unangenehm für Sie.«

Ein künstlicher Arm mit mehreren Gelenken stieg hinter Aritomos durchsichtiger Blase auf und schwang über seinem Kopf hin und her wie ein Skorpionschwanz. Bex konnte gerade noch erkennen, dass er am Ende keine Kralle, sondern eine Düse hatte, dann sprühte er ihr eine Flüssigkeit entgegen. Die winzigen Tropfen legten sich wie Nebel auf ihre Haut und fühlten sich kalt an. Automatisch schloss sie die Augen und hob die Hände, um die Flüssigkeit abzuwehren, doch sie schien durch ihre Kleidung und ihre Haut zu dringen. Ein scharfer Geruch stieg ihr in die Nase, wie man ihn aus Krankenhäusern kannte.

»Bitte umdrehen«, befahl Aritomo. »Wenn Sie es nicht tun, werde ich einen meiner Roboter darum bitten, und das würde dann nicht sehr sanft geschehen.«

Bex gehorchte.

Als sie Aritomo wieder ansah, ließ sie die Hände sinken.

»Desinfektionsmittel«, vermutete sie, nachdem sie den scharfen Krankenhausgeruch in die Nase bekommen hatte. »Sie scheinen mir der Typ Mann zu sein, der schreckliche Angst vor Keimen, Krabbeltieren und Ähnlichem hat.«

»Habe ich«, bestätigte er. »Und außerdem mag ich Menschen nicht sonderlich. Sie sind nützlich, und sie bringen Geld ein – sowohl durch meine Robotergesellschaft als auch durch meine Religion –, aber ich mag sie nicht. Menschen sind schmutzig und unberechenbar.«

»Todd Zanderbergen!«, rief Bex auf einmal und schlug sich theatralisch gegen die Stirn, wobei sie unauffällig die AR-Brille einschaltete. Nur für den Fall. »Er war ein bisschen so wie Sie. Er hat eine Möglichkeit entwickelt, nur Menschen zu töten, die ganz bestimmte Gene in ihrer DNA tragen.«

»Ich kenne Mr Zanderbergen. Seine Idee war interessant, aber DNA ist ein sehr grobes Werkzeug für eine so heikle Aufgabe. Dabei kann so viel schiefgehen. Meine Idee ist viel besser.«

»*Ihre* Idee?« In Bex' Magen machte sich ein ungutes Gefühl breit. »Ich vermute, das ist wohl die, für die Sie das PEREGRINE-Satellitensystem brauchen?«

»Meine eigenen Satelliten zu bauen und ins All zu bringen, wäre zu langwierig und kostspielig gewesen«, erklärte er lächelnd. »Ein bereits bestehendes Satellitensystem zu nutzen, ist weit effizienter. Ich mag Effizienz. Effizienz und Sauberkeit. Das ist mein Lebensstil.«

»Der Kerl ist echt bekloppt«, stellte Kierons Stimme

in ihrem Ohr fest. »Er arbeitet übrigens mit Avalon Richardson zusammen. Oder für sie. Bin mir nicht ganz sicher.«

Bex versuchte, nicht überrascht zusammenzuzucken, doch sie musste unwillkürlich ein klein wenig lächeln. Das AR-System funktionierte – zumindest im Augenblick –, und ihre Freunde lebten anscheinend auch noch. Die Welt kam ihr auf einmal wesentlich rosiger vor als noch vor ein paar Sekunden.

Aritomo runzelte die Stirn. Er hatte ihr Lächeln bemerkt und falsch interpretiert. »Sie mögen mich auslachen, aber ich bin die Zukunft – ich und Leute wie ich. Wir können alle Menschen vernichten, die nicht unserer Meinung sind oder nicht tun, was wir sagen.«

»Wir haben uns wohl jede Menge zu erzählen«, meinte Kieron Tausende von Meilen entfernt, »aber das Wichtigste ist, dass es Bradley, Sam und mir gut geht und wir wohl eine halbe Stunde AR-Zeit haben, bevor das System wieder zusammenbricht. Die Jungs in der Zentrale auf den Falklandinseln machen einen großartigen Job, aber dein Irrer dort leistet ebenso gründliche Arbeit, sie zu behindern. Also, wenn du es mir sagen kannst: Wer ist er, und wo bist du?«

»Aber Sie sind doch nicht allein, Ito Aritomo?«, fragte Bex, um Kieron die gewünschten Informationen zu liefern. »Nur Sie, hier, in ihrer Fabrik in Tochigi? Was können Sie allein schon ausrichten? Sie und Ihre Roboter – Sie können doch nicht allein gegen die ganze Welt kämpfen.«

»Die Flüssigkeit, mit der Sie besprüht wurden, *ist* ein Desinfektionsmittel, da haben Sie recht«, erwiderte Aritomo, immer noch stirnrunzelnd. »Aber es hat einen

Zusatz. Wussten Sie, dass es asymmetrische Chemikalien gibt? Sie haben eine rechts- oder linksdrehende Molekularstruktur. Gelegentlich haben diese beiden Formen dieselben chemischen Eigenschaften, manchmal sind es aber auch unterschiedliche.«

»Das nennt man Chiralität«, warf Kieron ein. »Das weiß ich noch vom Chemieunterricht.«

»Die Substanz, mit der Sie besprüht wurden«, fuhr Aritomo fort, ist im linksdrehenden Zustand ungefährlich, aber im rechtsdrehenden Zustand giftig. Sie wurden mit der ungefährlichen Version besprüht, die Sie durch Ihre Haut absorbiert haben.«

»Dann haben Sie mich also *nicht* vergiftet«, stellte Bex verwirrt fest.

»Noch nicht.« Plötzlich lächelte er und auf seinem dicken, runden Gesicht breitete sich ein geradezu kindliches Strahlen aus. »Aber dieses Molekül kann man mit einem einfachen Funksignal spiegeln. Bei einer ganz bestimmten Frequenz wird das Molekül von dem einen in den anderen Zustand versetzt. Stellen Sie sich doch nur vor, was passieren würde, wenn die Wasservorräte eines bestimmten Landes mit dieser Chemikalie versetzt würden oder Wasserflaschen in den Supermärkten von ein oder zwei ausgewählten Städten Spuren davon enthielten.«

»Ein Gift, das Sie ein- und ausschalten könnten, wie Sie wollen?«, wiederholte Bex. Die Freude, die sie verspürt hatte, als sie Kierons Stimme vernahm, war verflogen. Stattdessen machte sich kalte Furcht breit. »Das ist doch Wahnsinn.«

»Das ist Kontrolle«, erklärte Aritomo stolz. »Im Moment kontrolliere ich Sie und mit dem PEREGRINE-

Satellitennetzwerk kann ich jeden auf der ganzen Welt kontrollieren.«

»Und wie wollen Sie hier von ihrer kleinen transparenten Blase aus dieses Gift in alle Welt verbreiten?«, fragte Bex, obwohl sie es bereits wusste. Die Antwort war offensichtlich.

»Ich leite eine Sekte mit zehntausend Mitgliedern«, erklärte Aritomo stolz. »Sie tragen mein Gift überall in die Welt und stellen keine Fragen.«

»Ich frage mich nur, wozu?« Bex schüttelte den Kopf. »Wollen Sie Geld? Wollen Sie Städte und Dörfer erpressen, ansonsten töten Sie alle? Oder verkaufen Sie Ihre Dienste an Menschen wie Avalon Richardson, damit sie diejenigen loswerden kann, die sie irgendwie für schlechter, für weniger ›Mensch‹ hält als sich selbst?«

Bei der Erwähnung von Avalon Richardson zuckte Aritomo leicht zusammen. »Sie ziehen da einige kluge Schlüsse«, bemerkte er. »Klug und für Sie sehr gefährlich.«

»Dann helfen Sie mir, es zu verstehen«, bat Bex. »Sie kontrollieren das PEREGRINE-System von hier aus, und weil es ein globales Netzwerk mit sechsundsiebzig Satelliten ist, werden sich immer mehrere davon über der Position befinden, die Sie vergiften wollen, damit Sie das Wechselsignal senden können.«

»Genau.«

»Aber PEREGRINE betreibt gerade das AR-System.«

Aritomo zuckte mit den Achseln, dass sein massiger Körper bebte. »Ich habe kein Interesse an ihrem AR-System.«

»Nein, aber ich habe mir überlegt, wenn die AR-Übertragung mittels PEREGRINE geschieht und PE-

REGRINE mit Ihrer Satellitenleitstelle hier verbunden ist, dann könnte das AR-System doch Zugriff auf Ihre Computer erlangen.«

Aritomo sah sie verwundert an, doch dann riss er erschrocken die Augen auf. Schnell tippte er etwas in seinen Controller. Der achtbeinige Roboterkörper, der ihn trug, machte mehrere Schritte zurück.

»Witzig«, stellte Kieron über die winzigen Lautsprecher in der AR-Brille fest. »Genau derselbe Gedanke ist mir auch schon gekommen.«

Hinter Bex gab es einen Knall. Sie wirbelte herum und sah, dass der eine der beiden Wachroboter hinter ihr dem anderen ins Bein geschossen hatte.

»So langsam kriege ich es raus«, murmelte Kieron. »Etwas Geduld, bitte.«

Der zweite Roboter wackelte auf seinen verbliebenen drei Beinen und hob seine Waffe, um einen langen Feuerstoß auf seinen Angreifer abzugeben. Der Kopf des ersten Roboters explodierte in Flammen und Splittern aus Glas und Metall.

»Was machen Sie denn?«, schrie Aritomo.

Bex grinste. »Ich mache überhaupt nichts. Sie mögen vielleicht keine Menschen, ich aber schon. Und ganz besonders einen Jungen in England. Er begreift sehr schnell.«

»Seine Benutzeroberfläche macht es leicht, alles zu kontrollieren«, sagte Kieron. Bex konnte ihm anhören, wie er sich freute. »Und ihr habt ja quasi noch gar nichts gesehen!«

»Aufhören! Bitte, aufhören!« Aritomo gab hektisch Befehle in seinen Controller ein, doch sie zeigten keinerlei Wirkung. Stattdessen richtete der dreibeinige Roboter seine Waffe jetzt auf den Transportroboter von Aritomo. Aritomo versuchte verzweifelt wegzukommen, während der Wachroboter dem anderen seelenruhig alle Beine wegschoss, eines nach dem anderen. Die Blase krachte zusammen mit dem kreischenden Aritomo auf den Boden. Große Risse zeigten sich in der Kuppel, die ihn vor der Welt schützte.

»Und zum Schluss …«, sagte Kieron.

Bex hörte es aus beiden Richtungen des Gangs klackern. Sehr laut! Hatte sich der Gang eines Roboters auf den Keramikfliesen angehört wie ein Schwarm Insekten, so war das hier ein Megaschwarm. Ein ganzer Schwarm von Schwärmen.

Aus Gängen, die Bex wegen des sterilen weißen Lichtes gar nicht gesehen hatte, kamen Roboter angelaufen. Manche davon waren Wachroboter, manche Transporter und andere Modelle, die sie noch nicht gesehen hatte – vielleicht Putzroboter, Roboter zum Sterilisieren, Heben und Tragen. Doch anstatt auf Bex und Aritomo zuzulaufen, gingen sie aufeinander los. Plastik und Metall traf mit der ganzen Wucht von sinnloser Robotergewalt aufeinander. Einige von ihnen gingen einfach kaputt, ihre Arme, Beine und Köpfe flogen in alle Richtungen. Bei anderen wurden Batterien oder andere Treibstoffquellen getroffen, wodurch sie in Flammen aufgingen.

Rauch zog durch den Gang, doch plötzlich tauchten aus verborgenen Löchern in der Decke Sprinkler auf und spritzten Wasser auf die Flammen, während große Ventilatoren in den Wänden ansprangen und den Qualm absaugten.

Plötzlich ließ eine heftige Explosion über ihnen den Boden erbeben. Bex sah hoch.

»Das war, wenn ich mich nicht irre, Ihr Satellitenkontrollzentrum«, meinte sie gelassen zu Aritomo. »Oder Ihr Hauptrechner.«

»Beides«, bestätigte Kieron. »Da oben sind auch jede Menge Roboter. Na ja, jetzt nicht mehr ganz so viele, und ihre Zahl nimmt ständig ab.« Er kicherte. »Das ist toll. Wie ein Computerspiel in echt!«

Bex ging zu Aritomo, der zwischen den Trümmern seines Transportroboters auf dem Rücken lag. Die geplatzte Blase um ihn herum wirkte wie ein riesiges zerbrochenes Ei.

Aritomo sah sie entsetzt an. »Was ... was haben Sie vor?«, stöhnte er.

»Keine Angst, ich werde Sie nicht anrühren. Ich weiß, dass Sie das nicht mögen.«

Bex bückte sich und nahm den Teil seines Roboters, der wie ein Skorpionschwanz aussah und kraftlos unter dem zerbrochenen Metallkörper lag – das Gerät, das sie mit dem Desinfektionsmittel und der harmlosen Substanz besprüht hatte, die mit einem einfachen Befehl und einem Funksignal in ein Gift verwandelt werden konnte. Der Rest der Flüssigkeit in den Tanks des Roboters wurde noch durch die Düse am Ende gepumpt.

Bex nahm die Düse und hielt sie über Aritomos Kopf. Desinfektionsmittel – und harmloses Gift – ergossen sich über sein Haar und sein Gesicht.

»Jetzt sind Sie genauso verwundbar, wie Sie alle anderen haben wollten«, erklärte Bex. »Wie gefällt Ihnen das?«

Kapitel 15

»Und was genau ist das?«, fragte Bex misstrauisch und betrachtete das Glas, das Kieron ihr reichte.

»Das ist ein Milchshake«, antwortete Kieron lächelnd. »Aber er ist mit einem dieser Schokoladencreme-Ei-Dinger gemacht, die man kaufen kann und in einem Mixer mit Eiscreme und Milch püriert.«

»Das ist ein Herzinfarkt in einem gewachsten Pappbecher«, erklärte Bex, aber sie nahm probeweise einen Schluck.

Sie standen am Flughafen von Manchester, wo sie Bex von ihrem Flug abholten, der aus Tokio kam. Sie hatten nicht viel Gelegenheit gehabt, miteinander zu reden, bevor sie abgeflogen war. Auch wenn die Ahmya-Satellitenleitstelle dank Kierons Versuch, den Komplex in eine ferngesteuerte Kampfarena für Roboter zu verwandeln, weitgehend zerstört worden war, brauchte die Kontrollstation auf den Falklandinseln noch einige Zeit, um die Kontrolle über alle Satelliten wiederzuerlangen. Bis dahin arbeitete das AR-System noch ein wenig unzuverlässig.

Neben Kieron standen Bradley und Sam. Alle grinsten breit – so wie sie es fast die ganze Zeit getan hatten, seit Bradley sie vor Avalon Richardsons Soldaten gerettet hatte.

Er hatte ihnen erzählt, er hätte gesehen, wie die beiden Jungen gefangen genommen worden waren, hätte das nächstbeste Fahrzeug geknackt – einen Pick-up mit großer Ladefläche – und wäre ihnen in einigem Abstand gefolgt. Als er sah, wie Kieron aus dem Heck von Avalon Richardsons Laster hing, hatte er beschlossen, seine Chance zu nutzen, und war hinter sie gefahren. Der Rest war reines Glück gewesen – und die Gedankenkombinationen, die gute Freunde manchmal miteinander teilten.

»Ich glaube, ich muss euch mal einen Karotten-Ingwer-Smoothie vorstellen!« Bex lächelte. »Aber im Augenblick brauche ich den Zucker. Zuerst allerdings … Sam, halt das mal bitte!« Sie gab ihm den Becher und umarmte dann Kieron. Der merkte, wie er rot wurde, versuchte aber nicht, ihrer Umarmung zu entkommen. Jedenfalls nicht sehr.

»Danke«, sagte sie und hielt ihn dann auf Armeslänge von sich, um ihm in die Augen zu sehen. »Dafür, dass du mich gerettet hast.« Sie nahm Sam den Becher weg und gab ihn Bradley, um dann Sam zu umarmen. »Und dir dafür, dass du ihn gerettet hast.«

»Die Leute starren uns schon an!«, beschwerte sich Sam.

»Das ist ein Flughafen. Hier umarmen sich alle.« Bex ließ ihn los, nahm Bradley den Becher weg und gab ihn Kieron. »Halt das mal.«

»Müssen wir auch?«, fragte Bradley, doch sie schnappte ihn sich und umarmte auch ihn. »Danke, dass du die beiden gerettet hast.«

»Wir retten uns gegenseitig«, kam es gedämpft von Bradley, der das Gesicht in ihren Haaren hatte. »So machen wir das.«

Bex ließ ihn los und nahm Kieron den Becher weg und sah dann alle der Reihe nach mit ihrem »ernsten« Gesicht an. »Aber das ist nicht das Ende«, sagte sie. »Wir müssen uns immer noch um Avalon Richardson Sorgen machen. Sie hat ein deutliches Interesse daran gezeigt, jede Menge Leute zu töten, die einer Rasse oder Religion angehören, die ihr nicht gefällt.«

»Ehrlich gesagt«, erklärte Bradley, »müssen wir uns darum nicht mehr ganz so sehr sorgen.«

Bex runzelte die Stirn. »Was habt ihr getan?«

»Nun«, begann Bradley, »Kieron hat das AR-Programm eingeschaltet, das Avalon auf ihrem Computer hatte, und es hat alles übertragen, was sie gesagt hat …«

»Und Bradley hat, während er zu unserer Rettung kam, sein AR-Gerät auf Aufzeichnen gestellt und die ganzen Informationen gespeichert«, fuhr Kieron fort.

Bex sah Sam an. »Was haben sie getan?«, fragte sie. »Sag mir die Wahrheit!«

»Na ja«, erklärte Sam nervös, »Bradley hat uns zwar gerettet, aber wir wussten, dass das nicht von Dauer sein würde. Avalon Richardson war immer noch hinter euch und uns her. Also …«

»Also haben wir während einer der Phasen, in denen die Geräte funktionierten, die Aufzeichnung übertragen«, fuhr Kieron fort. »Und zwar an jeden beim MI6, jeden beim MI5, jeden im Verteidigungsministerium und jeden Minister. Sie haben alle eine Aufzeichnung bekommen, wie sie erklärt, auf welche Weise sie zwei Jungen foltern würde, um an Informationen zu kommen.«

»Sie wurde vor zehn Stunden verhaftet«, fuhr Bradley fort. »Sie ist jetzt in Gewahrsam. Offenbar kann von der Aufzeichnung niemand auf *unsere* Identitäten schließen, und ich glaube kaum, dass Avalon viel sagen wird. Aber ich konnte alle Hinweise auf uns aus ihrem System löschen. Wir haben eine weiße Weste.«

Bex starrte eine Weile ins Leere.

Kieron, Sam und Bradley traten nervös von einem Fuß auf den anderen und fragten sich, was sie wohl dazu sagen würde.

»Okay«, meinte sie schließlich. »Damit sind wir wahrscheinlich aus dem Schneider. Gute Arbeit!«

»Teamwork«, erklärte Bradley. »Ohne die Jungen hätte ich das nicht geschafft.«

»Oh«, sagte Bex plötzlich, »dabei fällt mir etwas ein. Ich habe im Flugzeug ein bisschen gearbeitet und einige E-Mails verschickt und etwas Geld verteilt. Ihr beide könnt ab jetzt professionell arbeiten.«

Kieron begann zu strahlen. »Als Agenten?«, fragte er hoffnungsvoll.

»Auf keinen Fall«, widersprach Bex. »Als Computerreparaturservice. Ich habe eine Firma für euch gegründet, eine Website und ein Gehaltskonto für euch eingerichtet und ich habe bei euch in der Nähe Geschäftsräume gemietet. Gratuliere, Jungs. Ihr seid jetzt die stolzen Chefs von *K&S Computer-Reparaturen*.«

»K&S?«, fragte Sam. »Nicht S&K?«

Kieron sah Sam an und lächelte. Sam lächelte zurück.

Vielleicht waren sie keine Agenten, aber sie hatten immerhin ihre eigene Firma.

»Wir müssen Werbung machen«, sagte er. »Wir brauchen Kunden.«

»Oh«, meinte Bex beiläufig, »ihr habt schon den ersten Auftrag.«

»Tatsächlich?«, fragte Sam misstrauisch.

»Ja.« Bex sah von Sam zu Kieron und dann zu Bradley. »Ihr seid jetzt offiziell der technische Support für Bradley und mich.«

»Dann bleiben wir also in Newcastle?«, erkundigte sich Bradley lächelnd.

»Für die nächste Zeit jedenfalls«, erwiderte Bex. »Schließlich haben wir hier Freunde.«

Autor

ANDREW LANE hat zahlreiche Bücher geschrieben, darunter die achtbändige »Young Sherlock Holmes«-Reihe, die in über 44 Länder verkauft wurde. Bevor er sich 2013 ganz dem Schreiben widmete, arbeitete Andrew Lane fürs britische Verteidigungsministerium und hatte mit dem Geheimdienst und Terrorismusbekämpfung zu tun. Er war selbst schon im Gebäude des MI6, des MI5 und der Zentrale des britischen Geheimdiensts – und zwar nicht als Tourist – sowie in den Büros der CIA und der NSA in den USA.

Von Andrew Lane sind bei cbj erschienen:
AGENT IMPOSSIBLE
Band 1: *Operation Mumbai* (16506)
Band 2: *Undercover in New Mexico* (16546)
Band 3: *Mission Tod in Venedig* (16554)
Band 4: *Einsatz in Tokio* (16590)

Übersetzerin

TANJA OHLSEN studierte klassische Archäologie und Anglistik in Heidelberg und Berlin. Neben ihrer Tätigkeit auf verschiedenen Ausgrabungen machte sie ihre staatliche Übersetzerprüfung im Fachgebiet Geisteswissenschaften und hat mittlerweile über 150 Titel aus dem Englischen, Norwegischen und Dänischen übersetzt. Wenn sie nicht gerade übersetzt, unternimmt sie mit Vorliebe lange Expeditionen mit dem Seekajak an der norwegischen Küste.

Mehr über cbj auf Instagram unter @hey_reader

Andrew Lane

AGENT IMPOSSIBLE

Operation Mumbai,
Band 1, 288 Seiten,
ISBN 978-3-570-16506-5

Undercover in New Mexico,
Band 2, 304 Seiten,
ISBN 978-3-570-16546-1

Mission Tod in Venedig,
Band 3, ca. 350 Seiten,
ISBN 978-3-570-16554-6

Agent Without Licence – in tödlicher Gefahr

Kieron, ein ganz normaler Teenager, hängt mit seinem Freund Sam gerade im Fastfoodladen ab, als der Mann am Nebentisch vor aller Augen entführt wird. Dabei ist ihm etwas heruntergefallen: ein Headset und eine Brille. Als Kieron die Brille aufsetzt, hat er plötzlich eine Menschenmenge in Mumbai vor Augen. Und durch das Headset hört er Bex, eine MI6-Agentin. Ohne Bradley – den Mann, der entführt wurde – kommt Bex nicht an die Informationen, die sie braucht. Unversehens ist Kieron Teil einer brandgefährlichen Mission. So beginnt sein Leben als Agent ohne Lizenz mit allerneustem Hightech-Equipment, skrupellosen Killern und tödlichen Waffen.

20289_3

cbj

www.cbj-verlag.de